奉生命過多的歡愉，
奉無羈的希望與懼怕，
我們在此以短促的感恩之心，
虔誠致謝不管祢是哪一位神。
沒有生命永遠駐足；
死去的人從不回轉；
這撫平著微波不興的河水，
清風自在吹向海洋。

——A. C. 斯溫伯恩，〈冥府女王的花園〉

每個人都死了。

——約翰．加菲爾德在《靈與慾》的台詞

每個人都死了。

——蘭迪．紐曼，〈老頭〉

生命之門前，呼息之扉旁，
有甚於死亡者等待著人。

——斯溫伯恩，〈時間的勝利〉

每個人都死了

Lawrence Block

勞倫斯・卜洛克 著
唐諾 譯

Everybody Dies

馬修・史卡德系列 14
每個人都死了 Everybody Dies
作者——勞倫斯・卜洛克 Lawrence Block
譯者——唐諾
美術設計—— ONE.10 Society
編輯協力——黃麗玟、劉人鳳
業務——李振東、林佩瑜
行銷企畫——陳彩玉、林詩玫
發行人——涂玉雲

出版——臉譜出版
104台北市中山區民生東路二段141號5樓
電話：(02)2500-7696　傳真：(02)2500-1952
臉譜部落格 facesfaces.pixnet.net/blog

發行——英屬蓋曼群島商家庭傳媒股份有限公司城邦分公司
104台北市中山區民生東路二段141號11樓
客服服務專線：(02)2500-7718；2500-7719
24小時傳真專線：(02)2500-1990；2500-1991
服務時間：週一至週五上午9:30~12:00；下午13:30~17:00
劃撥帳號：19863813
戶名：書虫股份有限公司
讀者服務信箱：service@readingclub.com.tw

香港發行所——城邦(香港)出版集團有限公司
香港灣仔駱克道193號東超商業中心1樓
電話：(852)2877-8606　傳真：(852)2578-9337　E-mail: hkcite@biznetvigator.com

馬新發行所——城邦(馬新)出版集團 Cite(M)Sdn Bhd (458372U)
41, Jalan Radin Anum, Bandar Baru Sri Petaling, 57000 Kuala Lumpur, Malaysia.
電話：(603)9056-3833　傳真：(603)9057-6622　E-mail: services@cite.com.my

初版一刷　1999年8月
三版一刷　2024年2月
ISBN 978-626-315-453-7

定價480元(本書如有缺頁、破損、倒裝，請寄回本社更換)

國家圖書館出版品預行編目資料

每個人都死了／勞倫斯・卜洛克(Lawrence Block)著；唐諾譯. --
三版. -- 台北市：臉譜出版：家庭傳媒城邦分公司發行，2024.02
面；公分. --(馬修・史卡德系列；14)
譯自：Everybody Dies
ISBN 978-626-315-453-7(平裝)
874.57　　112021837

〈新版推薦序〉

關於我的朋友馬修・史卡德

臥斧

有很長一段時間，遇上還沒讀過「馬修・史卡德」系列的友人詢問「該從哪一本開始讀？」或「你最喜歡、最推薦哪一本？」之類問題，我都會回答，「先讀《八百萬種死法》，我最喜歡《酒店關門之後》。」

如此答覆有其原因。

「馬修・史卡德」系列幾乎每一本都可以獨立閱讀——作者勞倫斯・卜洛克認為，即使是系列作品，每部作品都仍該是個完整故事，所以倘若故事裡出現已在系列中其他作品登場過的角色，卜洛克就會簡述來歷，沒讀過其他作品或許不會理解角色之間的詳細關係，不過不會對理解手頭這本的情節造成妨礙。事實上，這系列在二十世紀末首度被引介進入國內書市時，出版社選擇出版的第一本書，就不是系列首作《父之罪》，而是第五部作品《八百萬種死法》。

出版順序自然有編輯和行銷的考量，讀者不見得要照章行事，我的答案與當年的出版順序並無關聯，《八百萬種死法》也不是我第一本讀的本系列作品。建議先讀《八百萬種死法》，是因為我認為這本小說最適合用來當成某種測試，確認讀者是否已經到達「人生中適合認識史卡德」的時期；

倘若喜歡這本，約莫也會喜歡這系列的其他故事，倘若不喜歡這本，那大概就是時候未到——生命中的哪個階段會被哪樣的作品觸動，每個讀者狀況都不相同。

這樣的答覆方式使用多年，一直沒聽過負面回饋，直到某回聽到一名友人坦承，自己初讀《八百萬種死法》時，覺得這故事「很難看」。有意思的是，這名友人後來仍然成為卜洛克的書迷，讀完了整個系列。

概略討論之後，我發現友人覺得難看的主因在於情節——這個故事並未完全依循推理小說作者與讀者之間不言自明的默契，結局之前的轉折雖然合理，但拐彎的角度大得讓人有點猝不及防，有部分讀者會覺得自己沒能被說服接受。可是友人同時指出，史卡德這個主角相當吸引人——這系列故事主線均由史卡德的第一人稱主述敘事，所以這也表示整個故事讀來會相當吸引人。能夠吸引讀者、呼應讀者自身的生命經驗、讓讀者打從心底關切的角色，總會讓讀者想要知道：這角色還會面對哪些事件，又會如何看待他所處的世界？

這是讓友人持續讀完整個系列的動力，也是我認為這本小說適合用來測試的原因——《八百萬種死法》是全系列中結局轉折最大的故事，也是完整奠定史卡德特色的故事。從這個故事開始認識史卡德，就像交了個朋友；而交了史卡德這個朋友，會讓人願意聽他訴說生命裡發生的種種故事。

約莫在友人同我說起這事的前後，我按著卜洛克原初的出版順序，重新閱讀「馬修．史卡德」系列，然後發現：倘若當初我建議朋友從首作《父之罪》開始讀，友人應該還是會成為全系列的忠實讀者，只是對情節和主角的感覺可能不大一樣。

史卡德登場

二十世紀的七〇年代，卜洛克讀了李歐納．薛克特的《論收賄》，這是薛克特與一名收賄的紐約警察一起完成的作品，內容講的就是那個警察的經歷。那是一名盡責任、有效率的警察，偵破不少案子，但同時也貪污收賄、經營某些不法生意。

卜洛克十五、六歲起就想當作家，他讀了很多偉大的經典作品，不過一開始並不確定自己該寫什麼；剛入行時他用筆名寫的是女同志和軟調情色長篇，市場反應不錯，六〇年代開始寫「睡不著覺的密探」系列，銷售成績也不差。七〇年代他與出版社商議要寫犯罪小說時，認為《論收賄》裡的警察或許能夠成為一個有趣的角色，只是他覺得自己比較習慣使用局外人的觀點敘事，沒什麼把握能寫好一個在警務體制裡工作的貪污警員。

於是卜洛克開始想像這麼一個角色：這個人是名經驗老到的刑警，和老婆小孩一起住在市郊，有辦案的實績，也沒放過收賄的機會；某天下班，這人為了阻止一樁酒吧搶案而掏槍射擊，但跳彈意外殺死了一個街邊的女孩。誤殺事件讓這人對自己原來的生活模式產生巨大懷疑，加劇了喝酒的習慣、與妻子分居、獨自住在旅館，偶爾依靠自己過往的技能接點委託維持生計，但沒有申請正式的偵探執照，而且習慣捐出固定比例的收入給教堂……

真實人物的遭遇加上小說家的虛構技法，馬修．史卡德這個角色如此成形。

一九七六年，《父之罪》出版。

一名女性在紐約市住處遭人殺害，嫌犯渾身浴血、衣衫不整地衝到街上嚷嚷之後被捕，兩天後在獄中上吊身亡。女孩的父親從紐約州北部的故鄉到紐約市辦理後續事宜，聽了事件經過後找上史卡德——就警方的角度來看這起案件已經偵結，這名父親也不大確定自己還想做什麼，他與女兒幾年來鮮少聯絡，甫知女兒死訊，才想搞清楚女兒這幾年如何生活、為什麼會遇上這種事。警方不會處理這類問題，於是把他轉介給曾經當過警察、現已離職獨居的史卡德。

以情節來看，《父之罪》比較像刻板印象中的推理小說：偵探接受委託，找出凶案的真正因由。這個故事同時確立了系列案件的基調——會找上史卡德的案子可能是警方認為不需要處理的，或者是當事人因故無法、或不願交給警方處理的；而史卡德做的不僅是找出真凶，還會在偵辦過程裡挖掘出隱在角色內裡的某些物事，包括被害者、凶手，甚至其他相關人物。

緊接著出版的《在死亡之中》和《謀殺與創造之時》都仍維持類似的推理氛圍，不同的是卜洛克對史卡德的描寫越來越多。史卡德的背景設定在首作就已經完整說明，卜洛克增加的是史卡德處理事件過程的生活細節——他對罪案的執拗、他與酒精的糾纏、他和其他角色的互動，以及他在紐約憑藉公車、地鐵、偶爾駕車或搭車但大多依靠雙腿四處行走查訪當中的所見所聞，這些細節累疊在原先的背景設定上，逐漸讓史卡德越來越立體，越來越真實。

史卡德曾是手腳不算乾淨的警員，他知道這麼做有違規範，但也認為這麼做沒什麼不對——有缺陷的是制度，他只是和所有人一樣，設法在制度底下找到生存的姿態。這使得史卡德成為一個特殊的冷硬派偵探——這類角色常以譏誚批判的眼光注視社會，史卡德也會，但更多時候這類譏誚會轉為自嘲，因為他明白自己並不比其他人更好，這類角色常面不改色地飲用烈酒，史卡德也會，但酒精因而成為一種將他拽開常軌的誘惑，摧折身體與精神的健康；這類角色心中都會具備一套自己的道德判準，史卡德也會，而且雖然嘴上不說，但他堅持的力道絕不遜於任何一個硬漢。

我私心將一九七六年到一九八一年的四部作品劃歸為系列的「第一階段」。這四部作品的情節不只呈現了偵查經過，也替史卡德建立了鮮明的形象——作家替角色設定的個性與特質會決定角色面對衝突時的反應，而讀者會從這些反應推展出現的情節理解角色的個性與特質。史卡德並非完人，沒有超凡的天才，反倒有不少常人的性格缺陷，對善惡的標準似乎難以解釋，但他面對罪惡的態度會讓讀者清楚地感知那個難以解釋的核心價值。

讀者越來越了解史卡德——他不是擁有某些特殊技能、客觀精準的神探，他就是個試著盡力解決問題的凡人。或許卜洛克也越寫越喜歡透過史卡德去觀察世界——因為他寫了《八百萬種死法》。

反正每個人都會死，所以呢？

《八百萬種死法》一九八二年出版。

打算脫離皮肉生涯的妓女透過關係找上史卡德，請史卡德代她向皮條客說明。皮條客的行為模式與眾不同，尋找時花了點工夫，找上後倒沒遇到什麼麻煩；皮條客很乾脆地答應，但幾天之後，史卡德發現那名妓女出了事。史卡德已經完成委託，後續的事理論上與他無關，可是他無法放手，認為這事八成是言而無信的皮條客幹的；他試著再找皮條客，雖然不確定找上後自己要做什麼，不料皮條客先聯絡他，除了聲明自己與此事毫無關聯，並且要雇用史卡德查明真相。

在妓女出現之前，史卡德做的事不大像一般的推理小說；接下皮條客的委託之後，史卡德的工作方式則與前幾部作品一樣，不是推敲手上的線索就看出應該追查的方向，而是透過皮條客手下的其他妓女以及史卡德過往在黑白兩道建立的人脈，扎扎實實地四處查訪。因此之故，《八百萬種死法》有不少篇幅耗在史卡德從紐約市的這裡到那裡，敲門按電鈴，問問這個問問那個；其他篇幅一部分用來講述史卡德的生活狀況——主要是他日益嚴重的酗酒問題，酒精已經明顯影響他的神智和健康，但他對戒酒無名會那種似乎大家聚在一起取暖的進行方式嗤之以鼻，另一部分則記述了史卡德從媒體或對話裡聽聞的死亡新聞。

《八百萬種死法》的書名源於當時紐約市有八百萬人口，每個人可能都有不同的死亡方式；這些死亡事件與史卡德接受的委託沒有關係，史卡德也沒必要細究每樁死亡背後是否藏有什麼祕密。如此安排容易讓讀者覺得莫名其妙——我要看史卡德怎麼查線索破案子，卜洛克你講這些無關緊要的東西做什麼？不過讀者也會慢慢發現：這些插播進來的死亡新聞，讀起來會勾出某些古怪的反應，有時是深沉的慨嘆，有時是苦澀的笑意。它們大多不是自然死亡，有的根本不該牽扯死亡——例如有人扛回被丟棄的電視機想修好了自己用，結果因電視機爆炸而亡，這幾乎有種荒謬的喜感——讀者認為它們「無關緊要」，是因它們與故事主線互不相涉，但對它們的當事人而言，那是生命的瞬間消逝，可一點都不「無關緊要」。

是故，這些死亡準確地提出一個意在言外的問題：反正每個人都會死，所以呢？每個人如何迎來生命終點都無法預料，甚至不可理喻，沒有善惡終報的定理，只有無以名狀的機運；在這樣的世界裡，執著地追究某個人的死亡，有沒有意義？或者，以史卡德的處境來說，遠離酒精，讓自己清醒地面對痛苦，有沒有意義？

推理故事大多與死亡有關。古典和本格派將死亡案件視為智力遊戲，是偵探與凶手、讀者與作者之間鬥智的謎題；冷硬和社會派利用死亡案件反映社會與人的關係，什麼樣的環境會讓人做出什麼樣的掙扎，什麼樣的時代會讓人犯下什麼樣的罪行。其實，推理故事一直是最適合用來揭示人性的故事，因為要查明一個或數個角色的死因，調查會以死者為圓心向外輻射，觸及與死者有關的其他角色，釐清他們與死者的關係、死亡對他們的影響、拼湊死者與他們的過往，這些調查會顯露角色們的個性，死因與行凶動機往往就埋在這些人性糾葛之中。

《八百萬種死法》不只是推理小說，還是一部討論「人該怎麼活著」的小說。

「馬修．史卡德」是個從建立角色開始的系列，而《八百萬種死法》確立了這個系列的特色，這些故事不僅要破解死亡謎團、查出凶手，也要從罪案去談人性。

我們終將孤獨

在《八百萬種死法》之後，卜洛克有幾年沒寫史卡德。

據聞《八百萬種死法》本來可能是系列的最後一個故事，從故事的結尾也讀得出這種味道——史卡德解決了事件，也終於直視自己的問題，讓系列在劇末那個悸動人心的橋段結束，是個合理的選擇，也是個漂亮的收場——不過從隔了四年、一九八六年出版的《酒店關門之後》來看，卜洛克還想繼續以史卡德的視角看世界，沒有馬上寫他的故事，可能是自己的好奇還沒尋得答案。

因為大家都知道，故事會有該停止的段落，角色做完了該做的事、有了該有的領悟；但在現實生活裡，時間不會停在「全書完」三個字出現的那一頁，就算人生因為某些事件而轉往新方向，等在眼前的也不會是一帆風順「從此幸福快樂」的日子。卜洛克的好奇或許是：在史卡德直視自身問題、做了重要決定之後，他還是原來設定的那個史卡德嗎？那個決定會讓史卡德的生活出現什麼變化？那些變化是否會影響史卡德面對世界的態度？

倘若沒把這些事情想清楚就動手寫續作，大約會出現兩種可能：一是動搖前五部作品建立的系列基調——既然卜洛克喜歡這個角色，那麼就會避免這種情況發生；二是保持了系列基調但破壞了《八百萬種死法》那個完美結局的力道——真是如此的話，不如乾脆結束系列，換另一個主角講故事。

《酒店關門之後》是卜洛克思考之後的第一個答案。

這個故事裡出現三樁不同案件，發生在《八百萬種死法》之前。案件之間乍看並不相干（不過後來發現其中兩起有點關聯），史卡德甚至不算真的在調查案件——第一樁案件是酒吧常客妻子被殺，史卡德被委任去找出兩名落網嫌犯的過往記錄，讓他們看起來更有殺人嫌疑；第二樁事件是另一家起酒吧帳本失竊，史卡德負責的是與竊賊交涉、贖回帳本，而非查出竊賊身分。至於第三樁事件，史卡德完全沒被指派工作，那是一樁搶案，史卡德只是倒楣地身處事發當時的酒吧裡頭，而且也沒被搶。

三樁案件各自包裹了不同題目，這些題目可以用「愛情」、「友誼」之類名詞簡單描述，但真要說明白它們內裡的複雜層次，卻常讓人找不著最合適的語彙。卜洛克擅長用對話表現角色個性和推進情節，因此故事讀來一向流暢直白；流暢直白不表示作家缺乏所謂的文學技法，因為《酒店關門之後》完全展現出這類文字的力量——倘若作家運用得宜，這類看似毫不花巧的文字其實能夠帶領讀者無限貼近這些題目的核心，將難以描述的不同面向透過情節精準展演。

同時，卜洛克也在《酒店關門之後》為自己和讀者重新回顧了史卡德的完整形象，他的私人生活，他的道德判準，以及酒精。《酒店關門之後》的案件都與酒吧有關，故事裡也出現了非常多酒吧——高檔的酒吧、簡陋的酒吧、給觀光客拍照留念的酒吧、熟人才知道的酒吧、正派經營的酒吧、非法營業的酒吧、具有異國風情的酒吧、屬於邊緣族群的酒吧。每個人都找得到自己應該歸屬、宛如個人聖殿的酒吧，每個人也都將在這樣的所在，發現自己的孤獨。

史卡德並非沒有朋友，但每個人都只能依靠自己孤獨地面對人生，不是沒有伴侶或好友的孤獨，而是有了伴侶和好友之後才會發現的孤獨，在酒店關門之後、喧囂靜寂之後，隔著酒精製造出來的朦朧迷霧，看見它切切實實地存在。事實上，喝酒與否，那個孤獨都在那裡，只是少了酒精，有時就會缺乏直視的勇氣；可是理解孤獨，便是理解自己面對人生的樣貌，有沒有酒精，這都是必要的人生課題。

同時，《酒店關門之後》確立了這系列的另一個特色。假若從首作讀起，讀者會知道系列故事按著時序發生，不過與現實時空的連結並不明顯——那是二十世紀七、八〇年代發生的事，至於確切是哪一年則不大要緊。不過《酒店關門之後》開場不久，史卡德便提及事件發生在很久之前、一九七五年，是過去的回憶，而結尾則說到時間已經過了十年，也就是故事裡「現在」的時空應當是一九八五年，約莫就是《酒店關門之後》寫作的時間。史卡德不像某些系列作品的主角那樣，似乎固定停留在某段時空當中，他和作者、讀者一起活在同一個現實裡頭。

再過三年，《刀鋒之先》在一九八九年出版，緊接著是一九九〇年的《到墳場的車票》。卜洛克準備答案所花的數年時間沒有白費，結束了在《酒店關門之後》的回顧，史卡德的時間繼續前進，他用一種與過去不大一樣的方式面對人生，但也維持了原先那些吸引人的個性特質。

在人間與黑暗共舞

從《八百萬種死法》至《到墳場的車票》是我私心分類的「第二階段」，卜洛克在這個階段重新整理了對角色的想法，讓史卡德成為一個更有血有肉、會隨著現實一起慢慢老去、仿若與讀者一同生活在現實的真實人物。而系列當中的重要配角在前兩階段作品中也已全數登場，史卡德的人生即將邁入新的篇章。

我認定的「馬修．史卡德」系列「第三階段」從一九九一年的《屠宰場之舞》開始，到一九九八年的《每個人都死了》為止，卜洛克在八年裡出版了六本系列作品，寫作速度很快，而且每個故事都很精采，人性描寫深刻厚實，情節絞揉著溫柔與殘虐。

雖說先前談到前兩階段共八部作品時一直強調角色塑造，但不表示卜洛克沒有好好安排情節。卜洛克的確認為角色很重要——他在講述小說創作的《小說的八百萬種寫法》中明確寫道：「幾乎所有讀者持續翻閱任何小說的主要原因，就是想知道接下來發生的事，讀者之所以在乎接下來發生的事，則是因為作者描寫人物性格的技巧。小說中的人物若有充分描繪，具有引起讀者共鳴與認同的力量，讀者就會想知道他們下場如何，並深深擔心他們的未來會不會好轉，」「馬修．史卡德」系列可以視為這番言論的實際作業成績。不過，同一本書裡，他也提及寫作之前應該重新閱讀，不是以讀者的眼光閱讀，而是以作者的洞察力閱讀。卜洛克認為這樣的閱讀不是可以學到某種公式，而是能夠培養出一些類似「直覺」的東西，知道創作某類小說時可以用什麼方式。

說得具體一點，「以作者的洞察力閱讀」指的不單是享受故事，而是進一步拆解故事，找出該故事的作者用什麼方法鋪排情節，如何埋設伏筆、讓氣氛懸疑，如何製造轉折、讓發展爆出意外。

開始寫「馬修．史卡德」系列時，卜洛克已經是很有經驗的寫作者；要寫犯罪小說之前，他已經拆解了不少相關類型的作品。史卡德接受的是檢調體制不想處理、或當事人不願交給體制處理的案件，這些案件不大可能牽涉某種國際機密或驚世陰謀，但往往蘊含隱在社會暗角、體制照料不到之處的幽微人性——而史卡德的角色設定，正適合挖掘這樣的內裡。

從《父之罪》開始，「馬修．史卡德」系列就是角色與情節的適恰結合，而在寫完前兩個階段、史卡德的形象穩固完熟之後，卜洛克從《屠宰場之舞》開始加重了情節的黑暗層面。《屠宰場之舞》出現性虐待受害者之後將其殺害、並且錄影自娛的殺人者，《行過死蔭之地》出現綁架、性侵，並以切割被害者肢體為樂的凶手，《一長串的死者》裡一個祕密俱樂部驚覺成員有超過正常狀況的死亡機率，《向邪惡追索》中的預告殺人魔似乎永遠都有辦法狙殺目標。

這些故事都有緊張、刺激、驚悚、駭人的橋段，而在經營更重口味情節的同時，卜洛克持續讓史卡德面對自己的人生課題——前女友罹癌、要求史卡德協助她結束生命；原來已經穩固的感情關係，忽然出現了意想不到變化；調查案子的時候，自己也被捲入事件當中，更糟的是，自己的朋友也被捲入事件當中、甚至因此送命——諸如此類從系列首作就存在的麻煩，在第三階段一個都沒少。

史卡德在一九七六年的《父之罪》裡已經是離職警察，可以合理推測年紀可能在三十到四十之間，因此到一九九八年的《每個人都死了》為止，史卡德處於從三十多歲到接近六十歲的中壯年時期。在人生的這段時期當中，大多數人已經成熟、自立，有能力處理生活當中的大小物事，但也必須承受最多生活壓力——年長者的需求、年幼者的照料、日常經濟來源的提供、人際關係的維繫——而總也在這類時刻，一個人會發現自己並沒有因為年紀到了就變得足夠成熟或擁有足夠能力，毋需面對罪案，人生本身就會讓人不斷思索生存的目的，以及生活的意義。

「馬修・史卡德」系列的每一個故事，都在人間與黑暗共舞，用罪案反映人性，都用角色思考生命。

新世紀之後

進入二十一世紀，卜洛克放緩了書寫史卡德的速度。

原因之一不難明白：史卡德年紀大了，卜洛克也是。

卜洛克出生於一九三八年，推算起來史卡德可能比他年輕一點，或者同樣年紀。在歷經種種人生關卡、頻繁與黑暗對峙的九〇年代之後，史卡德的生活狀態終於進入相對穩定的時期，體力與行動力也逐漸不比以往。

原因之二也很明顯：九〇年代中期之後，網際網路日漸普及，犯罪事件利用網路及相關科技的比例也慢慢提高。卜洛克有自己的部落格、發行電子報，會用電腦製作獨立出版的電子書，也有臉書帳號，這表示他是個與時俱進的科技使用者，但不表示他熟悉網路犯罪的背後運作。要讓史卡德接觸這類罪案並無不可——早在一九九二年的《行過死蔭之地》裡，史卡德就結識了兩名年輕駭客，真要寫這類罪案，卜洛克想來也不會吝惜預做研究的功夫；但倘若不讓史卡德四處走動、觀察人間，那就少了這個系列原有的氛圍。

另一個原因則相對沒那麼醒目：卜洛克長年居住在紐約，世貿雙塔就是史卡德獨居的旅店房間窗景，二〇〇一年九月十一日發生在紐約的恐怖攻擊事件，對卜洛克和史卡德這兩個紐約客而言都是巨大的衝擊。卜洛克在二〇〇三年寫了獨立作品《小城》，描述不同紐約人對九一一的反應與後續生活；史卡德沒在系列故事裡特別強調這事，但更深切地思考了死亡——史卡德這角色是因為死亡才成形的，那樁跳彈誤殺街邊女孩的意外，把史卡德從體制內的警職拉扯出來，變成一個體制外孤獨抵抗人性黑暗的存在。過了二十多年，人生似乎步入安穩境地之際，世界的陡然巨變與個人的生理狀態，則提醒每個人：死亡非但從未遠去，還越來越近。而這也符合史卡德與許多系列配角的狀況，他們和史卡德一樣，都隨著時間無可違逆地老去。

「馬修．史卡德」系列的「第四階段」每部作品間隔都較「第三階段」長了許多。第一本是二〇〇一年《死亡的渴望》，這書與二〇〇五年的《繁花將盡》是本系列僅有「應該按順序閱讀」的作品。下一部作品是二〇一一年出版的《烈酒一滴》，不過談的不是二十一世紀的史卡德，而是《八百萬種死法》之後、《刀鋒之先》之前的史卡德——這兩本作品之間的《酒店關門之後》談的是一九七五年發生的往事，以時序來看，讀者並不知道史卡德在那段時間裡的狀況，那是卜洛克正在思索這個角色、史卡德正在經歷人生轉變的時點，《烈酒一滴》補上了這塊空白。

餘下的兩本都不是長篇作品。《蝙蝠俠的幫手》是短篇合集，可以讀到不同時期史卡德遭遇的事件，讀者會發現即使沒有夠長的篇幅，卜洛克一樣能夠巧妙地運用豐富立體的角色說出有趣的故事。二〇一九年的《聚散有時》則是中篇，也是「馬修．史卡德」系列迄今為止的最後一個故事，事件本身相對單純，但對系列讀者、或者卜洛克自己而言，這故事的重點是交代了史卡德以及系列當中重要配角的生活，他們有的長大了，有的離開了，有的年老了，但仍然在死亡尚未到訪之前，在生命裡碰撞出新的火花，發現新的意義。

最美好的閱讀體驗

「馬修．史卡德」系列的起始是犯罪故事，屬於廣義的推理小說類型，每個故事裡也都能讀出推理小說的趣味，縱使主角史卡德並非智力過人的神探，但他踏實地行走尋訪，反倒看到了更多人間光景、接觸了更多人性內裡。同時因為史卡德並不是個完美的人，所以他的頹唐、自毀、困惑，以及堅持良善時迸出的小小光亮，才會顯得格外真實溫暖。

是故，「馬修．史卡德」系列不只是好看的推理小說，還是好看的小說，不只是好看的小說，還是好的小說——不僅有引發好奇、讓人想探究真相的案件，不僅有流暢又充滿轉折的情節，還有深刻描繪的人性。

讀這個系列會讓讀者感覺真的認識了史卡德，甚至和他變成朋友，一起相互扶持著走過人生低谷、看透人心樣貌。這個朋友會讓人用不同視角理解世界、理解人，或者反過來理解自己。

我依然會建議初識這個系列的讀者，從《八百萬種死法》開始試試自己和史卡德合不合拍，不過或許除了《聚散有時》之外，任何一本都會是很好的選擇——不同時期的史卡德作品會有些不同的質地，但都保持了動人的核心。

這些年來我反覆閱讀其中幾本，尤其是《酒店關門之後》，電子書出版之後，我又從《父之罪》開始依序閱讀，每次閱讀，都會獲得一些新的體悟。史卡德觀看世界的視角未曾過時，卜洛克對人性的描寫深入透澈，身為讀者，這是最美好的閱讀體驗。

〈導讀〉

行走的城市

唐諾

他在大都會聚斂每日的垃圾，任何被這個大城市扔掉、丟失、被它鄙棄、被它踩在腳下碾碎的東西，他都分門別類的收集起來。他仔細的審查縱欲的編年史，揮霍的日積月累，他把東西分類挑揀出來，加以精明的取舍；他聚斂著，像個守財奴看護他的財寶。

——班雅明

這本《每個人都死了》，我是在日本京都旅遊途中念完的。

我所住的商業小旅館在四條河原町，每天早晨走五分鐘的路到鴨川四條大橋頭的Doutor喫熱狗麵包加一杯一百八十日円的便宜咖啡當早餐，這家地點最好的新開咖啡館是此行最大的驚喜，從敞亮的落地窗可直視正月積雪的潔淨比叡山。

通常，早餐時間會拉得頗長。我總在咖啡喝完後仍留在原地讀卜洛克，一直到道德感提醒你該走人了，才繞過四條大橋，加入彼岸晨起釣魚（一種三五吋大的扁形煮湯小魚）和避冬上內陸的海鷗，坐在江畔繼續讀——在京都，我有個優勢，我是外來者，無所事事，不必加入這個城市的正常律動，不必擠行色匆匆的上班人潮，你可以置身局外，看這城市如同看一部進行中的小說，你甚至還可以偷偷認為，你就像馬修．史卡德。

手機這種理應滿討厭的東西，像書中米基．巴魯所說的「不是男子漢用的電話」，卻意外為這城市帶來另一種風情。行走中的京都善男信女幾乎人手一支，且不吝邊走邊講（奇怪哪有那麼多話好講），因此，原本在國民總雇傭體制下習慣板一張臉的日本人，剎那間表情燦亮豐富起來了，手機像揭開一層面紗，或應該說直接把公眾領域的街頭化為私密的個人起居室，把原來只在獨處空間的心事給散布在公眾面前。

《每個人都死了》，卜洛克的這個書名的確沒有騙人，殺人如麻血流成河，因此，在京都這個治安良好的古都行行讀讀，的確有種奇怪的時空倒錯之感，這裡的人，在正常的死亡來臨之前（而且來得極晚，因為吃納豆吃魚的日本人一直是進步國家中命最長的，尤其是女性），他們基本上只受一種死亡的威脅——太雅了，雅不可耐，雅死了。

我記得有一回四月櫻花祭來京都，在京都重要賞櫻點哲學之道途中，我們偶爾看到一方警告牌，從句子中間雜的漢字依稀可看出是，告誡單身女性在此行走得小心。同行有人訝異的問，要小心什麼？得到的回答是，怕碰到哲學家，囉哩囉嗦，講個不停。

而這回再到京都，旅程中最接近犯罪者，除了每天半夜準時出現在四條和河原町交口擾人清夢的無聊暴走族之外，便只有我自己——我在四條大橋上不小心撿到一支簇新的男錶，是黑白二色的法國牌子B. Agnes，這個牌子總讓我想到米蘭．昆德拉《不朽》中那名美麗的女子阿涅絲，由一個游泳池裡的手勢生長而成的，因此，我帶著八年抗戰和討回台籍慰安婦的報復決心，沒就近交到橋邊的交番所去，轉贈給同行一直想當男生的我女兒。

還好馬修．史卡德不生活在京都，要不然大概只能成為在街頭幫卡拉ＯＫ或色情酒店舉招攬顧客廣告看板的老流浪漢，賺兩個小錢買杯清酒喝。

一個沒有鄉村的島嶼

如果沒太大的意外（比方說一九九五閏八月中共忽然大舉犯台或台灣經濟現況忽然一夕間崩壞），台灣會不回頭一路走進一個城市犬牙交壤的島嶼，每一分每一秒，城市像變形蟲一般，不斷將它的偽足往外伸出，這不容易在日常生活中察覺，但偶爾搭乘火車卻是個極有效的觀察工具，比方說，我個人大約每隔個兩三年會搭一次自強號回我的老家宜蘭，因此，腦中存留車窗外的風景記憶，總是幾年前的樣子等待更新，而更新的方式永遠是同一個模式：窮山惡水或精緻的稻田又往後退縮，新的水泥屋子疏落長了出來，而記憶中原來的城鎮邊緣出現了賣東西的店家，並將原來住家間的空地隙縫填實起來，更常見的是，灰撲撲的新路和新橋探針般插入了綠野，像不回頭的斥候部隊。

台灣的小說家能寫什麼？

去年大陸小說家訪問台灣期間，我受邀參加聯合文學舉辦的海峽兩岸小說家小型對談（直到現在我還搞不懂為什麼自己會在受邀名單之中），討論大綱的第二單元是小說的題材問題，這當然是大陸小說家最帶勁而台灣小說家最瞠目結舌的一刻，尤其當莫言開始輕輕鬆鬆講起他山東高密老家滿山遍野都是的鄉野鬼狐故事時，我瞥一眼一旁呆坐兩眼發亮的張大春，想起多年前賈西亞・馬奎茲《百年孤寂》橫掃台灣小說圈、人人都拚了命找尋荒謬題目好仿馬奎茲也來篇魔幻寫實小說時、敏銳的張大春領先儕輩第一個找到蘭嶼、寫下他〈最後的先知〉那般光景，我心中浮現的一句話是：可真苦了你了，孩子。

鄉野雖好，但看來絕非台灣小說家的可能久居之地。

從抗拒開始

然而，總的來說，台灣現階段的小說書寫仍徘徊在所謂的「前城市期」。我們眼睜睜看著或親身參與（從某個鄉下跟著命運或時間的人潮也擠進了城市）城市建造而起的這一代，仍在奮力對抗這個我們極可能也意識到不會再回頭的生活改變——只要是不回頭的線性走向，總容易成為人們，尤其是不甘屈服的創作思考者，抵抗的對象，就像古往今來的人們仍在奮力對抗青春或愛情的逝去無休無止。

於是，城市之於我們，便多多少少成為一種象徵，我們不得已生活於其中，但我們並不真的進入它，我們在內心深處保留了一個只要有辦法就要逃離它的念頭——從最形而下哪天發了一定要到鄉間買幢花園別墅，到生命終極大澈大悟的回歸自然犬馬相伴云云，這樣的念頭很容易在人類的思維記憶之中找到支撐和對抗的勇氣——它是文學者的旅店，是宗教心靈的五濁惡世和所多瑪蛾摩拉，是心理學家的人類動物園，是馬克思主義信仰者和實踐者的資本主義高度罪惡及頹敗形式云云。

壁壘分明的對抗清楚劃開一道濠溝，這裡，合適孕育的是革命標語和戰鬥詩，因為兩軍對陣，需要較高的音量分貝和較簡潔有力的語言形式，才能擲槍般穿透距離到達彼岸。小說娓娓道來的本質，以及它仰賴豐碩生活現實碎片的特殊生長條件，使它的從業人員像個農民而不是鎧甲鮮亮的戰士，而我們知道，農人的耕種是在平穩可預期的日子裡才可能，戰爭開打時刻，他們只能拋荒逃難。

這使我想到小說名家鍾阿城精采但極容易在民族大義下引發誤會的「投降論」——阿城曾舉清兵入關後那一段慘烈歷史為例，他以為，這種負隅頑抗的代價是歷史和社會基本生活的停滯，使人和土地的關係架空起來，這當然是農民的觀點：「不投降，就下不了種。」

下不了種，便得選擇離去，這是陳映真〈夜行貨車〉裡詹益宏的抉擇，他毅然返回了南部老家和暫時未被城市所吞噬的美好時空之中，而選擇投降並把城市當自己的家，則是我們這部《每個人都死了》裡的馬修·史卡德、伊蓮·馬岱和米基·巴魯，在死亡一次又一次獰猛逼近之時，他們有能力選擇離去（愛爾蘭、法國巴黎或隨便哪裡如德克薩斯州等等），但正如伊蓮·馬岱在第十三章所說的，「我了解，這裡是家。」

無限大的步行

然而投降的成立與否，關係的不只是投降者的意願，也一定得具備招降者的某種誠意和妥協——從這個觀點來看，大台北市的確是個極不合格的小說招降者，試想，一個無法走路的城市，怎麼能聲稱它肯接納你呢？

我始終堅決相信，一個不能走路的城市，是生長不了小說的。

即便輕鬆只是旅遊，你去的地點如果是大自然風景，一般而言你得選擇車輛做為代步工具，因為星野平闊，景觀變化較少；但如果是城市，你頂好選擇步行，因為商家、櫥窗、街景乃至於當然也是景觀一部分的人們太密集了、變化太大了，車輛相對而言是一種太快的交通工具，讓你來不及鎖定任何一個你想看清楚的焦點，這樣子的呼嘯而過，只能大而化之供你寫篇不痛不癢的風景印象小短文，連一篇好的散文都沒機會。

你得浸泡其中，浸泡城市的最好方式是步行，漫遊，並時時駐足不前。

和卜洛克齊名，寫出納瓦荷國印第安神探喬．利風（Joe Leaphorn，跳動的鹿角）的當代偵探小說大師東尼．海勒曼，在他以地廣人稀的亞歷桑納州印第安人保留區為背景的小說中總是說，「在這裡，每個人都曉得所有人的所有事情。」這恰恰是城市的背反描述，而利風最不適應白人大城的總是：你看到這麼多人，你和這麼多人如此靠近，但大家總避免眼神相接，你不曉得他們的名字、他們的事情，你甚至不交談。

這是城市小說比較難寫的原因，也是需要較長浸泡時間的原因。在城市中，人是片段的，資訊和故事也是片段的，線索總是繞過一個街口就石沉大海似的吞噬於人群之中，寫作者和思考者會一再像追到死巷子的沮喪偵探，他擁有過多到令人不知所措但總懸浮不相干的資訊碎片和念頭，你得耐心且裝著若無其事的浪蕩下去，好找到並不一定出現或存在的連結環節，並尋求啟示。

無怪乎班雅明一直反覆用拾荒者和街頭密探來隱喻城市的書寫者，並說他們工作的姿態是一樣的，行走，漫遊，隨時停下腳步好撿拾東西，並在居民酣睡時仍孤寂操著自己的行當。把物質馬克思主義拐彎到詩人心靈國度的班雅明甚至引用馬克思勞動時間和勞動量決定勞動價值的說法，說，這樣的遊蕩者所投入的勞動時間和勞動量無限大，因此，他也創造了近乎無限大的勞動價值。

不讓你走路的城市

然而，這些勞動時間和勞動量必須有勞動場所可堪投注，這個勞動場所當然是街道——但得是人可行走的街道，而不是只供車輛行走、台北市這樣的街道。

敏銳如班雅明當然不可能忽略這點，在他《發達資本主義時代的抒情詩人》一書之中，事實上，班雅明還特別列舉了某些創作者對城市行走一事近乎神經質的護衛和躁怒。像波特萊爾，他如此指控他所憎惡的布魯塞爾，不因為不方便行走，只是因為「沒有櫥窗！散步是富於想像的民族所喜愛的東西，這在布魯塞爾是不可能的，這裡的街道空空蕩蕩，毫無用處。」或像史蒂文生，他的恐慌則是因為倫敦市街夜間照明的汽燈要廢棄改裝霓虹燈，因此，並不是說從此沒有燈光讓夜間遊蕩成為不可能，而僅僅是替代的霓虹燈少了汽燈那樣由弱而強緩緩亮起、和天光的逐步黯去形成相襯明滅的動人詩意景緻而已，就這一點點的損失，已經夠讓史蒂文生宛如世界末日般對霓虹燈口出惡言，「這種光亮只應照見謀殺和公共場所的犯罪，或者是在瘋人院的走廊裡，它只增加恐怖的恐怖。」

對生活在台北市幾近無路可走的創作者來說，這只能稱之為「何不食肉糜」。有時你不免真想讓波特萊爾和史蒂文生到台北市來住個十天半個月看看，不曉得他們會講出什麼更惡毒的話出來。

當然，就城市行走，台北市確實有著人力難以抗拒的先天不幸之處。我指的是它的天氣這部分——亞熱帶島嶼加上完整的盆地地形，給了台北市典型的濕熱多雨氣候，走起路來汗悶在身上，很容易疲憊，一年三百六十五天適合行走的日子並沒多少。

除此而外，大致便都是人為的了。這裡，我們先不談都市景觀，不談空氣和噪音，不談綠地和行道樹，不談交通和停車狀況，不談治安和一般公共建設品質，也不談連副總統回家吃午飯當街攔路等等隨便誰都能列舉出的上百個問題，我們先只看人行道的材質和路權。

保守的估計，台北市人行道的材質足足落後了時代二十年以上。目前所用的金錢圖案（還真像個充滿犬儒嘲意的隱喻）薄紅磚，如果沒記錯的話，還是高玉樹在任市長時用的（老天你還記得這個名字嗎？）。這個台北市寒武紀白堊紀時代的豪華材質，集脆弱和醜怪於一身，加上我們喜歡在上頭停摩托車和轎車，再加上薄紅磚底下的水泥永遠鋪來凹凸不平，因此，遂形成地球表面上數量最大、密度最高的人工湖泊區，而且其中眾多湖泊還是如電影《法櫃奇兵》裡那種隱藏在紅磚底下的陷阱式人工湖，冬日雨天行走時你得具備印第安納．瓊斯博士的絕佳判斷力來決定哪塊可踩哪塊萬萬萬不可——差別只在於，成功通過的瓊斯博士有考古的無價寶物可得，你沒有，你得回家洗熱水澡並換一套乾淨衣服。

我們的路權概念也是整整二十年前的，仍然保留著當時「車輛代表權力」的古老階級意識，因此人行道窄小，很多地段甚至完全沒有，而且在維修時永遠是最後一個順位；更成功保留了這種階級意識的象徵物是，我們到現在還存留並使用天橋和人行地下道，意思是，有著強大馬力的機器走平路，人卻得爬上爬下，這不是古老的社會達爾文主義時代的遺跡是什麼？近兩任的陳水扁市長和馬英九市長都頗積極提倡台北市的文學風氣，拿錢辦文學獎鼓勵寫作，但有時你會很想告訴他們實話，不必那麼麻煩，不必煩勞新聞局傷腦筋或甚至成立文化局，這種事靠現成工務局的基本盡責就行了，把街道弄好，讓人能安然行走其上，你蓋好它，文學很快就來了。

逝者如斯

而更奢侈的一點則不是馬市長（編註：此文寫於二〇〇三年，馬英九時任台北市長）所能或說所應為的了，那就是，台北市仍是個成長中、但成長壞了如不良青少年的城市，卻不是個曾經歷經劫毀的城市（儘管這麼下去可能也快了），因此，它少了某種思維的邊界，某種可放眼看出時空天際線之外的視野。

我們可以說，人的文學藝術創作總直接間接意識到自身的死亡，並從而尋求某種有效或徒勞的抗拒時間生命形式。城市亦存在著生生死死，我個人總想，一個人站在巴黎鐵塔的眺望台和台北火車站前新光三越大樓頂端多少是有不同的，這個繁華的世紀大城，你曉得它曾經在一夕之間死亡於法國大革命，死亡於巴黎公社，死亡於第二次世界大戰的德軍入侵，你意識到它的脆弱，知道它也可能在下一個當下付諸一炬或灰飛煙滅，因此，它眼前的繁華和宛如召喚人回家的暖暖燈火便不再只是一層薄薄的繁華和燈景，它是一個生命本身，和你撕扯不清，你跟它有一種近乎奇蹟的聯繫，但你仍會失去它，因此你更想記得它。

這是《詩經》的〈鹿鳴〉，是《東京夢華錄》和《洛陽伽藍記》，是孔子說的，「逝者如斯，不舍晝夜。」

當然也是卜洛克的《每個人都死了》。

美好與死亡

奉生命過多的歡愉，
奉無羈的希望與懼怕，
我們在此以短促的感恩之心，
虔誠致謝不管祢是哪一位神。
沒有生命永遠駐足；
死去的人從不回轉；
這撫平著微波不興的河水，
清風自在吹向海洋。

安迪．巴克利喃喃一聲，「老天這什麼啊。」把凱迪拉克給活活煞住。我抬起頭，眼前是一隻鹿，就站十碼前我們車道正中央，車燈下牠絕對是隻鹿沒錯，但絲毫不見那種驚恐急著躲避的樣子，牠傲然而立，氣定神閒。

「拜託，」安迪說著，「移一移尊臀吧，鹿大爺。」

「朝牠開過去，」米基說，「很慢很慢的。」

「你不想要一冰箱鹿肉，嗯？」安迪鬆開煞車，車子緩緩逼前，這隻鹿不動聲色讓我們靠得極近，忽地一記縱跳，從路面直接躍入黑壓壓的田野之中消失不見了。

8

我們先是朝北走帕勒沙林蔭大道，轉西北上了十七號公路，再往東北取道二〇九號公路，碰到這隻鹿時，我們的車子已開到一條連編號都沒有的小路，往下再走幾哩，左拐一道蜿蜿蜒蜒的碎石子路，便可直通米基．巴魯的農莊。左拐時剛過半夜十二點，快兩點才到達，一路沒車，我們本來可以放開四蹄奔馳，但安迪讓車行始終低於時速限制幾哩，逢黃燈必停，碰到交叉路口一定乖乖減速，米基和我坐後座，安迪掌方向盤，一路行來誰也不講話。

「你來過這裡。」米基開口，兩樓高的農莊已現於眼前。

「兩回。」

「一次是馬帕斯那檔子事之後。」米基記起來了，「安迪，那晚也是你開車。」

「我記得，米基。」

「那回還有湯姆．希尼，我很擔心他會掛掉，小子傷得很重，但吭也不吭一聲，這傢伙北部來的，那裡出身的人嘴巴閉得比誰都緊。」

他說的北部是北愛爾蘭。

「除此之外你還來過一次？哪年哪月的事我怎麼一點印象也沒？」

「兩年前吧，我們聊了一晚，然後你就載我上來看你養的牲畜，還有這地方白天的景緻。後來你還讓我帶了一打雞蛋回家。」

「我想起來了，我敢打賭你這輩子沒吃過那麼好的雞蛋。」

「是很好沒錯。」

「蛋黃大，而且色澤漂亮得就跟西班牙柳橙一樣。媽的了不起的經濟成果，你自己養雞，一貫作業生產雞蛋，我沒估錯的話，這些蛋平均要花我二十美元成本。」

「二十美元一打？」

「比較接近二十美元一枚。但老太太親自動手炒一盤這樣子的蛋給我吃時，我發誓錢花得很值得，物超所值。」

老太太是指歐馬拉太太，她和她先生是這個農莊的法定擁有人；完全一樣的手法，我們現在搭乘的凱迪拉克也登記在另外某某人身上；還有米基開在第十大道和五十街交角的酒吧葛洛根，從執照到所有文件上的名字也都是他人。米基在紐約這一帶有不少產業和生意，但你絕不可能在任何官方文件上找到他名字，他跟我講過，真正屬於他的，大概就這一身衣服吧，但他一樣沒辦法證明他真的在法律上擁有這些衣服。米基說，你不擁有，他們想拿走就不那麼容易了。

安迪把車停在農莊旁，他下了車，點根菸，在我和米基踏上後門台階時，他仍在後頭慢慢晃著好抽完他的菸。廚房的燈亮著，歐馬拉先生安坐大橡木圓桌旁等我們，出發前，米基先打了電話告知我們會來。「你要我別等，」歐馬拉說，「但我得確定一下你們是不是還需要什麼東西，還有我剛煮好一壺咖啡。」

「好傢伙。」

「這裡一切都好，上星期的雨水沒造成任何損害，今年的蘋果應該會很好，桃子可能還更好。」

「也就是說這個夏天的高溫沒影響囉。」

「完完全全沒有。」歐馬拉說，「這真要感謝上帝。她先睡了，沒其他事的話我也去睡了，需要什麼，隨時叫我別客氣。」

「我們什麼也不需要，」米基保證，「我們待會兒會去後院外頭走走，希望不會吵到你們。」

「不可能吵到我們，我們睡得沉得很，」歐馬拉說。「比死人還沉。」

歐馬拉帶著他的那杯咖啡上樓了，米基把咖啡裝入保溫瓶，栓緊蓋子，又到櫃子找出一瓶詹森牌威士忌，將他隨身攜帶、隔一會兒就飲一口的銀質扁酒瓶給灌滿，重新裝回他褲子後口袋中，再從冰箱拎出兩組六瓶裝的歐基輔特級老麥酒，交給安迪，自己提著保溫瓶和一只咖啡杯，領頭出門。我們上了凱迪拉克，順著車道一路往後走，經過圍了籬笆的養雞場，經過豬舍，再經過穀倉，深入到老果園中。安迪停好車子，米基要我們等他一下，他往回走進一幢像李耳．亞伯納筆下鄉居別館的屋子中，實際上這當然只是間工具儲藏屋。他帶了根大鏟子回來。他選好一處地點，開挖，把鏟子深插土中，再踩上去讓鏟子整個沒入。上個禮拜的豪雨顯然沒把土質浸泡得結實難以撼動，米基彎腰，用力一提，當下挖起一整鏟子土來。

我旋開保溫瓶蓋子，給自己倒點咖啡，安迪又點了根菸，拉開一罐老麥酒，米基則繼續挖。我們三人輪番上陣，米基然後安迪然後我，就在這種了蘋果和桃子的果園一角挖出個長方形的深坑來。果園裡還長幾株櫻桃，但米基告訴我，這是種酸櫻桃，只適合摘來做派，與其費工夫去摘，倒不如看開點留給鳥兒吃，反正不管你怎麼預防，絕大部分的果實總是被鳥吃掉。

我穿了件薄擋風外套，安迪是皮夾克，輪我們挖時都老實脫下來，米基則單單一件運動衫，他好像永遠不冷，也永遠不熱。

安迪輪第二趟時，米基灌一大口老麥酒，再補一小口威士忌，他喟歎一聲，「我應該常來這裡才對，」他說，「光靠月光，看不出這裡真正的美，但你還是觸得到那種和平之感，不是嗎？」

「沒錯。」

他迎風深吸口氣，「你也聞得到豬的味道和雞的味道，靠近時你受不了，但隔這樣一段距離就不壞了，對不對？」

「聞起來是不壞。」

「以這個來替代汽車廢氣、二手菸以及城市所發出的一切惡臭。但我想，真讓我每天在這兒聞這種味道可能也會受不了，或應該說，如果你每天聞，你反而會很快沒感覺。」

「一般來說應該會這樣，要不然，那些住在紙廠附近的人怎麼活。」

「老天，那真的是全世界最可怕的味道，紙廠？」

「是很糟，聽說皮革廠更糟。」

「一定只在生產過程才這樣，」他說，「因為製成終端產品之後並不會，皮製品的味道多好聞啊，紙張則根本沒味道。說起這個，人世間再沒比把培根放鐵盤裡煎的味道更好聞的了，難道說它老兄不是取自騷味撲鼻的豬舍嗎？這讓我又想起一件事來。」

「想起什麼事？」

「去年聖誕節我送你的禮物，我豬舍自產自製的火腿。」

「非常慷慨的聖誕贈禮。」

「而且還有哪樣禮物比這更適合送給個吃素的猶太人呢？」他沉浸回憶中搖搖頭，「她真是個高雅有教養的女人，當時她還這麼滿心誠摯的謝我，幾個鐘頭後我才恍然醒悟，我他媽送了個多不稱頭的東西給她。她有弄這火腿給你吃嗎？」

她會的，如果我開口的話，但幹嘛要伊蓮去弄個她自己不吃的東西呢？我在外頭吃夠多肉了。不過不管是在哪裡，我大概都不敢吃那條火腿就是了。說來不管在家或在外，火腿這東西好像一直和我有過節，我之所以認識米基，是因為我受委託找一個失蹤的女孩，後來證實她是被她的情人殺了，這年輕人是米基的手下，他把她的屍體扔了餵豬，米基知道此事後勃然大怒，斷然執行他的果報正義，讓這些豬有機會再次開葷。米基送我們的火腿當然取自不同一代的豬，餵的純是穀物和餿水，但我還是開開心心把火腿轉贈給吉姆．法柏，他不會知道這段不愉快的經過從而影響他品嚐的胃口。

「我轉送給我一個朋友當聖誕大餐，」我說，「他說那是他平生所吃過最棒的火腿。」

「鮮甜又軟嫩是嗎？」

「他是這麼講沒錯。」

安迪．巴克利把鏟子一扔，爬出土坑，鯨飲一口幾乎直接幹掉一整罐老麥酒。「老天，」他說，「真是整死人的硬活兒。」

「二十美元的雞蛋加一千美元的火腿，」米基說，「對個以農為業的人，這可真是一大筆錢，這麼說來務農怎麼還會窮呢？」

我抄起鏟子，上工。

8

我告一段落，米基再接手，半途，他一豎鏟子，歎口氣，「明天一定慘了，」他說，「今天這麼操下來，但這種痠痛會痠痛得很爽。」

「真正的運動。」

「我平常這樣運動就差不多了，你呢？」

「我路走得多。」

「走路是全天下最好的運動，起碼我聽不少人這麼講。」

「走路，還有在吃撐之前就站起身來走人。」

「哦，那就難了，尤其人到這把年紀就更難如登天了。」

「伊蓮跑健身房，」我說，「一週三次。我也試過，但對我來說，無聊得不如去死。」

「但你走路。」

「我走路。」

他掏出小扁瓶，銀質輝映著月光，他啜了一口，放回去，重新拿起鐵鏟幹活。他說，「我該常來這裡一點，在這裡我自然會走很多路，你曉得，而且多少幫點雜活兒，雖然我猜等我走後，歐馬拉每樁事都得幫我善後重來。我對農作一點天分也沒有。」

「但你忙得很愉快。」

「是很愉快，但我其實很少過來。而且要是我真那麼享受，幹嘛老是巴不得趕回市區去呢？」

「那是靜極思動。」安迪提出解釋。

「是這樣嗎？我和弟兄們在一起時為什麼就不會思動。」

「你是說那些修士？」我說。

他點點頭，「那些帖撒羅尼迦弟兄，斯塔頓島上。從曼哈頓搭一趟渡船直接就到了，但你會覺得自己置身另外一個世界。」

「你上回去是哪時候？好像就今年春天，是不是？」

「五月的最後兩個禮拜。六月、七月、八月、九月，整整四個月前，等於才去而已，下回你得和我一起去。」

「最好是啦。」

「你為什麼打死不跟我去？」

「米基，我連天主教徒都不是。」

「誰管你是或不是？你還不照樣跟我一起望彌撒。」

「那只要二十分鐘，不是兩個禮拜，我不認為我適合去那兒。」

「不會有什麼不適合的，這是一種靜思，你找個安靜的地方回頭好好檢查自己，你從沒試過靜思嗎？」

我搖頭，「我一個朋友隔一陣子會去一次。」

「去找帖撒羅尼迦弟兄嗎？」

「去打佛教的禪七，說到這個我想起來了，他去的地方離這兒不遠，這附近是不是有個叫李文斯頓莊的地方？」

「有啊，而且就在這附近。」

「所以啊，那座僧院就在這附近，他來過三四次。」

「那他是佛教徒囉？」

「他出身天主教家庭，不過他已經幾百年沒上教堂了。」

「因此他歸向佛教尋求靜思。我見過他嗎，你這個朋友？」

「應該沒有，但他和他太太吃了你給我的火腿。」

「而且說很好吃，你剛講過這個對不對？」

「這輩子最好吃的火腿。」

「出自佛教徒口中的無上讚美。喔，老天，這真是他媽好奇怪一個老世界，不是嗎？」他爬出土坑，「最後由你收尾吧，」他說，把鏟子遞給安迪，「我想這麼深可以了，但你再多挖兩下也無傷。」

安迪領命接手。這會兒，我冷起來了，把擋風外套從我順手一扔之處撿回來，穿上，夜風刮來一朵雲遮住月亮，現場的光線矇矓下來，這朵雲很快的通過，月亮重現清輝。月很圓，再兩天就滿月了。

凸月這是——這個詞說的是半滿到全滿之間的月亮，伊蓮的用詞，呃，韋氏大辭典有，我想，但的確是她教我的。也是她告訴我，在愛荷華，如果你找個桶子裝了當地鹹湖水，月亮會吸引桶裡鹹湖水形成潮汐，而人類血液的化學成分和海水非常接近，因此月亮也會對我們血管內的東西造成潮汐。

觸景有感而發罷了，在如此的凸月之下……

「行了。」米基說，安迪把鏟子一扔，米基伸手拉他上來。安迪從小口袋中抽出一根小手電筒，對著土坑深處照去，我們三人看了看，一致覺得算是可以接受，然後，我們回到車停處，米基沉沉的歎了口氣，打開後車廂。

有這麼片刻，我想像後車廂是空的，當然，除了空洞之處外，可能塞了件夾克，扔一根扳手，也可能還有一床舊毛毯或兩捲破毯子之類的，除此而外，後車廂是空的。

就只是那麼一剎那的想像而已，就像剛剛那朵雲吹過月亮一般，我並沒真正冀望後車廂是空的。

當然，它不可能是空的。

2

沒想到會是由我來說這個故事。說真的，與其說這是我的故事，不如說這是米基的故事，他才是應該講這故事的人，但他不會說的。

當然這個故事裡還有其他人，每個故事也多少都屬於參與其中的人，但這個故事尤其關係到相當一些人，儘管沒有人比得上米基的分量，他們也可以以不同的方式角度來講，個別的，或一起。

但他們更不可能開口了。

米基絕不會說的，這個最有資格的人。我從沒見過比他更會講故事的人，這個故事他當然會說來更活靈活現，但我知道這種事永遠不會發生，他永遠不會告訴任何人。

話說回來，故事發生我也在場，開頭時參與一點，中段時戲分加重，結局時幾乎全身投入。這也是我的故事，理所當然是，怎麼可能不是呢？

在此，我想講出這個故事，而且，基於某些理由，我覺得我不能不說。

我想，我有權決定。

3

同一夜稍早，當天是禮拜三，我去了戒酒聚會，結束後和吉姆·法柏以及另外兩人去喝了杯咖啡，回到家伊蓮告訴我米基打過電話，「他說你方便的話繞他那兒去一趟。」她說，「他沒講有什麼緊急事，但我感覺是那樣。」

因此，我從衣櫃找出我的擋風外套披上，才走到葛洛根半路上，我就乖乖把拉鏈拉到頂了。當時是九月，非常傳統的那種九月，白天像八月，晚上像十月，白天會讓你清楚意識到你人在哪裡，晚上則會讓你清楚知道你會往哪裡去。

我在西北旅館一間小房間裡住了約二十年，旅館位於五十七街北、第九大道往東幾家那裡，最終，我搬走了，就搬到對街的凡登大廈，這是一幢建於大戰前的大樓，我和伊蓮在此十四樓有一間很寬敞的公寓，朝南跟朝西的方向各有一扇窗。

此刻，我走的方向也是朝南和朝西，朝南到五十街，再朝西走第十大道，葛洛根在最南角，一間老式的愛爾蘭酒館，這樣的店在地獄廚房這一帶已愈來愈少見了，或應該說整個紐約。地板是一吋見方的黑白兩色磁磚，天花板貼馬口鐵，一座桃心木長吧台，吧台後牆上則是等長的鏡面。酒館後頭隔出一間小辦公室，米基的槍枝、現金和文件記錄放裡頭，還擺了一條綠皮長沙發，供他打盹補眠用，辦公室左側留了個小凹間，盡頭掛個鏢盤，鏢盤上方是一條剝製的真旗魚標本，門開在凹間右牆，指向洗手間。

我從前門進來，先掃整個酒館一眼，包括坐吧台邊有萎頓、有亢奮、精神狀態不一的酒客和幾張熟面孔，以及其他幾桌酒客。站吧台後的柏克給了我面無表情的一頷首以為招呼，安迪則單操一個杵後頭凹間裡，身子前傾，手握飛鏢。一名男子剛好從洗手間出來，安迪直回身了，可能想和他搭兩句嘴打兩盤鏢或僅僅只是避免射到他。這個人我好像在哪兒見過，正想搜尋出記憶，但馬上我又看到另一張臉，把我整個思維拉扯了過去。

在葛洛根，不會有人到你桌前問你喝些什麼，要酒要飲料你得自己到吧台拿，但店裡還是設了好幾張桌子，其中半數有人，其一是為數三名清一色西裝革履男子，另外的就都是一對一對了。米基．巴魯是個惡名昭彰的凶徒，葛洛根正是他的老巢，也是這一帶一堆兄弟晃盪之地，但自從地獄厨房這一區逐步高級化，變身成為柯林頓區之後，葛洛根遂也搖身變為這一帶新住戶的聚集中心；或者下班後來上一瓶冰鎮啤酒消暑解勞，或者電影散場後來喝今晚最後一杯，為一天畫上完美句點。另外，對想找個地方開懷暢飲兼互吐心事的夫妻而言，葛洛根亦是個不壞的選擇；或者，像她那樣，不是跟配偶，而是另外一個人。

她黑了，也瘦了，短髮造型襯她的臉不那麼漂亮，但顧盼之間還是會閃出迫人的美麗來。她叫麗莎．郝士蒙，我認識她時她已結婚，她丈夫我很不喜歡，但說不出個所以然來，之後，她丈夫在打公共電話時被槍殺了，她在衣櫥裡找到個裝滿現金的鐵盒，打電話跟我求援，我做了些安排讓她安心保有那筆錢，還解決了她丈夫的謀殺案，並在此過程中莫名所以的跟她上了床。

事情啟始時我仍住西北旅館，後來伊蓮和我搬到凡登大廈，再過一年左右我們結了婚，但在這期間我仍持續上麗莎家，方式通常是我打電話，問她要不要人陪伴，她的答覆永遠是好，永遠歡迎我去。有時，我會隔好幾個星期不跟她聯絡，長到讓我開始相信這段關係已到此完結，然後某一天到來，我又莫名想逃上她的床，我撥了電話，她依然說好，歡迎我去。

在我自己看來，這事一點也沒影響到我和伊蓮的關係。其他人都是這樣自欺欺人，但我真認為這是事實。它像存在於另一個時間和空間一樣。當然，此事脫不開性愛，但它不純然是性，就好像醉翁之意不在酒一般。事實上，這真的像喝酒，或者應該說對我而言，它的作用就跟喝酒一樣，在我不耐煩此時此地的時候，有另一個地方可去。

我和伊蓮結婚後沒多久——說正確一點，就在我們蜜月旅行期間——伊蓮清楚讓我知道，她曉得我另外有人，而她一點也不在意。伊蓮說此事時話語十分簡要，她說的是，結了婚並不意味我們得做什麼改變，我們可以樣樣都跟沒結婚時一樣。不過她的暗示夠明白了。也許是多年的執業生涯，讓她對男人有某種奇特的洞察，不論結了婚的或未婚的。

婚後我仍找麗莎，但次數漸稀，最終完全停了，沒吵沒鬧無風無雨。那天下午，我人在麗莎那兒，她那個位於五十七街和第十大道交口，宛如鷹巢俯看大地的二十幾樓公寓，我們喝著咖啡，她告訴我，有點吞吞吐吐，她開始和某人交往，現在還不當真，但往後難說。

然後我們攜手上床，狀況一如往常，不特別，但一樣好，然而，在過程中我發現有個想法我趕不走，我一直在想自己他媽的還在這兒幹什麼，我並不認為這有何罪惡可言，我甚至也不覺得有何不對，我也不認為這會傷到誰，伊蓮不會，麗莎不會，我自己那更不會，但終究來說，我就是感覺有哪邊很不對勁。

我輕描淡寫的告訴她，我可能會有一陣子不打電話來了，我得給她一點空間。她的回答也只像隨口而出，她說，這主意可能不錯。

從此我再沒打過電話給她了。

其間我遇過她兩次，一次在街上，她從阿戈斯蒂諾超級市場買了一車子日用品回家途中。嗨，你好嗎？不壞啊，你呢？喔，還不老樣子，忙這忙那。我也一樣。你氣色不錯啊。謝了，你也是啊。那……很高興遇到你。我也是。你多保重。你也是。另一次伊蓮也在場，我們在阿姆斯壯酒吧正想擠開一條路。那不是麗莎．郝士蒙嗎？是啊，我想是她沒錯。她身邊有人，再婚了是嗎？我不曉得。她第一次婚姻實在有點不順，不是嗎？先是流產，跟著丈夫又過世，你覺得該打聲招呼嗎？喔，我不曉得，她看來和她身旁那傢伙正打得火熱，我們是她上次婚姻的朋友，下回吧……

但沒下回，如今，她出現在這裡，葛洛根酒吧。

我正走向吧台，她也正巧抬起頭來，我們視線相遇，她眼睛亮起來。「馬修，」她開口，揮手示意，「他是佛羅里安。」

就這個名字來說，他的長相平凡了些，年紀約四十上下，淡褐色頭髮，腦門一帶已岌岌可危，角框眼鏡，藍色運動上衣配丹寧布襯衫，條紋領帶。我注意到他戴著婚戒，但她沒有。

他說聲哈囉，我原封回他一聲哈囉，她說了句見到我真是開心，我就繼續走到吧台，柏克先倒杯可樂給我。「他說他一會兒就回來。」柏克告訴我，「他有交代你會來。」

「他說的沒錯。」我大概回答了諸如此類的話，沒真留意自己講了什麼。就連啜了口可樂，也沒真留意我喝了什麼。透過手中玻璃杯的杯緣，我看向我剛剛停步的那桌，他們兩人都沒朝我這頭看，我注意到，他們牽著手，或應該說他牽著她手，佛羅里安和麗莎，麗莎和佛羅里安。

我和她一起的日子好遙遠了，真的，好些年了。

「安迪在後頭。」柏克說。

我點點頭，起身離開吧台，眼角好像瞥見個什麼，我一轉身，便與先前看到那個從洗手間出來的男子四目相對。他有張楔形的大臉龐，高凸的眉毛，寬廣的額頭，長而細的鼻梁，和一張豐潤的嘴巴。我認得此人，但絲毫想不起來他媽的到底是誰。

他給了我幾乎不可見的輕輕頷首，我說不出這是打招呼或僅僅是大家目光相遇的簡單禮節，然後他轉身走向酒吧，我則從他身邊閃過直往安迪那兒，安迪準確站在白線後，身子前傾，正瞄準鏢盤。

「老大有事出去了，」他說，「反正等著沒事要不要鬥個兩盤？」

「還是算了吧，」我說，「這只會讓我覺得自己很蠢。」

「我要是怕覺得自己蠢，那每天都不用下床了。」

「射飛鏢呢？或開車子呢？」

「老天，最蠢的莫過於此了，我腦子裡永遠有個聲音說，『瞧瞧你自己，你這呆子，都三十八歲了，你會的就只有射飛鏢和開車子兩件事，你還好意思說這是人生嗎，你這超級大笨蛋？』」

他手中飛鏢勁射而出，準準的釘紅心上。「好吧，」他說，「如果真的只會射飛鏢的話，想要不成為高手也難。」

他從鏢盤上抽回鏢來，走回來時我問他，「吧台那兒有個傢伙，哦，應該說剛剛那兒有個人，一分鐘前，媽的這傢伙哪裡去了？」

「你在說誰？」

我移動位置，到我可從吧台後方鏡子看清楚每張臉的地方，就是看不到我要找的人。「差不多你這年紀，」我說，「也許稍稍年輕一點，寬額頭，尖下巴。」我形容了一下此人長相，安迪皺著眉搖搖頭。

「毫無概念，」他說，「他現在人不在店裡是嗎？」

「沒看到。」

「你說的該不是道爾提先生吧？他剛剛人在這裡——」

「我認得道爾提先生，他都快——快九十歲了吧？我說的那傢伙他——」

「大概是我這年紀或再年輕一些，沒錯，你講過，但我忘了。說真的，我隨便一看，就發現身邊的人一個比一個年輕。」

「那還用說。」

「好吧，總而言之，我對這傢伙毫無印象，聽你描述半天我也沒半點概念，這人怎麼啦？」

「他一定走人了，」我說，「整個店裡看不到他人，但他剛剛確實在這裡，你好像還跟他談了一下。」

「吧台那裡嗎？這半小時內我人一直在後頭。」

「他剛從洗手間出來那時，」我說，「我正好進門。我覺得他有些眼熟，又看他好像跟你說話，也可能你只是停手讓他通過，免得一鏢射他耳朵上。」

「這會兒我倒希望這樣了，這樣我們起碼有機會搞清楚他是何方神聖，『哦，沒錯，我知道你在說誰，就是那個戴著飛鏢耳環的混球嘛。』」

「你不記得和誰說過話？」

他搖頭，「不敢講完全沒有，馬修，一整個晚上洗手間這裡人進人出的，我就站這裡射鏢，有時難免誰會搭兩句扯淡，我也可能隨口敷衍他們兩句，除非我感覺誰有可能跟我賭兩把鏢賺幾塊錢花花，否則我根本不會留意。但今天晚上我連找人賭鏢的興致都沒有，我估量他老兄一回來我們就得出發了，說到這裡，你曉得嗎，說曹操曹操就到了。」

∞

他，指的是大傢伙，米基・巴魯，他看來像花崗岩粗鑿兩下成的，一具石器時代的古雕像。他的兩眼是閃動的綠，透出的訊息不僅僅是一絲危險而已。今晚，他身著灰運動外套配藍運動衫，但他還是套上他已故父親那件屠夫圍裙恰當些，這件家傳白圍裙上記錄著從古銹到新紅的斑斑血跡。

「你到啦，」他說，「好傢伙，安迪會把車開過來，你不介意此刻咱們來趟美好的九月夜遊吧？」米基在吧台快快補充了一整杯酒好上路，我們一起出門，上了那輛墨藍色的凱迪拉克，駛離一位記者口中的「罪惡王國總部」葛洛根；伊蓮曾指出，這個說法實在挺拙劣的，因為米基根本不走帝國風格，而是封建型的，他像端坐城堡的領主，手握他建立於一己武力之上的大權，掌賜忠貞的子民，並把敵手投入護城河去。

我完全了解，他委實不怎麼適合成為一名前警員、現任私家偵探的知交好友。這些年來，他兩手染的血絕不下於濺上圍裙的，然而，我似乎能夠做到理解他，而不是去審判他，也不試圖疏遠他；我不確定這代表我個人的世故成熟，或僅僅是有意的視而不見，說穿了，我也不怎麼在意到底是哪個。

我是有一整票朋友，但處得深的並沒幾個。

多年前同在警界認識的那幾個全退休了，也老早就斷了聯絡；酒吧的狐群狗黨則打從我戒酒並停止在昔日的飲酒之地出沒後，也自然疏遠了；至於戒酒無名會裡的交情，它深厚且堅實之處，是立基於相濡以沫的對抗酒精聚會之中，我們相互打氣，信任彼此，分享了每個人最私密不堪的生命經驗——但我們無需在生活中進一步交往。

伊蓮是我最知心的朋友，也是到此為止生命中最重要的一個人，但在此同時我也有幾名情深意厚的男性朋友，各有各的不同情深意厚法。吉姆．法柏，我協會的輔導員；阿傑，他現在住進我的老旅館房間，除了在伊蓮店裡幫忙而外，仍擔任我辦案的助手；雷蒙．古魯留，不折不扣到骨子裡的律師；喬．德肯，中城北區分局的探員，也是我和警察單位碩果僅剩的最後環節；錢斯．庫爾特，昔日的皮條客，現在是非洲藝術品商人；丹尼男孩，靠資訊過活的包打聽。

以及，米基．巴魯。

這些個我的朋友，完全歸納不出個典型來，至少我想像不出如何可能。總而言之，他們彼此之間不太可能湊到一塊兒去，但他們都是我的朋友，我不審判他們，更不審判我們的交情，我審判不起。

在安迪開車、我和米基併肩坐在寬敞的後座時，我想著這些事。我們聊了下洋基新的日籍投手，聊這傢伙在季初一鳴驚人之後一路下滑，但這個話題顯然誰都不怎麼帶勁，因此，很大部分車行時間中大家都不講話。

8

我們穿過林肯隧道往紐澤西，經西三號公路，之後怎麼走我就沒再留意了，只知道我們進入一處典型的郊區工業區中，來到一幢圍著十二呎高圍牆加六角形粗鐵絲網的巨型單層水泥建築，一方告示上寫著，「房間出租」，這實在令人礙難苟同，我這輩子再沒有見過比這更不適合用來出租的房間了，但第二個告示牌解釋了這一點：「E-Z庫房／您物美價廉的另一個置物空間」。

安迪讓車子緩緩滑過前庭，轉上第一條車道，沿著該建築再繞行一圈。「完全平靜無聲。」他說，把車停在上鎖的大門正前方，米基下了車，拿鑰匙開了門，朝裡推開大門，安迪直接把凱迪拉克開進去，米基將我們身後的大門重新鎖上，這才回到車上。

「到十點鐘他們就鎖上大門，」米基告訴我，「但他們會給你鑰匙，一天二十四小時你隨時可以來，差別只有晚上十點到凌晨六點這段時間你不會看到任何人。」

「這倒省不少事。」

「就因為這樣我才租。」他說。

車行於建築內，每隔十五呎左右就有一處捲式鐵門，全關得好好的而且有巨鎖鎮守。安迪在其中一扇之前煞車熄了火，我們三人下車，米基掏了另一把鑰匙打開大鎖，一抓把手拉起鐵門。裡頭黑壓壓的，但在鐵門完全捲上之前，發生什麼事我大概有數了。我像伸出車窗外迎風認真嗅著的狗，琢磨著這一團迎面撲來的強烈氣味。

當然，其中有死人的氣味，是屍體擺在溫度不低又密閉空間所蒸騰出的氣息，還伴隨一股血腥味，我常聽人家形容這像銅的味道，但我個人想到的總是嘴裡含著鐵的味道，如果你高興，就直接稱為鐵味吧。此外，尚包括一股無煙火藥燃放的味道，以及某種物品燒焦的氣味，依我猜，可能是毛髮之類的。最後，就像這些混雜成的哀傷氣息配上了不稱頭的背景音樂一樣，我聞到一鼻子的威士忌酒香，應該是波本沒錯，上品的波本。
然後，燈打亮了，頭頂上單一一顆燈泡，照出我鼻子已經告訴我的種種。兩個男子，全穿著牛仔褲和球鞋，其中一名上身是深綠工作襯衫，袖子捲起；另一名則是藍紫色馬球衫，躺臥在中央靠左幾呎處，這是個約十八呎見方、十呎高的儲藏室。
我走上前，仔細看看兩名死者，俱是三十歲上下的人，穿馬球衫的我認得，只是想不起名字，如果說我曾經聽過的話。見面地點就在葛洛根，這人最近才從貝爾法斯特來，口音很重，每個句子的尾音總輕微上揚，彷彿說什麼都是問話。
他的手掌被射穿，胸骨稍低處也被擊中，然後再補一記，這是致命一擊，位置是左耳後頭。最後這槍是極近距離打的，傷口邊的頭髮有燒灼之跡，所以我聞到的果真是燒焦毛髮的氣味。
另一個，深綠工作服這位，則是血從喉部的彈孔處流出來，他仰身躺臥著，躺臥於血泊之中。同樣的，他也有不慌不忙的保險一擊，極近距離的，前額正中央準準一槍，但依情況推想這一槍實在殊無必要，喉部中的那一彈已足夠要他的命了，而且，從現場流的血判斷，他極可能在中第二槍之前就死了。
我問：「誰殺的？」
「哦，」米基說，「你不才是偵探嗎？」

∞

安迪守在外頭車旁，負責把風，米基把鐵門拉低，以防萬一有人走過瞧見。「我希望你看到的就跟我發現時一模一樣，」他說，「我倒不太樂意把他們這樣扔著走開，但我怎麼能保證不毀掉某些必要的線索呢？我怎麼知道哪邊是線索哪邊不是？」

「你完全沒動過？」

他搖頭，「我不必碰他們就知道他們沒救了，我見過夠多屍體了，一眼就分辨得出來。」

「包括在黑暗中？」

「幾個鐘頭前味道沒這麼重。」

「你就是那時候發現的？」

「我沒注意確實時間，才傍晚過後，天還亮的，我想應該七八點左右。」

「現場就現在這樣？你沒放了什麼東西或帶走任何東西？」

「沒。」

「你來時鐵門是拉上的？」

「拉上，而且鎖著。」

「那牆角那個硬紙板盒子——」

「裝一些工具，通常就保管在這裡，一根開木箱用的鐵撬，還有榔頭和釘子。本來應該還有一支電鑽，但我猜他們拿走了，能拿的他們全拿走了。」

「能拿的指的是什麼？」

「威士忌，夠裝滿一輛小卡車。」

我跪下來查看我認得的那個，我動動他手臂，讓手掌和身體的傷口重合。「同一顆子彈，」我說，「或說至少看起來如此，這種情形我以前見過，某種反射動作，伸手去擋子彈。」

「就你所知，有用嗎？」

「除非你是超人。他先被揍了一頓，你注意到了嗎？在臉上，用槍敲的，應該是。」

「哦，老天，」他說，「他還只是個小鬼頭。你一定在店裡見過他。」

「我一直不曉得他叫什麼。」

「貝瑞·麥卡尼。他一定會跟你講他和披頭四的保羅·麥卡尼沒親戚關係。在他老家貝爾法斯特倒是用不著強調這點，因為安崔姆郡那裡有一大堆麥卡尼。」

我檢查另一名死者雙手，沒槍傷，要不就他沒伸手抓子彈，要不就他抓了但沒逮到。

看來他臉部頭部也挨了打，但這沒辦法說準，額頭那一槍毀了他的臉。

至少在我這個門外漢看來，情況是如此。我是去過一些凶案現場，但我不是驗屍官，也不是鑑識人員，我並不知道自己該找什麼，也不確定我所看到的代表什麼意思，就算我盯著屍體瞧一整晚，恐怕也沒辦法找出那些專家一眼就能看出的蛛絲馬跡。

「約翰·肯尼，」米基說，不勞我問。「你見過他嗎？」

「應該沒有。」

「史特拉伯恩人，在泰隆郡。他住伍德賽，那種一間小屋擠一堆北愛爾蘭男孩的生活，他母親一年前過世，這省了我們去通知她，」他咳了聲，「他趕飛機回去，替他媽辦好喪禮，又飛回來，然後死在一間滿滿威士忌的房間裡。」

「我聞不到他們身上有酒味。」

「我是說房間滿滿是酒，不是講他們兩個。」

「但我進門就聞到威士忌味，」我說，「現在我還是聞得到，只是沒看到。」

「哦。」他應了聲，我順他所指看去，幾呎遠水泥牆底部有破玻璃片，其上約五六呎高的牆上則染著漬痕，而且往下流到地板處。

我走過去，好好看這漬痕。「這就是你被幹走的威士忌，」我說，「他們打破了其中一瓶。」

「沒錯。」

「但這看來不像失手摔破的，」我說，「是某人對著牆狠狠砸過去的，滿滿一瓶，」我在玻璃殘骸一片片翻揀，找到酒瓶上的標籤，「喬治狄可，」我說，「我就說我聞到了波本。」

「你仍保有你的酒鼻子。」

「麥卡尼和……肯尼，是嗎？」

「約翰．肯尼。」

「我想他們是替你做事的。」

「是。」

「他們之所以在這裡也和你生意有關？」

「是。昨晚我交代他們今天開車來，要他們扛六箱酒回去，蘇格蘭威士忌、波本還有其他什麼我忘了，我有要他們寫下來，約翰開一輛休旅車，一輛又破又髒的老福特大車，載個幾箱酒綽綽有餘，貝瑞負責幫他，他們兩個白天來，其實不需要帶鑰匙。但我有一組備份的，所以還是讓他們帶了。」

「他們知道怎麼來嗎？」

「他們之前來過，就是上次運威士忌進來時。裝酒上卡車他們沒參與，但幫忙在這裡卸了貨，後來這幾個月裡還來過一兩回。」

「好，他們是來拿威士忌的，送到哪兒呢？」

「送回店裡。因為一直等不到人，我就打電話四處找他們，什麼個鬼影子也找不到，所以我就自己開了車到這裡來。」

「你擔心他們出事？」

「我應該沒什麼好擔心才對，我給他們的這差事不是什麼等不得的緊急任務，他們也許先晃去哪裡也說不定。」

「但你還是很擔心，是不是？」

「是，」他承認，「我有不好的預感。」

「我懂。」

「我媽常講我有第三隻眼，我不知道是不是真這樣，但有些時候我會有某種預感，店裡需要威士忌，我也沒其他事好做，那何不乾脆跑一趟來看看？」
「如此，你才發現他們？」
「沒錯，我沒增添任何東西，也沒拿走任何東西。」
「那輛休旅車呢？」
「我不曉得，完全沒看到，我猜殺他們的人開走了。」
「但這裡儲藏的威士忌，一輛休旅車應該裝不下，」我說，「載個六箱不是問題，至於說要清光全部──」
「得有另一輛卡車。」
「或再兩輛休旅車，多跑個兩趟。但他們一定得一次搬光，誰也不會想再回這個躺著死人的房間。他們一定有一輛卡車，其中一個人負責開這輛，另外一個人則開肯尼的休旅車走。」
「休旅車這玩意兒你沒法賣，」他說，「就算解體賣零件也不可能，你把鐵銹磨掉，根本就沒東西剩下來了。」
「也許他們只是需要多一點載貨空間，也許他們開來的卡車貨車什麼的還是載不完酒，他們得把裝不下的搬上休旅車。」
「最後還是多出一瓶來，」他說，「只好把它摔牆上。」
「摔牆上這瓶酒真不好找到合理解釋，不是嗎？這不是不小心摔破的，是有人用力砸牆上的。」
「也許這裡有場拳打腳踢──」

「但毫無跡象顯示。這些殺手押住了你這兩名手下，先用槍揍他們，再開槍打死，這部分應該很清楚，但這個劇本很難和摔破酒瓶這一幕湊一塊兒，」我彎身，再直起，「這瓶酒先開過，」我說，「瓶頸在這裡，瓶蓋不在上面，封條也扯開了。」我閉上眼，想重建當時這一幕，肯尼和麥卡尼到這裡來，上完貨，他們想在離開前喝一杯，這時壞人拿著槍衝進來了，『好啦，別這樣，歇會兒喝一杯吧。』肯尼這麼說，或麥卡尼說。他把酒遞過去，但這些帶槍來的一把奪過來，就往牆上砸去。」

「為什麼這樣？」

「我不曉得，也許找上門來的是個支持無酒共和國或反酒吧聯盟的人。」

「說了這麼多威士忌，」他說，並從口袋掏出他的扁銀酒瓶小啜了一口，「老友，他們不可能在這裡發現一瓶開著的酒，所有的箱子全是密封的。要是誰真想喝一杯，那也得先撬開箱子不可，但是他們是不會這樣做的。」

我把注意力移回屍體，在約翰．肯尼喉部所流成的血泊之上，浮著小塊的玻璃酒瓶碎片。「酒瓶是人死後才摔的，」我說，「他們殺了這兩人，然後弄開箱子，在搬威士忌時喝了兩口，然後把酒瓶砸掉，這為什麼？」

「大概他們覺得不好喝吧。」

「有些地方，車上載有已開封的酒瓶是違法的，但不管怎樣我不認為他們會顧慮這個。這是某種示威，不是嗎？把酒瓶直接砸牆上，也可能這只是類似乾杯後把酒杯扔進火爐裡的習俗，反正不論什麼原因，這舉動都是蠢。」

「何以見得？」

「因為玻璃最容易印上指紋，有極高的可能這裡某一片玻璃上會找得到可用的指紋，而且天知道那些埋實驗室的專家還能從中找出更多什麼來，」我轉身向米基，「你是很小心避免破壞犯罪現場的完整，但只保留給我一個人看實在是天大的浪費，我既沒受過訓練也沒足夠的設備資源來好好加以利用，但我不認為你會讓警方插手此事。」

「我不會。」

「是啊，跟我想的一模一樣，然後呢？你打算移走這兩具屍體是嗎？」

「呃，這樣，」他說，「我不好把他們這麼扔著吧，可以這樣嗎？」

4

我們把這兩具屍體放到我們挖成的合葬墳坑中，在把他們弄進後車廂前，便分別用個黑色大塑膠袋裝妥，這兩個塑膠袋於是陪他們進入這安息之地。

「應該有人為他們唸禱詞，」米基說，他不知所措的站在坑邊，「你們誰記得什麼禱詞好唸的嗎？」

我想不出什麼合適些的，只能保持沉默，安迪也是。米基開口了，「約翰・肯尼和貝瑞・麥卡尼。哦，你們是好孩子，願上帝賜以你們榮光，神所給予的，神可以拿走，奉聖父聖子聖靈之名，阿們。」他對著墳坑畫了個十字，垂下手來搖搖頭，「你們想我操他媽能想出什麼鬼禱詞來，他們應該有個神父祝禱才是，或至少至少，他們也該有個正式的葬禮。哦，老天，他們應該再活個三十年才是。現在這樣，他們應該這樣應該那樣都操他媽沒得想了，他們有的，就是這麼一個大土坑，還有三個人對著他們搖頭，可憐的小混蛋，我們送人送到底把他們埋了吧。」

填土比挖土花的時間少多了，但還是一番工夫，我們只有一根鏟子，一樣得輪流上陣，就像剛剛挖的時候一樣。填妥之後有一小堆多出來的土，米基從工具屋搞出個獨輪推車，把土鏟上去，弄到十五哩外的果園深處倒了。他推了空車回來，連同鏟子收回工具屋裡，走回來又好好看了墳墓一眼。

他對安迪說：「大老遠就看得出這裡有座墳，不是嗎？不過除了老歐馬拉之外，誰也不會到這兒來，歐馬拉也不是第一次見到這種事，老歐馬拉好人一個，他知道什麼該睜眼閉眼。」

農莊廚房的燈依然亮著，我把保溫瓶沖乾淨，扣在廚台滴水盤上，米基將沒開的麥酒收回冰箱，再補滿他小瓶的詹森牌威士忌，然後我們坐回凱迪拉克，打道回家。

離開農莊時天仍一片漆黑，路上車輛比來時更稀，而且後車廂不再有屍體讓我們緊守時速限制，然而，安迪還是保持不超速五英哩以上，車行不多久，我闔上眼，不是盹著了，只是靜靜想事情。再睜眼時我們已上了喬治・華盛頓橋，東邊天際也現了曙光。

於是我有了個徹夜不眠的白夜，這陣子來第一次。以前米基和我會在葛洛根坐一整夜，大門鎖上，燈關了，只留頭上一盞燈泡，說些往事或只靜靜坐到東方既白，往往我們就這樣過完一整夜，等早上八點鐘聖本納德教堂的彌撒，屠夫彌撒；在那兒，米基不過是白圍裙上染著血漬的一大群人其中一個而已。

下了橋，開上西緣大道，米基開口了，「我們時間正好，你曉得，聖本納德的彌撒。」

「你完全說中我想的，」我說，「但我累了，我想今天算了。」

「我也一樣累，但今天早上我非去不可，他們值得請個神父才對。」

「肯尼和麥卡尼。」

「是，麥卡尼全家都還在貝爾法斯特，你只能告訴他們出了點麻煩，他死了，這可憐的小鬼。

約翰·肯尼的老媽死了，但還有個姐姐在，是不是啊安迪？」

「兩個姐姐，」安迪說，「一個嫁了，一個當修女。」

「嫁給我們的天主。」米基說。我總是搞不清楚莊重和嘲諷該在哪裡分際，我也不確定米基能分得清。

8

安迪把我們載到葛洛根放下，米基要他把凱迪拉克開回車庫。「我自己叫計程車去聖本納德。」他說，「也許就走過去，時間綽綽有餘。」

柏克幾小時前就關店打烊了，米基拉起鐵捲門，又開了大門的鎖。裡頭，燈熄掉了，椅子全搭在桌上，這樣拖地板時才不礙事。

我們直接進了他後頭做為辦公室的小房間，他轉開那座巨型的老摩斯勒保險櫃，抽出一整疊現鈔，「我要雇用你。」他說。

「你要雇用我？」

「雇你當偵探，這是你的職業不是嗎？有人雇你，你負責調查。」

「是沒錯。」我同意。

「我要知道誰幹的。」

我也想過這個，「這可能是即興之做，」我說，「鄰室的某些人，不小心看到他們兩個人敞著門在那裡，那一堆酒又不拿白不拿，你說酒一共有多少？」

「五十到六十箱。」

「呃，這樣值多少錢？一箱十二瓶，一瓶多少？就十美元吧？價錢是不是差不多這樣？」

他眼中浮起笑意，「從你不喝酒那天開始，他們就把價格調高了。」

「沒想到他們生意還維持得下去。」

「你不上門光顧，他們的生意很難做，但總算也是撐了過來，你就當兩百美元一箱好了。」

我心算出來，「一萬美元，」我說，「取其吉祥數，這樣就值得一搶了。」

「那當然，不然你以為我們幹嘛一開始去偷？儘管我們並不認為值得為它殺人。」

「如果不是誰信手幹一票，」我說下去，「那，不是這票人跟蹤了麥卡尼和肯尼，就是他們本來就藏身那裡，等有人來了好動手。但這也太說不過去了吧？」

他桌上擺了瓶開了的威士忌，他拉開瓶塞，四下找酒杯，最後直接用瓶子灌了一小口。

「我得知道。」他說。

「你要我替你找出來。」

「是的，這是你的專長，我自己在這方面一點用也沒有。」

「也就是說純粹依靠我去找出事實真相，以及誰該為此事負責。」

「就是這樣。」

「然後我再將訊息轉交給你。」

「兄弟，你兜了一大圈到底是想說什麼？」

「是說，我將下達一份死亡判決書，對嗎？」

「哦。」他應了聲。

「除非你打算讓警方接手這件事。」

「不，」他說，「不，我不會讓警方來處理。」

「我想也是。」

他伸手抓住酒瓶，但定格在那裡。他說，「你看到他們怎麼對付這兩個孩子了，開槍不說，還先揍了他們，要他們血債血還再符合公平正義不過了。」

「若是由你自己來執行的話，就只能算是粗糙的正義。」

「絕大多數的公平正義不都這樣嗎？」

我想我很難不相信這話。我說，「我的問題不在於你會採取什麼行動，我的問題在於我該不該參與其間。」

「哦，」他說，「這麼說我懂了。」

「你要怎麼做完全在於你自己，」我說，「但我不可避免會陷入兩難之中，你不可能找警察的，對你來說，人生走到這一步，不可能再回頭了。」

「這也不合我的本性。」

「我了解人有時難免無法掉過頭來，」我說，「或甚至兩手一攤拍拍屁股走開，把事情丟給警方料理。我自己也有過這情形。」

「我知道你有過。」

「我不敢確定我選的路一定對，但我似乎一直都還過得去，所以我沒辦法勸你，說千萬別自己抓把槍解決事情，我沒辦法，因為換我站在你的立場，我的做法也可能跟你一模一樣。但終究那是你的立場，不是我的，我只是不想成為提醒你哪裡有槍指著你的人。」

他認真想了想，緩緩點了點頭，「這麼說我也懂。」他說。

「我非常重視我們的友誼，」我說，「要我違背原則也在所不惜，但我不認為今天這件事有到這種地步。」

他又伸手抓住酒瓶，這回他喝了。他說，「你剛剛好像這麼說過，這也許是有人臨時起意，這些人也在那裡租了庫房，發現有個順手賺錢的好機會。」

「當然有這個可能。」

「就當你是朝這方向查案子，」他平靜的說，「就當你只是尋常辦案，問問題，記筆記，等進一步查清楚再判斷這個可能性成不成立。」

「我沒聽懂。」

他走到牆邊，傾身向前，眼睛盯著掛那裡的某一幅手繪鋼版畫。他有兩組畫，其中一組三幅繪的是愛爾蘭梅約郡，那是他母親出生之地，另一組三幅則是他父親的故鄉法國南部，我判斷不出他現在看的是哪一邊祖先的家居之地，我甚至懷疑他是否真的在看畫。沒轉過身來，他說：「我猜我有個敵人。」

「敵人？」

「沒錯，但我不曉得他是誰以及他想幹嘛。」

「而你認為這是他搞的鬼。」

「就是，他肯定是跟蹤兩個小夥子到庫房，或先一步到那裡等他們送死；他的目的肯定不是偷威士忌；他處心積慮的是流血殺人，而不是搬走價值一萬塊的威士忌。」

「是不是另外有事發生了？」我這麼推測。

「肯定有，」他說，「除非只是我胡思亂想，也或許我成了個神經兮兮的老太婆了，翻廚房櫃子，找床底下，也許真是這樣，否則，就是我有了敵人，外加內奸一名。」

如今，我領有私探執照了，由紐約州正式核發。我想起沒多久前，某個委託我辦案的律師跟我說，如果我有牌，那他就能交更多工作給我，這些話我不是第一次聽，也的確從執照下來之後，找上門來的律師果真源源不絕。

但我並非一直領有執照，我工作的對象也從來不盡然是法界人士，我曾經有個委託人是個拉皮條的，還有一回是毒梟。

如果我能為這樣的人查案，那為什麼不能替巴魯幹活？如果他好到能是我的朋友，如果他好到能和我動不動面對面坐一整晚，為什麼他不能是我的客戶？

我說，「你得告訴我怎麼去那地方。」

「那地方是哪個地方？」

「E–Z庫房。」

「我們不是剛剛去了？」

「從出隧道之後，我就沒注意我們怎麼走了，我得知道怎麼去，另外最好給我一副大門的鑰匙。」

「你想什麼時間過去？我可以叫安迪載你。」

「我自己去，」我說，「你只要跟我講要怎麼去。」

我把他講的記到筆記本。他一定要我收那疊鈔票，眉毛都挑起來了，我要他把錢收回去。他說生意歸生意，他和其他人一樣是委託人，他應該付錢；我說我會先花個幾小時四處問問，看目前這光景不會有什麼像樣的結果，等這段開場熱身完成，我會照我習慣的方式進行，之後我會跟他講我的調查結果，以及他該付我多少錢。

「難道你的委託人沒先預付一筆錢？一定有吧。這裡是一千塊，兄弟，看在老天份上，拿了吧！這又不是逼你去做你不想做的事。」

「這我當然知道。比起金錢，人情債要麻煩多了。」我說，「你不必預付，我整個辦下來可能也用不了這麼多。」

「這不會超過你該得的，我打個電話給律師就得付這麼多錢了。拿去吧，裝口袋裡，真多出來的話，再退給我不就行了。」

我把鈔票收口袋裡，奇怪自己幹嘛費這麼多口舌推半天，多年前，一位名叫文森．馬哈菲的老條子告訴過我，有人給我錢時我該怎麼做。「拿，」他說，「好好收起來，說聲謝謝你，如果你戴帽子的話不妨加個舉手禮。」

「謝啦。」

「是我該謝你才對。你確定不要誰開車載你？」

「百分之百確定。」

「或者我借輛車給你，你自己開。」

「我自己知道怎麼去。」

「好吧，既然委託你了，還是讓你依自己方式來，嗯？需要什麼隨時跟我說。」

「會的。」

「或你挖到了什麼，或你覺得實在再沒什麼好挖下去的話。」

「了解，」我說，「無論如何，應該這一兩天就會有個結果。」

「需要多少天都隨你。我很高興你把錢收了。」

「呃，還不是因為你堅持。」

「哦，我們兩個真是天字第一號的寶一對，」他說，「你應該二話不說收錢進袋，我呢，我應該就讓你拒收，但我怎麼能這樣？」他直勾勾看著我的雙眼，「想想萬一哪個小王八蛋在你辦完案之前把我宰了，那我怎麼辦才好？我可不要死了還欠你錢。」

5

我近中午才起床，一點鐘時到艾維斯租輛車，開去E-Z庫房。一整個下午我都在那裡，還找了管理員談話，管理員是個男的叫李昂．克拉瑪，他一開始戒心很重，但後來就變得健談起來。

伊蓮在我們公寓往西幾個街區外一處倉庫也租了間庫房——她把店裡擺不下的一些畫和藝品堆那兒——但紐澤西此地E-Z庫房的管理系統不一樣，沒那裡警戒森嚴。我和伊蓮進出我們庫房都得簽名，但E-Z此地夜間不管制，可二十四小時進出，想當然耳安全系統沒法子到那種水平。在克拉瑪的辦公桌上有一方碩大字體的告示牌，言明此地儲放貨品之安危概由租賃者自負，在我和克拉瑪交談的前五分鐘內，他強調了此點達三次之多。

因此，此地沒有人員進出之記錄，對顧客存貨的保護也僅只於鐵門上那些大鎖。

「他們可以白天晚上任何時間來，」克拉瑪說，「誰誰的表弟大舅子有貨想堆進來，他們也只要交鑰匙給他，根本不必操心把尊姓大名登錄在進出的記錄本上，他們沒人樂意每回出入都得簽名、佩戴通行證、填寫一大堆表格。我們這裡求的是方便省事而不是安全，承租我們庫房的客戶不會有人把珠寶擺這裡，真正重要的或昂貴的東西他們會送到銀行的保險箱去，這裡有的只是誰誰老媽的餐廳擺設或誰誰老爸舊辦公室的老檔案，在家裡還騰不出空間前先扔這裡，這些玩意兒運回家也是直接上閣樓，除非你把房子賣了搬到一間花園公寓去。」

「或放一些暫時不方便放家裡的東西。」我補充。

「我只能說我不知道，」他說，「我也不想知道，我們唯一關心的是每個月一號客戶的支票是不是準時送達。」

「庫房就等於他們個人的城堡。」

他點頭，「只除了一樣，你可以住城堡裡，但你沒辦法住這裡。只是這裡利用的方式還多著，我們稱之為庫房，但客戶並不盡然全拿它當庫房使用，你看到外頭那牌子沒有，『房間出租』？我們提供客戶的就是這樣，你的住所之外追加的另一個『房間』，我們有位客戶放了艘船在這裡，連船馬達帶運船的拖車，因為他住的地方沒空間可擺；另外一個客戶則把工作坊設這裡，做木工的工具、修車的工具、夯不啷噹一堆工具全放進來。唯獨不能住人，這不是我們規定的，是郡政府還是市政府定的，反正就是公家的法令，不許住人，雖然也不是沒人試過。」

我秀了我的工作執照，解釋給他聽，我受他一位客戶的委託，因為他儲放的貨品不見了，但他不打算鬧到警察那裡去，除非確定是他自己手下員工監守自盜。這挺可能的，克拉瑪說，某些個傢伙手上有鑰匙，決定不經老闆同意大家二一添做五。

我離開時，身上多了張清單，是約翰．肯尼和貝瑞．麥卡尼被射殺這一側庫房的所有承租人名單。我是編了個藉口搞來的——也許這裡其他客戶有人看到或聽到什麼——克拉瑪毫不抵抗給了，也許他是想快點打發我走，也可能是半天聊下來我們已成了老朋友了。我查看了下，巴魯的庫房名義上是由一個名叫J.D.萊里的傢伙承租，住址在中村，皇后區裡。

我到對街三明治加薯條打發了晚餐，並順帶問了幾個問題，然後再回E-Z庫房，用米基的鑰匙開路再看一次槍殺現場，我仍可清楚聞出來當天晚上所有的怪味，只是這會兒淡多了。

我帶了掃帚和簸箕，仔細清掃了所有玻璃破片，倒進個褐紙袋裡。合理的推斷，這些破片中存留著可辨識的指紋，機率極高，只是那又怎樣？就算真的有，而我也找到了，對我來說又有什麼用？一枚指紋可釘死一名嫌犯，但它不能憑空生出一名嫌犯來。你得有整組的完整指紋，還要有聯邦的記錄檔案可資查核。從辦案的觀點來看，有這麼一枚指紋對我根本沒用，要有用只有嫌犯已先被扣押或有案起訴的狀況下。

然而，就算那樣對我還是沒用，謀殺現場已清理得無蹤無跡了，案子也沒報到警方，屍體弄走了而且埋進了沒標示的土坑裡，我手中唯一的證物是破掉的威士忌瓶子，我曉得有些人會認為這樣就算犯法了，但誰會為了摔破區區一瓶酒，就千辛萬苦的去查指紋呢？

我先站入門處，聽了會兒外頭車聲，再把鐵門整個拉到底，如此，我再聽不到任何聲音了。但這很難講能證明什麼，畢竟車聲沒那樣響。

我想搞清楚的是槍聲的問題，我估量凶手在開槍前必定先把鐵門拉下，但這不必然就能讓室內室外完全隔音。

當然他們有可能裝了滅音器，但如果是這樣，那就不像是臨時起意的搶案了。幾個腦筋動得快的瘋子出沒於此地這合理，無意中瞥見有這麼多箱好酒也合理，而這些人碰巧身上又帶著槍也算合理——相當數量的人，而且必定比你想像的多，出門總會帶著把槍。

但誰會隨身攜帶滅音器？我所知道的一個也沒有。

我重新拉開門，走出去四下瞧瞧，約莫五六間庫房之外，有名男子正從一輛普利茅斯休旅車後門搬出紙箱，堆進他租的庫房：一名穿卡其短褲綠露肩衣服的女子則倚著車子，袖手旁觀。車子的收音機開著，但聲音太小了，我只能說是音樂，但聽不出來是什麼。

我的老福特之外，這是該建築中唯一的車子。

我做了個初步結論，凶手可能無需降低槍聲的音量，如果近距離不會有誰正巧聽到，那幾響槍聲又會引起什麼注意呢？只要鐵門是拉上的，在音波所及範圍內的人，比方說某個從卡車上貨下貨的人聽來，這四到五響槍擊不過像榔頭敲打的聲音罷了。畢竟，這裡是郊區，不是紅鉤國民住宅區，你不會預料到在這裡聽到槍聲，更不至於一聽到車引擎逆火的爆炸聲就以為是槍聲，然後一頭臥倒在人行道上。

問題仍在，為什麼非槍殺他們不可？

8

「姓名和住址，」阿傑說，眉頭緊皺，「這就是那些人租庫房的地方，也就是那兩個傢伙挨槍的地點。」

「如果倉庫公司的記錄無誤的話。」

「某個王八蛋惡劣到殺了兩個傢伙，幹走一卡車酒，你以為這種人租房間時會留真實姓名嗎？」

「大概不會，」我說，「但這世界上無奇不有，幾個月前有人搶銀行，他遞給櫃檯人員的紙條是張存款單，上頭就印著他的姓名。」

「笨死人不償命，這不是嗎？」

「似乎如此沒錯，」我同意，「如果說凶手用了假名，這對我們也有幫助，只要我們發現這名單上某個名字不是真的——」

「喔，我懂了，也就是說我們找兩種方向，一是記錄上有的人，一是記錄上有但不存在的人。」

「兩樣也許都不能證明什麼，」我說，「但這給我們一個切入點。」

他點頭，擺好鍵盤，開始敲打起來，時而摸摸滑鼠。我送他電腦當聖誕禮物，這個電腦和他本人同時搬進我在西北旅館這個小房間。伊蓮和我一起住進公寓後，我仍保留這個隔街的房間，那裡是辦公室也是私密天地，當我渴望獨處時我有個地方可去，坐在窗邊好好清理自己的心事。

我認識阿傑於四十二街上，早在他們重建美化丟斯區之前，他就以我的助手自居，他也很快證明他不僅對大街種種瞭若指掌，而且異常機靈，等伊蓮在第九大道正式開店營業，他又跑去幫忙，並在伊蓮偶爾不在時挑起大梁，展現他在銷售畫作和藝品的才華。我不曉得他在搬進我老房間前睡哪兒——我唯一有的聯絡方式是他的叩機號碼——但我想他總有辦法找到睡覺的地方。在大街上混，你學會愈多生存伎倆，就愈吃得開。

有電腦後他學起來跟吃菜一樣簡單。當我還在翻著《電腦世界》雜誌，試著搞懂謎如天書一般的內容時，他已飛快敲起鍵盤，時而皺眉，時而吹口哨，並在我給他的紙上記這個記那個。才一小時不到，他將李昂．克拉瑪提供的承租人名單全確認了一遍，就連電話號碼的查證，也只差兩家就完工。

「這並不表示這份資料告訴我們的只有這些，」他指出，「也有可能哪個傢伙租了房間，也保留了真名，只是這個真名是另外某個誰誰誰的真名而已。」

「不大像會這樣。」我說。

「這件事整個來說就是個不大像。我剛好在承租的巢窟裡，我剛好看到你一屋子的酒，我又剛好口袋裡有槍，而且剛剛好旁邊還停一輛卡車？」

「前半部看來像真的，」我說，「你在那裡，你盯上了威士忌，但幹嘛開槍打我？」

「或許是，在我搬走你的酒上卡車到開走這段期間，你太不樂意只呆呆站旁邊看。」

「為什麼不等？」

「稍後再動手，你的意思是不是這樣？」

「為什麼不，我只開輛休旅車來，我載不了多少箱，其他的只能乖乖等你待會兒開輛卡車外帶找幫手來搬，你甚至等到晚上再拿都沒關係，那種時間被人撞見的機率小多了。」

「要是先走開，再回來，只得要對付那個大鎖了。」

「那又怎樣？你大可用鑽子鑽，用鋼鋸鋸，或用氟利昂冷凍劑來噴，再一榔頭敲碎，你以為哪個比較棘手？處理個大鎖還是幹掉兩個大男人？」

他敲著名單，「聽起來我們好像在這裡浪費生命。」

「除非名單上有人不小心看到什麼或聽到什麼。」

「機率太低。」

「人生大部分發生的事機率都很低。」

他看看名單上的姓名和電話號碼，搖起頭，「我大概還有電話得打了。」

「我來打。」

「不，我打，這些傢伙多半住紐澤西，由你打，他們會收你電話費，我打，統統免費。」

幾年前，我曾經求助過兩個還念高中的電腦駭客，為了答謝我的知遇，他們主動給了我一份贈禮，在侵入電話公司迷宮般電腦系統為我查案的同時，他們順便動了點手腳，讓我往後的長途電話完全免費。他們這個舉手之勞，使我覺得自己占了電話公司便宜，有相當的罪惡感，然而，隨著時日消逝這感覺也就慢慢淡去，我甚至也搞不清我到底是占了哪個長途電信業者的便宜，而且老實講，我根本不曉得怎樣才調得回來。

免費長途電話是跟著這個旅館房間的，因此阿傑住進來便歸他了。他接了另一條電話線給電腦，如此他可以邊敲鍵盤邊講電話。

這是新世代的，我知道方便又有效，我是屬於老時代的，總彆扭的安慰自己，我太老了，學不了新把戲了，我會的只是挨家挨戶敲門，問一堆問題。

「用你那種上流人士的口音吧。」我說。

「哦，真要這樣嗎，大哥？我還在想裝個凶神惡煞聲音呢。」他眼珠的溜溜一轉，那種中上流社會的喬張作致腔調連同用語馬上出現，「我向您保證，先生，我絕不會滲雜任何一絲黑道或黑人的腔調及用語。」

「你這樣子講話我喜歡，」我告訴他，「好像看隻小狗用兩隻後腳走路。」

「你這算恭維還是罵人？」

「也許兩者都有，」我說，「還有，記得一件事，你講話的對象是紐澤西人，你咬字太清晰，他們反而聽不懂你說什麼。」

∞

伊蓮和我一起吃晚飯然後看場電影，我跟她講目前我進行的事。「我不認為阿傑這邊能找到什麼，」我說，「昨晚這樁狗屎槍擊事件發生時，應該沒有一個承租人在現場附近，就算有，如果他們看到或聽到什麼，那才真叫奇怪。」

「那你要怎麼走下去？」

「我可能把錢退回給他，或應該講讓他盡可能把錢拿回去。金錢事小，我想他的問題是害怕。」

「米基會怕？很難想像有什麼東西他會怕。」

「絕大多數的硬漢都常常會害怕。」我說，「所以他們才處心積慮讓自己變得這麼強悍。或退一萬步來說，我想他很不安，這不安也合理，有人沒什麼道理就下手宰了他兩名手下，開這幾槍看起來根本沒必要。」

「那就是某種宣告囉？」

「看來是這樣。」

「但不是個清楚的宣告，如果說他不曉得該怎麼解讀的話，接下來會發生什麼事？」

「我不曉得，」我說，「他沒跟我講太多，我也沒問，也許他跟某人在比誰能成功惹毛對方，也許目前這個只算是態勢清朗之前的種種推拉擠撞。」

「角頭勢力範圍爭奪戰？諸如此類的事是嗎？」

「是的，諸如此類。」

「這就不是你的戰場了。」

「沒錯，這不是。」

「你不會參與的，是吧？」

我搖搖頭，「他是我朋友，」我說，「你喜歡講人的前世和佛家那些因緣輪迴之說，我不曉得自己相信多少，但我也不排除是這樣，米基和我有某種極深沉的牽連，這是很肯定的。」

「但你們活在不同世界。」

「完全不同，他是個職業罪犯，我指的是他日常所做所為，我呢，雖然死後當不成聖徒，但基本上，我們兩人是分別站法律的兩邊。」我想過這些。「我這麼說是假設法律只有涇渭分明這兩邊，但我不確定是不是真這樣子。上個月我幫雷蒙．古魯留辦的案子，目標就是讓他的當事人能無罪開釋，然而我清清楚楚曉得，這王八蛋絕對是罪有應得，所以在那個案子裡，我的工作是確保正義無法獲得伸張。我還當警察時，我做偽證的次數多得自己都記不清了，我作證讓他定罪的人，有些的確是幹了他們被控訴的事，也有些幹的，我們根本無法用法律來釘死他。我陷害的對象沒一個不是罪有應得、早該關進大牢裡的人；但用謊話送他進去的我，該是算站法律的哪一邊？」

「你的思維真有深度。」

「是啊，我是老蘇格拉底。不，不會的，我不會涉入米基的個人麻煩，他得自己去料理，我想他可能料理得來，不管那是什麼一種麻煩。」

「我希望這樣，」她說，「但我還是很開心你置身這件事之外。」

8

這是星期四的事。我們回到家時看到阿傑留的口訊，但時間實在太晚，我只能等第二天早上才回電。阿傑在電話中告訴我，他和名單中每個人聯絡過，包括那兩個沒留電話的。

「電腦能讓你的手臂變得伸縮自如，」他說，「你好像變成個橡膠人，可以就坐在這裡，然後把手伸到誰誰的口袋裡去，只是如果口袋是空的那也是白搭。」

也就是說，他的查詢結果是沒結果，名單中只有一個人在事發當天去了E-Z庫房，她印象中沒看到或者聽到什麼特別的，遑論可疑。若說那裡真有人開了輛滿滿是酒的卡車，她是沒注意到，若說那裡響過槍聲，或其他隨便什麼怪聲音，她也沒聽到。

我撥了電話到葛洛根給米基，留了口信要他回，又試了他另外幾支電話，還是沒人接。這人在市裡有好幾處公寓，想睡覺或自己一人喝酒不愁沒處去。我曾造訪過其中一間，是米伍德那兒一幢戰後老建築的匿名獨立套房，家具少得不能再少，櫃子擺兩件換洗衣服，一架附兔耳式天線的小電視機，廚房架上擺兩瓶詹森牌威士忌；想當然耳，租約上寫著別人的名字。

我不曉得我幹嘛花工夫每個電話都打，宣告放棄掛上電話時，我也不怎麼在意沒找到他，說真的，我所能提供的報告就是沒啥可報告，因此，半點都不急，我等得起。

∞

早先我戒了酒並開始出席戒酒無名會時，聽到一堆人分享各種保持清醒的方法，到了最後，我發現並無通則可循——某方面很像是生命本身——你要採行誰的方式，完全看你自己

一開始我遠離酒吧，但和米基結識之後，我發現自己偶爾會在他店裡和他坐一整夜，喝可樂或咖啡，看著他一杯一杯灌他的十二年老愛爾蘭威士忌。通常我們不建議這麼做——至少我絕對不

建議——但到目前為止，我並不感覺有何危險，或哪裡不恰當。

聚會裡的智慧之言，某些我遵行不悖，某些我則沒當真，戒酒十二步驟我曾花了相當的心思於其上，然而我得承認，近些年來它們很少在我意識裡占醒目的位置，更別提我一向不擅長的禱告或是冥思。

但不論怎樣，有兩件事我可是一路信守下來，每天每天，我沒再喝起任何一杯酒，以及這麼多年了，我仍持續參加聚會。

我沒像過往去得那麼頻繁。一開始我他媽幾乎是住在聚會裡了，然後有一陣子，我開始在想，我是否濫用了基本權力，去得太頻繁了，從而占用了別人也需要的椅子。我問吉姆·法柏——這事在我請他擔任我輔導員之前——他要我儘管去，別多心。

那些日子，我絕少一整星期不參加一次以上的聚會，我估計正常約兩到三次，其中最常出席的是——除非我週末出城，要不然我幾乎沒誤過——每個禮拜五我們這一組的聚會，地點是亞波斯的聖保羅教堂，第九大道和六十街交口離我住處三個街區。昔日還在喝酒的時候，我到這間教堂點蠟燭，把錢默默塞入救濟箱中以尋求慰藉。戒酒之後，我改坐地下室的折疊椅子上，飲用保麗龍杯裡的神聖咖啡，然後扔一塊錢到籃子裡。

開始的那段日子，聚會裡聽到的種種我泰半不信；雖說這些故事本身已經夠不尋常了，但對我而言，更難以相信的在於，這些人每天每晚自願上台證言，把一己最隱私的祕密講給滿屋子陌生人聽，然而，最不可置信的還在後頭，幾個月以後我發現我也一樣交心表白起來，至此之後接受別人這些私密心事就非常自然了，從此，這些故事我不再去細究真假，而只是單純的感動，我也一直樂意聽更多的故事。

聚會結束我和吉姆·法柏到火燄餐廳喝咖啡，這些年來他始終擔任我的輔導員，我們也一直維持著每星期天一起吃晚餐的慣例，當然偶爾他或我難免有事得取消，總的來說我們碰面的次數還是遠超過取消的，地點是附近一家中國館子，從酸辣湯上桌開始便一直滔滔不絕聊到最後幸運餅乾登場。近來我們不只是談我的問題，也會談論他的——他的婚姻生活一直起起伏伏，還有他的印刷生意幾年前幾乎倒閉。就算我們成功料理了彼此的難題，這個世界也不虞匱乏的提供新的麻煩讓我們討論。

我們喝完咖啡，拆了帳。「走吧。」他說，「我陪你走回去。」

「我沒要回家。」我說，「不過我去的地方也正好順路，我得去報個訊，你不會喜歡到那裡去的。」

「哪個酒店吧，我猜。」

「葛洛根。我替巴魯跑了一整天腿，現在得過去一趟，把我調查結果跟他講。」

「就是你稍早講的那件事？」

聚會中，偶爾我會有限度的講到自己的困境，今晚我也提了一下手中這案子帶給我的困擾，只是所有細節部分完全隱去。

「在你還不知道事情究竟如何時，」我告訴吉姆，「實在很難做正確抉擇。」

「這一點那些宗教狂熱者就比我們行，」他說，「他們總是知道。」

「只能說輸給他們了。」

「是啊，」他說，「而且差距似乎愈來愈大，讓我迷惘的事物一年比一年多，最後我做了個結論，當你不確定的事物愈來愈多時，就代表你已經成為一個真正成熟的男人了。」

「如此說來我應該算是八分熟了，」我說，「時候也該到了。我們這禮拜天照常嗎？」

他說照常。走到五十七街轉角，我們握了手道晚安，他往右轉，我過街，一開始我無意識的自動朝凡登大廈入口走進去，猛然想起，才拉回腳步繼續前行。我非常疲憊，其實大可打電話聯絡巴魯，把該告訴他的事用電話講給他聽。

然而我還是依原計畫，繞過我住的大樓，逕往第九大道走。我又走了三個街區，經過伊蓮的店，然後等綠燈過街到第九大道西側，再跋涉一整個街區，就在我一腳踩下五十三街人行道邊時，一名矮而壯、滿頭黑髮緊黏著腦袋的男子忽地竄到我面前來，一把槍就在我臉前舞著。

我的第一個反應是懊惱不已。這傢伙哪邊蹦出來的？怎麼他接近我時我半點都沒有察覺到？這些時候犯罪率是降了點，街上感覺也安全不少，但你還是得保持警覺，我這輩子無時不保持警覺，這會兒是吃錯什麼藥了？

「史卡德。」他開口。

我聽他喊我名字，感覺好些，最起碼我不是那種莫名其妙的倒楣鬼，因自己一時糊塗淪為搶匪的俎上肉。這是讓人安心點沒錯，但改善不了眼前的局面。

「這邊來。」他說，用槍比了比方向。我們過人行道，靠到街邊的陰影底下，他站我面前，手槍片刻不離我臉部，而始終在我身後的另一個人也尾隨在後，雖然他並未現身，但我仍能察覺到他的存在，還聞到他混著啤酒和菸草的呼吸氣味。

「你最好別再管紐澤西那個庫房的閒事。」

「好的。」

「啊？」

「我說好。你要我別插手此事，我也樂意退出，沒問題。」

「你這是在跟我耍小聰明？」

「我這是想活活好著，」我說，「而且省得我們兩邊頭痛，尤其是我。我接了個工作，查不出個所以然來，現在我正要去告訴那個人，要他另請高明。我是個結了婚的人，不再年輕好鬥了，意氣之爭不適合我。」

他鼻孔掀動，眉毛挑高成弓，「他們說你很難對付。」

「那是以前。等你到我這把年紀，看你能有多難纏。」

「你真打算把這檔子事全忘了嗎？紐澤西，一箱一箱的酒，那兩名愛爾蘭佬？」

「哪兩名愛爾蘭佬？」

他瞪著我。

我說，「你看，我這不全忘了嗎？」

他深深的看了我一眼，我看得出他表情中的失望之色。「好吧，」他說，「看來說服你比原先想像的容易，但該做的還是得做。」我想我大概知道他在講什麼，尤其我背後那人架起我雙臂並且夾得死緊後，我更確信自己猜對了。我前面那傢伙把槍插回皮帶，右手緊握成拳。

「大可不必如此。」我告訴他。

「這樣比較有說服力。」

他準確擊中我腹部腰帶處，貫注了相當力氣於其中，我有充分時間凝起腹肌，這幫我吃住一部分，但他這拳滿漂亮，肩膀有跟上。

「抱歉了，」他說，「再兩下就好，嗯？」

去他的，誰跟你再兩下就好。我準備好反擊，整個動作先在心裡模擬一遍，趁他拳往後拉的空檔，我抽起一腿，傾盡全力往架著我的王八蛋腳背狠踹下去，我感覺出骨頭咔嚓的碎裂聲，他慘叫出口，鬆了手，我立刻欺身向前，順勢一記快速右拳跟過去，這一拳擦中另外那個王八蛋的臉頰。

我想，在對手有能力反擊時，這傢伙壓根不想以拳技一較高低，他往後退，想抽出插皮袋上的槍，我毫不放鬆釘上前，右拳做出一個假動作，然後瞄準他肋骨右下方，使勁吃奶的力氣揮出一記左鉤拳。

我直接命中目標，這一拳的效果也一如我想像的，我看過太多拳手，只要肝臟處中一拳，人就整個不支垮了下來。我的勁道當然沒職業拳手重，但我也沒戴拳套以緩衝力道。他像膝蓋以下忽然被切斷般栽倒下來，在人行道上打滾，抱著肚子呻吟起來。槍也掉落在人行道上，我抓起來，一轉身，正正好來得及對付另一個，也就是腳被我踹傷那個。這傢伙沒命的衝過來，一見我手上有槍，硬生生煞住。

「動手啊，」我說，「來啊，動手啊，你他媽等什麼！」

他的臉藏在陰影裡，我瞧不出是何表情，他盯住我看，盤算著如何是好，我手指頭緊扣住扳機，他大概注意到了，更可能這個發現幫他做成決定，他開始後退，退到陰影更裡頭，然後不聲不響繞過街角，溜之大吉。照講這傢伙該有點不良於行才對，我傷他腳傷得不輕，但他還是快得不得了。這傢伙穿球鞋，我注意到了，我則穿著尋常的皮鞋，但話說回來，要不是皮鞋對球鞋，我那一腳可能踹不開他的挾持。

這時另外一個傢伙，就那個頭髮像黏頭皮上那個，仍躺地上，仍沒命的呻吟，我用槍指著他，這把槍握手上比它對著我腦袋時感覺小多了。我把他的槍塞進自己褲腰帶裡，碰到挨揍的地方直痛到叫出來。我腹部本來就已不再結實了，明天早晨醒來一定比現在更難受十倍。

他其實大可不必出手的，這王八蛋。

我怒火上冒，俯身瞪著他，發現他也正看著我，我腳一提就準備往他腦袋踢過去，踢他該死的腦袋，這王八蛋。

但我克制住自己，放下腳來，我沒踢下去。

我錯了。

6

「我跟他們說我樂意退出，」我說，「這是百分之百的真話。當然，那種狀態之下我也不可能不這麼講，一把槍指著腦袋我想不出還能怎麼回答，只是，我真沒有糊弄他們，我認定這案子已告一段落了，現在我來，要跟你說的，和剛才他們所聽到的完全一樣。」

我進來時，他和柏克兩人站吧台當班，我猜必定是我神色有異，我什麼都沒說，他就從吧台後出來，領我到後頭他的小辦公室去。他一指綠皮沙發要我坐，但我站著沒動，他也陪我站著，我講，他聽。

我說，「我已經完全確定，這只是浪費我的時間和你的金錢。我是還沒能百分之百排除這個可能性：殺你的人偷你的威士忌純粹是一時起意毫無預謀。只是我實在不想從另外一面來追查這案子，這意味著我得捲入你的生意糾紛之中，我不想這樣。」

「你已經做完了你說過你會做的事了。」

「我想是這樣沒錯，儘管結果是沒結果，然後這兩個小丑帶著槍冒出來，瞬間證實了原先已經被我排除掉的推論。如果說他們同是一夥的，河那頭發生的事你就不可能當它只是巧合純屬意外。你是有了敵人，肯尼和麥卡尼就是因此遇害的。」

「噢，我想我一直都是這麼認為的，」他說，「但我得確定。」

「是啊，對我來說，從他們跳出來警告我的那一剎那，原因就擺明了。我已退出此事，我如實告訴他們，見鬼的是我覺得他們還真的相信我了。」

「但那個混球還是要揍你。」

「他有先道歉，」我說，「只是道歉歸道歉，打還是要打，所以我也不覺得他有多抱歉。」

「你就挺著挨這一下。」

「我沒多少選擇，但一拳是我的上限。」

「於是你就好好露了一手讓他們瞧瞧，老天，我真希望我在現場親眼目睹。」

「我比較希望你在現場幫著我打，」我說，「我老了，打不動這種架了。」

「你的肚子還好嗎？」

「沒讓他打第二拳也就糟不到哪裡去。你曉得，我還真他媽走運，如果我那一腳下來沒準確命中他腳背，他就不會鬆手，而我也只是徒然激怒他們，如此一來，我會有什麼下場？」我聳聳肩，「平心靜氣來說，反擊可能是個錯誤。看老天份上，他手上可是有槍的耶，而且我知道他們會殺人，或至少是會殺人的人派來的，媽的我又不是沒見過肯尼和麥卡尼的下場。」

「你還幫忙埋了他們。」

「因此，我要是激怒了這兩個原本打算揍我幾拳就好的傢伙，他們可能把拳頭換成槍，或是二話不說就把我給一槍斃了，但當時我沒時間想清楚，一切只是當下的反應，結果，就像我講的，走運了。」

「要是能親眼看到這一幕，要我掏錢我都願意。」

「你不會想花錢的，那就只是一眨眼的事，我敢說，是腎上腺素的功勞。當時我站在那兒，看著其中一個一跛一跛的落荒逃走，另一個按著自己肝臟在地上打滾，我覺得自己就好像超人的老哥一樣。」

「實至名歸。」

「當下我心裡還想著：去死吧，你們這兩個混帳，本來我都說要退出這案子了，我說了要告一段落，不過呢，我管你們兩個混帳去死，現在老子反悔了。」我緩了一口氣，「然而腎上腺素消退之後我曉得不是這麼回事，這件插曲還是沒改變我的決定。」

「是改變不了。」

「我才走了半個街區，就不得不扶著路燈桿子吐了起來，從我不喝酒以來，我還沒在街上吐過，都好幾年了。」

「除了胃還痛之外，」他問，「你現在還感覺哪裡不舒服？」

「我沒事。」

「我覺得你該來一杯才對，但你不會要的，是不是？」

「今天晚上不要。」

「你們這些人從不考慮特殊狀況嗎？經歷了這樣一個晚上，難道連喝杯酒都不行？」

「別人會怎麼做我完全沒意見，」我說，「但我是唯一能決定自己要不要喝的那個人。」
「而你決定不喝。」
「想想要是我肚子挨一拳就允許自己喝一杯，你認為接下來會發生什麼事？」
他咧嘴一笑，「你很快就會全身痛起來。」
「沒錯，我肯定會到處找人揍我。米基，一杯酒下去幫不了我什麼，只會害了我。」
「噢，我明白。」
「再說我也並不想喝，我真正想的是，我該退一些錢給你，然後回家，泡個熱水澡。」
「最後那個想法很好，熱水可把疼痛化開來，明早起床就好過多了，但退錢這件事就免了。」
「我租過一次車，」我說，「加上我一整個下午的調查，另外阿傑打了好幾個小時的電腦和電話，我估計只花了你給的一千塊錢的一半。」
「但是你挨了一拳，」他說，「還冒了吃上一顆子彈的風險，看在老天爺的面子上，老兄，就他媽的把錢留著吧。」

∞

「我應該據理力爭才對，」我告訴伊蓮，「但今晚我打夠了，所以我留著錢，招待自己一程計程車回家，我覺得很神經，這麼好的夜晚，這麼短的距離，但我真覺得自己今晚運動得夠多了。」

「而且你也不想再碰上那些人。」

「這個倒是沒想過，」我說，「但很可能只是我有意的避免去想，我指的不單是哪天還會碰上他們，而是忽然間你會覺得街上已不再安全了。」

我原先並不打算跟她講，至少不是馬上，但我才一腳踏進公寓，她看我一眼，就知道有事情。

「所以說你不再受雇於米基了。」她說。

「我該做的全做了。電影裡，要讓一名偵探繼續查案的最佳方法是派人去恐嚇他，但真實世界這套不管用，至少這一回不管用。米基不讓我退錢，然而他也並不想勸我繼續追案，他曉得我本來就只打算幹到這裡。」

「那他們也了解這點嗎？親愛的？」

「那兩個壞蛋嗎？我對他們也是同一套說詞，我想他們也信了。把我海扁一頓是他們的原訂計畫，他們也付諸執行了，但是這並不代表他不信我說的。」

「那現在呢？」

「你覺得他們改變心意了？」

「在他們看來，」她說，「你之所以退出，完全是他們的恐嚇奏效。」

「當然這也是原因之一，但比較精確的說法是，他們反倒讓我的決心更堅定。」

「但是你卻反擊，」她說，「而且還贏了。」

「這只是幸運的一擊。」

「不管怎麼講，總之是反擊成功了，你讓一個夾著尾巴逃走，另一個躺地上扭得跟一條麻花似的，幹嘛，有什麼好笑？」

「扭得跟一條麻花一樣。」

「滿地打滾，還一面要把自己的肝臟給拼回去不是嗎？依我看那一定扭得跟條麻花沒兩樣。」

「我想也是。」

「我要說的是，你的反應不像是被嚇怕了，雖然我想你當時一定很怕。」

「事情發生時倒不覺得怕，那種光景你沒有怕的餘裕，一直到事情結束，穿過五十三街時，我才一身冷汗，嚇得跟《收播新聞》裡那傢伙一樣。」

「哪個傢伙……噢，艾伯特．布魯克斯，那部片子好笑極了。」

「當然啦，當時我也非停下腳來吐一番不可，當然是吐水溝裡，我可是個紳士，所以我們可以說我是害怕沒錯，但是屬於後知後覺的那種。而且在那危急存亡的幾秒鐘內，我可是酷得不得了的。」

「我的大英雄，」她說，「寶貝，他們並沒有看到你事後這一段，對吧？他們完全錯過了發抖和一身冷汗這一段，他們只看到你要酷發狠的場面。」

「你擔心他們會再來找碴？」

「你不擔心嗎？」

「我是不排除這種可能，但他們幹嘛這樣？他們會知道我沒再追到紐澤西去，或在葛洛根酒吧現身，今晚我當然是去了，但我會好一陣子不再過去，直到所有事塵埃落定為止。」

「你也不認為他們會想報復嗎？」

「同樣的，這有可能，他們是職業的，即使是職業罪犯有時也會因為私怨而不顧大局，未來幾星期內我會特別小心再小心，我會避開一些暗巷子。」

「這主意不壞。」

「你曉得我還想怎麼做？我會帶著槍在身上。」

「那把嗎？」

我剛剛把槍擱咖啡桌上，此刻我拿了起來，放手掌中掂掂它的重量，這是一把左輪，點三八的史密斯，六個彈膛中尚留有五發空尖彈。

「我以前就有一把跟這很像的槍，」我說，「我還幹警察時。槍帶起來總是比你想像的重一點，就算這把小槍也一樣，這把的槍管才一吋，我以前帶的足足有兩吋。」

「以前你一進我家門，」她說，「第一件事就是把槍拿出來，擺桌子上。」

「怎麼我記得頭一件事是先親你一個。」

「好吧，那就是第二件事，而且你還弄得好像是種儀式一樣。」

「我有嗎？」

「嗯哼，也許這表示你覺得和我在一起很有安全感。」

「說不定喔。」

我們認識時，我是個已婚警員，她是個甜蜜且年輕天真的應召女郎，多年後看，那像是幾百年前的事了，或者該說是上輩子、上上輩子的事了。

我說，「幾年後，他們發現警察的火力已遠遠不如那些壞人，尤其是賣毒品的，所以他們回收了所有左輪，改發九〇手槍，九〇口徑自動手槍，彈匣裡能裝填的彈藥更多、後座力也更強，但我想我帶這種槍就很夠用了。」

「我希望你根本不必用到槍，但我完全同意你帶槍這個主意，只是，這樣合法嗎？」

「我有攜槍執照，這把槍沒登記，或說至少沒登記在我名下，從這點來看，我帶著它是不合法的，但我根本不擔心這事。」

「那我也就不擔心。」

「如果我有必要用到它，那有沒有登記這問題就成了最微不足道的麻煩，話說回來，若發生了什麼我不願通報的意外，那沒登記我名下反倒是個好處。」

「你意思是，你可能開槍打誰，然後蹺頭走開。」

「差不多是這意思。」我把槍放回桌上，伸個懶腰，「我現在想做的是直接上床睡大覺，」我說，「但在此之前我得好好泡個熱水澡，明天早上醒來我會很慶幸自己這麼做。」

8

我雖沒累到在浴缸裡睡著，但也差不多了；我一直泡到水完全涼掉，才起身擦乾，走進臥室，進了門，發現燈光一片昏濛，漾著輕柔的音樂，是我們兩人都喜歡的那張約翰．皮薩瑞里的唱片，她就站床邊，只披一襲香水和一抹微笑，她走向我，解開我腰上的浴巾。

「你意有所圖。」

「看看一個女孩嫁給偵探有什麼下場？他什麼都察覺得到。你幹嘛不躺床上去，仰身躺著，眼睛閉上？」

「我會馬上睡著。」

「我們走著瞧好了。」她說。

∞

事後她說，「也許是生理的需求，也許是想到你擺平那兩個呆子一事令我慾火上身，但這真棒，不是嗎？而且一點也沒傷到你的肚皮或其他哪裡，因為你根本一處肌肉也不必動到，呃，好吧，也許就只一處肌肉吧。

「我真是愛你愛個半死，你這頭老熊，我一想到居然有人會要傷害你，我就快瘋掉，我真想把這些傢伙給統統撂倒宰了，但我只是個手無縛雞之力的女生，這意味著我只能遵從傳統女性的角色扮演，負責供應後勤並擔當勞軍救援工作，尤其是勞軍。

「而現在你唯一得做的就是睡，你這頭可憐的老熊，你的瘋女孩絕不會把你一個人丟這裡。你有你專屬的勞軍女郎——你應該很喜歡這個說法對吧？——你開始睏囉，好好睡吧，親愛的，做個好夢，我愛你。」

∞

醒來時我知道自己不尋常的夢了一大堆，但完全記不起來內容，我沖了澡，刮了鬍子，走入廚房，伊蓮上瑜伽課去了，給我留了張字條，還煮好一壺咖啡，我給自己倒了一杯，坐到客廳窗邊喝。

我挨了拳頭的肚子一如所料的作痛，也一如所料有相當程度的瘀青，明天一定更糟。八成如此，然後才開始慢慢好轉。

我的兩隻手也有點僵有點酸痛，右手來自於擊中他右臉頰那一記，而左手則來自我那記命中紅心的雷霆萬鈞鉤拳，此外，這裡那裡也好些處有點不舒服，包括臂、肩膀、一邊小腿，還有上背部等等。不常動的肌肉忽然暴烈的使用，得付點代價，事情總是這樣子來。

我吞了兩顆阿斯匹靈，撥了個我不用查的電話號碼。「昨晚我差點打電話給你，」我說，然後便告訴吉姆．法柏我們昨晚分手後他錯過的整場好戲。

「你大可以打來啊。」

「我是很想打，但實在太晚了。如果伊蓮不在，我一定二話不說打過去，那種情形下我實在沒辦法一人獨處，但她在，而且我其實根本沒事。」

「而且你家裡又沒酒喝。」

「是沒有，我也沒要喝。」

「儘管如此，你打完這一場還是直奔酒吧去……」

「我踏進去前有猶豫一下，」我說，「但覺得自己完全沒問題，我有個訊息得傳達，我也傳達到了，之後我就離開那鬼地方，回家來了。」

「那你現在感覺如何？」

「老了。」

「真的？我還以為你自覺像頭年輕獅子哩，被你修理一頓的那兩個傢伙多大？」

「我不會用修理一頓這個詞，我只是出其不意，而且鴻福齊天罷了，多大是嗎？我也不確定，三十五左右吧。」

「小鬼。」

「也不盡然。」

「不管怎樣，你自鳴得意一番應該不過分，馬修，兩個年輕壯漢，你還把他們給擺平了不是？就算其中有些許運氣成分——」

「不只些許。」

「——還是可大書特書的好一場勝仗。」

我們還扯了點別的，他提醒我星期天晚餐的談話之約，提議到展覽館那裡的素食中餐館去。

「我們好幾個月沒去了，」他說，「我很想吃他們有名的素鱔糊。」

「那家倒了。」

「真的假的，什麼時候倒的？」

「我不曉得確切時間，但上星期有一天我經過時看到他們窗子上貼這樣的告示：餐館停業，請去別處，謝謝。雖然我想他們第二外語課上教的不是這種破英文，但意思表達得夠清楚了。」

「伊蓮一定很苦惱。」

「說是心碎還比較貼切。我們在唐人街另外找了間素菜館子，現在那一帶倒是開了不少間，但她最喜歡的還是五十八街這一家，而且又近。這間店倒了，肯定會讓她空虛不少。」

「我也覺得有些遺憾，還能上哪裡找到那麼好的豆製鱔魚？我不喜歡真的鱔魚，我只喜歡假的。」

「你要不要試試唐人街那間？」

「嗯，我是想在死前再吃一次素鱔糊這道菜啦，但跑到那裡去吃實在太遠。」

「我甚至連那間有沒有供應鱔魚都不曉得咧，我只在五十八街這家見過鱔魚料理。」

「也就是說，我們千里迢迢跑到下城去，結果只能吃到麵筋做的假鮑魚是嗎？」

「的確是得冒上這樣的風險。」

「或是那種漿糊製的黏答答小羊排。算了，先不管鱔魚不鱔魚，我還是吃些真正的食物好了，因此，不用再提唐人街了，反正我們這附近到處都有中餐廳。」

「那挑一家。」

「嘿，」他說，「哪一家我們好一陣子沒去了？第八大道到五十三街交口那家小館子如何？你曉得我說的那家吧？靠東北角那間，不過不是剛好在街角上，差一兩家，在第八大道上的。」

「我曉得你說哪一家，叫什麼什麼熊貓的，我印象裡叫金貓熊，但一定不對。」

「貓熊只有黑白兩色。」

「是是是，你真是學問淵博，不過我們真的幾百年沒去了，印象中那裡好像很棒。」

「每間中餐廳都嘛很棒。那就約六點半？」

「收到。」

「今後你會避開類似的街頭打鬥是嗎？還有酒館？」

「我保證。」我說。

∞

中央市場處有家賣槍的，就在老中央大街警察總局同一個街區，這家店盤古開天就立在那裡，各式武器琳瑯滿目，外加全套的警察配備和訓練器材，我買了裝槍的肩帶，考慮了半晌之後，我又多要了一盒子彈，跟那把史密斯裡裝的五枚空尖彈一樣的型號。裝槍的肩帶阿貓阿狗都可以買，但子彈就得出示許可證了。我帶上了我的攜槍執照，亮給店員看，最後在登記單上簽上了大名。

他們也賣卡維拉防彈背心，但這我已經有一件了，事實上，我還是穿了去的，出家門前我乖乖穿上的。

就穿防彈背心的人而言，天氣是熱了些，而且也比舒適狀態的濕度高好幾個百分點，按理說這種日子我根本不用披外套，但我還是穿上我的海軍運動上衣，畢竟我腰帶上插一支小史密斯，得有外套遮著讓它不露白，再說套上肩帶也需要這個遮掩。

店裡把肩帶和子彈裝紙袋子裡給我，我提著走路，想找家店解決午餐。我經過一整排亞洲餐館，彎上馬伯利街——那裡僅剩兩個街區還留有小義大利區的面貌。我走進了一家「月神」餐廳的後園，點了一盤蛤蜊紅醬長扁麵。趁著東西未上桌之前，我把自己鎖到男廁所去。我脫下外套，佩上新買的肩帶，把皮繩的長度調整妥當，然後拔出腰帶上的手槍，放入它應當去的位置。我照鏡子檢視一番，總覺得肩帶這鼓起的一處清楚得不得了，誰都瞧得出來，但比起插腰帶上，走起路來的確舒服太多了，尤其當你肚子還疼痛未消之時。

走回我的餐桌這一路上，我覺得就算不是全世界的人都知道，起碼餐館中每個人都曉得我是全副武裝了。

吃了午餐，我逕自回家去了。

∞

阿傑打電話進來時，我正在看聖母大學大肆修理邁阿密大學。運動外套脫了搭在椅背上，我只穿襯衫坐著，但依然佩著肩帶。槍也好生生插著。我重新披回外套，出門往晨星而去。

我們習慣上坐窗邊的位子，我到達時阿傑已坐在那裡，正以吸管對付一大杯橙汁，我要他換位置，移到靠廚房、遠離窗子，而且我能監視餐廳入口的桌子。

阿傑一切看在眼裡，沒作聲，等我要了咖啡之後才悠悠開口，「聽到你發生的所有事情了，聽說你大發神威，把那兩個不開眼的王八蛋給海K一頓。」

「就我這把年紀而言，」我說，「這可不只是發什麼威，K什麼人這麼輕鬆愉快而已。你聽到什麼了？還有你是哪兒聽到的？」

「聽到什麼剛剛不都說了嗎？而你想我會從哪裡聽來？當然是我去了一趟伊蓮店裡。哦，難不成我還是街上道聽塗說來的？那倒不是，不過要是您想散播一下威名，我倒挺樂意幫你宣傳宣傳。」

「別鬧了。」

「你這麼盛裝打扮，我們今天計畫去哪裡呢？」

「哪裡也不去。」

「伊蓮說，你已經收手不理紐澤西那兒發生的鳥事了，但我猜你可能是故意這樣說，好叫她放心。」

「我不做這種事的，其實是昨晚這樁意外發生之前，我已經結案了，發生這事不過更堅定了你我已有的結論而已。」

「既然我們沒事情要進行，那你這身裝扮肯定只是為了出來喝杯咖啡？」他一昂首，眼睛落在我左胸上的鼓起之處，「那是我心裡頭想的那玩意兒嗎？」

「我怎麼知道是不是？」

「是因為你不曉得我在想什麼？你當然知道我想的是什麼，我也知道那是什麼，因為伊蓮已經告訴我你採取了什麼防患措施。這就是你從那王八蛋身上拿來的玩意兒，是嗎？」

「就是那玩意兒。看起來是不是很明顯？」

「如果你刻意去找就很明顯，但還不至於像是寫在臉上。你如果要帶著那東西走來走去，那你最好修改一下你的外套，免得鼓成這樣子。」

「我以前從早到晚都隨身攜帶，」我說，「也不管執勤或下班回家，我們部門規定非得如此，我不曉得現在是不是還這樣，畢竟這些年來，有那麼多下了班喝醉了酒的警員動不動開槍自殺或射殺同僚，上層那些頭頭們也許會重新考慮這條規章是否合宜。」

「不管規不規章，那些條子還不是照帶不誤？」

「大概吧。而且規章只管到紐約五大行政區，像我之前住在長島，就一樣帶著到處晃。當然啦，還有另外一條規章要求紐約市警員一定得居住在這五個區之內，但這種規定總是有漏洞可鑽

〔譯註：長島有部分區域不在五大行政區之內，所以可以鑽漏洞〕。」

他吸乾了橙汁，吸管發出枯竭之聲。他說，「真不曉得是誰發明了橙汁，但這人一定是個大天才，味道真是太棒了，棒到你簡直不敢相信喝這東西對你身體有好處，但的確有好處，除非他們說謊，是這樣嗎？」

「就我所知，是實話。」

「謝謝你重建我的信心，」他說，「還記不記得我替你在街上買了管槍？裝在個腰包裡拿給你，腰包還是賣槍那個人買一送一來的。」

「是這樣沒錯，一個藍色腰包。」

「藍的，正確，一種灰撲撲的藍色，我記得沒錯的話。」

「你說了算。」

「那玩意兒還在你手上嗎？」

我要那把槍是替一名患胰臟癌末期朋友買的，她希望在自己痛得受不了時，能有個快速的解脫方法。她死前最後的那段時日，病狀的確糟到幾近不堪忍受，但她挺過來了，到嚥下最後一口氣為止，她都沒借助過這把槍。

我不曉得那把槍結果下落如何，我猜是收在她衣櫥架上，仍裝在我當初交給她的那個可笑的藍色腰包裡；我猜他們整理她的遺物時會發現這把槍，但接下來這把槍的命運如何我半點概念也沒有。

「這很容易找到，」他自顧說下去，「隨便哪個高麗棒子，開那種小店、台子上擺一堆太陽眼鏡和棒球帽的有沒有？他們全都賣這種袋鼠包，只花你十塊錢十五塊錢，如果你要真皮的可能再貴個幾塊。你買這副掛肩膀上的東西花了多少錢？」

「比你講的十塊十五塊要多。」

「用那種腰包就不會讓外套鼓起來，甚至根本用不著穿外套來遮住它。」

「我也許根本用不著帶把槍，」我說，「但如果真要帶著，我可不想掏槍時還得花時間拉拉鏈。」

「你的意思是用了腰包，就不能像快槍俠麥克勞那樣掏槍了？」

「是的。」

「大部分兄弟乾脆直接讓拉鏈開著，反正那樣看起來也挺酷的。」

「就像穿運動鞋不繫鞋帶。」

「差不多是這意思，只不過腰包不會絆你個四腳朝天。一有狀況，只要伸手一探，當場就拔出來了。」他眼珠的溜溜轉著，「但我這真是擺明了是白費唇舌，因為你根本不想搞個腰包來用，對不對？」

「我想你說得對，」我說，「我只是覺得自己實在不是個適合用腰包的人。」

∞

回家後我又看了會兒美式足球，進廣告時就跳其他頻道去，因此球賽也就片片段段的看得有一搭沒一搭。快六點時，我關了電視，步行去伊蓮的店。伊蓮．馬岱，掛窗上的招牌如是說。店裡的物件可清晰反映出店主的品味和鑑賞力——她從一些廉價小店或清倉拍賣所搶救下來的民俗工藝品、古物和畫，以及她所發掘出來當代畫家的油畫和水彩。她不只有藝術家的鑑賞眼光，而且還有瞬間看穿我身上帶了把槍的眼力。

「喔呦，」她說，「那是我心裡猜的那個東西嗎？還是你純粹因為見到我太興奮而『漲起來』？」

「兩者皆是。」

她伸手將外套扣子解開，「這樣比較看不出來。」她說。

「要是外套被掀起來那就非常非常看得出來了。」

「哦，是喔，這我倒沒想到。」

「阿傑強力慫恿我買個腰包。」

「風格不合。」

「我正是這麼回他的。」

「你來得正好，」她說，「我才正要關門打烊呢。」

「而我呢，則是正想接你出去晚餐。」

「嗯，可是我想先回家梳洗梳洗。」

「這沒問題。」

「再換件衣服。」

「也沒問題。」

晃上第九大道時，她說，「既然我們都要回家了，幹嘛不乾脆讓我來煮點東西吃算了？」

「這種熱天做菜？」

「也沒那麼熱，而且太陽下山就更涼了，事實上還可能會下雨。」

「並不像會下雨的光景。」

「收音機說有可能。不管怎樣，我們公寓一點都不會熱，我來弄個義大利麵和沙拉什麼的。」

「如果我跟你講外頭有多少家餐廳可以供應你同樣的食物，說出來你一定嚇一跳。」

「沒有一家比我自己做的好吃。」

「好吧，如果你堅持的話，」我說，「但我還是傾向於到阿姆斯壯或巴黎綠去，如此吃完之後，我們還可以順道往格林威治村去聽音樂。」

「喔？」

「這會兒你倒提起興致了。」

「嗯，我是打算，」她說，「在家裡來一客義大利麵和一份沙拉，然後看他個兩部電影，」她拍拍手提袋，「《豪情本色》和《英倫情人》，浪漫或暴力，高興先看哪個都好。」

「好一個寧靜溫馨的家居夜晚。」我說。

「聞君如是言，似是興致缺缺也。你倒是說說寧靜溫馨的家居夜晚有什麼不好？」

「沒什麼不好。」

「何況這兩部片子我們當初都錯過了，我們說好要去看的。」

「此話不假。」我說。

之後我們兩人沒再講話，直到進了公寓大樓裡才由我先開口，「我們兩個都太反應過度了，不是嗎？你只是不希望我人在外頭。」

「而你則是想證明這些壞蛋無法破壞你的行動自主權。」

「無論如何我是真的想去吃飯聽音樂。有一點你剛才忘了提，那就是今天是週末夜，不管我們去哪裡，都是人聲鼎沸、人山人海。如果我不是個如此頑固不靈的王八蛋，那所謂寧靜溫馨的家居夜晚，對我來說應該是個絕佳的提議才對。」

「會這麼講，代表你並不是那麼死腦筋的王八蛋。」

「幾分鐘之前的確是。」

「但你漸漸變回來了，」她說，「不然這麼著如何？前兩天我買了些燈籠辣椒，做出來的醬汁保證把你辣到頭皮發麻，你覺得如何？」

「先吃晚餐，」我說，「然後看《豪情本色》，這樣要是我撐不住睡倒在電視機前，那了不起我只損失《英倫情人》。」

「你很會談生意嘛，這位先生。」

「沒辦法，我娶了個猶太女孩，」我說，「她把我調教得很好。」

7

星期天早上，我檢查我的肚皮，顏色足足涵蓋了半道彩虹，儘管外觀頗嚇人，但實際上好了不少，其他部位或痠或痛的情況似乎也逐漸消除之中。

穿好衣服，我到廚房找塊貝果外加一杯咖啡，伊蓮詢問我的傷勢情況，我據實以報。「才沒幾年前，」我說，「挨這麼一拳，我復元的速度可快得多了，根本不必每天醒來巴巴的檢查傷勢如何。」

「想維持就得花時間和汗水，」她說，「要不然誰還他媽的耐煩練這個健那個啊？講起這個，我想我得去健身房弄個一小時左右。」

「我幾乎自暴自棄的想和你一起去。」

「為什麼不呢？你可能會用的設備那裡每種都有，你若要搞出一身肌肉，那裡也有一堆重量器材可隨便選擇，還有一大排穿緊身衣的美麗女郎可養眼，事後還有按摩浴池可供你解除肌肉骨節的痠痛。但你臉上這種死樣子表情告訴我，你是不會去的。」

「今天不去，」我說，「光聽你講這一堆器材，我的精力就差不多全用光了，你知道我腦子裡真正想的是什麼嗎？唯一可以和到健身房流汗並比的是，走一段美好的長路。走到格林威治再走回來，或是走到九十六街再走回來。」

「好吧，你就照自己想的做好了。」

「但你不認為我應該這樣。」

「只要衣服穿保暖一點，嗯？加上你的背心，還有你那條肩帶。」

「也許我今天一整天留在家裡。」

「為什麼不呢，親愛的，如果你真想快一點復元，你可以在家做一些輕緩的仰臥起坐動作，而且幹嘛不給那些壞蛋幾天時間，好讓他們對你喪失興趣？」

「有道理。」

「此外，你有這星期天出刊的《紐約時報》可看，光是手舉著它，你已經比這個國家絕大部分的人一整個月所做的運動都要劇烈了，甭說電視也一定有不少運動節目可看。」

「我想我得再多吃個貝果，」我說，「聽起來我是亟需多一點的精力才應付得過來。」

8

我讀了報，並看了巨人隊的球賽，這場球打完之後，我便開始在NBC轉播的紐澤西噴射機隊對抗水牛城比爾隊，以及另一邊的長春組高球賽跳來跳去。我不怎麼在乎這場美式足球賽誰勝誰負——他們自己也不在乎，從他們球場上的表現來看——至於高爾夫球賽我更是連看的興致都沒多少，儘管它有某種極特別的催眠力量。

顯然這對伊蓮有同樣的效應，她端過來一杯咖啡，也跟著坐下來呆呆瞪視著螢光幕。直到出現了個米達斯消音器廣告才擊破這個魔咒。「我幹嘛坐在這裡看這個？」她問，「我什麼時候跟人家關心起高爾夫球來？」

「我可以理解。」

「而且米達斯消音器關我什麼事啊？真要我買個消音器，也要是老喬治．福爾曼做廣告的那個牌子。」

「米尼克牌的。」

「管他叫什麼。」

「因為我們並沒車子……」

「你說得對，如果我真有錢買消音器，還不如買條喀什米爾圍巾呢。」

她走出起居室，我則回到高爾夫球賽中，就在某個穿著鮮艷照人球衣的傢伙做出小鳥推桿時，我發現自己想著麗莎．郝士蒙，而且我想的是在她公寓裡那種慵懶的下午時光。

只是個掠過的念頭罷了，就像我至今依然有想喝一杯的念頭起來，而且這個念頭並不必任何真正的渴求做支撐。某一個晚上，我聞著波本的味道，那香氣直直接接就鑽入了我的記憶最深處之中，只是那並不會讓我想喝一杯了事；然後第二天我又聞到同樣的酒味，伴隨著血和死亡和火藥硝煙的味道，儘管事隔一日，氣味淡多了，我仍清楚聞得到，只是我依然沒因此想喝一杯。

這一刻，我也沒真要麗莎，但很清楚的，我是想走出我現在所在之地，不是指我們公寓這個有形之地，而是某種存於心智的當下之地，我的自我所在的小小封閉房間。這一直是麗莎的意義，不僅僅是某種歡樂的來源，不僅僅是某個征服的欲望，也不僅僅是個好的伴侶，她是一道我可以走出去的路，而我是那種總要走出去的人，不管我的生活其實多舒服，也不管我和我周遭一切多麼契合無間，我總會要溜出去，晃蕩那麼一會兒。

我的某一個部分。

光就是看她坐那兒，光就是逮住她的眼睛，光就是看她和佛羅里安互握著手，就夠我讓她進入我的心裡，我沒因此想去找她，甚至連掛通電話都不想。但這可以成為稍後跟吉姆談論的話題之一，我用不著現在來煩心。

在此同時，我仍盯著那傢伙推桿。

∞

「你看起很帥。」伊蓮說，她伸手碰碰我的擋風外套，觸到了其下的槍。「非常之帥，看不出鼓起之處，肩帶也一點沒露出來，而且你要是拉鏈朝上拉一半像這樣子，你可以嗶的立刻拔出來，不是嗎？」

我探手進去，拔槍，又插回去。

「還有你這件紅色馬球衫，」她說著，伸手打開一個釦子，「哦，原來如此，你扣了釦子，好讓背心不跑出來，但敞著好看多了，背心露點出來又怎麼樣？你又看不出它是什麼，可能只是一件內衣罷了。」

「馬球衫底下的內衣？」

「或只是刺青可以吧。」她說，「你帥呆了，你的擋風外套和你的卡其褲對比夠強烈，因此不會像穿某種制服一樣。」

「聽起來真棒，」我說，「我擔心的就是這樣。」

「是啊，這是該擔心的，不定有哪個傻瓜女的找上來，要你替她查一下車子的油是不是？你自己感覺怎樣？」

「我不怎麼想回答這個問題。」

「你啊可真是聰明，」她說，「吻我一下，嗯，用餐愉快，記得小心點，還有幫我問候吉姆。」

我出門了，感覺會下雨，下個雨很有必要的，空氣很濕很重，亟需來一場滂沱之雨來清洗一下，但我猜這般光景還會持續壓著人好一會兒，就像過往這幾天一直沉沉壓著人一樣。

我先朝第八大道走一段長路，再往下幾個街道到餐廳，餐廳名字證實是叫幸運貓熊，招牌上畫了一隻貓熊，老老實實的黑白兩色，笑得像是牠剛贏了樂透大獎似的。

吉姆．法柏先到了，餐廳空蕩蕩的，所以我一眼就瞧見他坐哪兒。他選的位子正是我以前坐過的位置，靠後方的牆邊，他正讀著《紐約時報》的雜誌附錄。我走過去時，他放了下來，並起身。

「艾克和麥克。」他說。

一邊握手，我問，「說什麼？」

他指指我，又指指自己，「艾克和麥克，看來一個樣，你沒聽過這個講法嗎？」

「最近沒有。」

「我有一對孿生的堂兄，大我三歲，我沒提過他們嗎？」

「我想是沒有，他們就叫艾克和麥克嗎？」

「不，當然不叫這名字，他們是保羅和菲利普，但大家都喊菲利普叫巴茲，天知道為什麼。但我有一個叔叔，不是雙生子的爸爸，是另一個叔叔，每一次看到他們兩個一定要說同一句話。」

「『嗨，小鬼們。』」

「『艾克和麥克，看來一個樣。』媽的絕無例外，每次家族聚會他都這麼講，而且我們聚會次數還挺多的。對於一群互相看不順眼的家人來說，我們相聚的頻率還真高。『艾克和麥克，看來一個樣。』老這麼說肯定把他們煩死了，但他們從不抱怨。不過我家的人本來就不會抱怨；從小就學乖了。」

「『別再哭了，要不然我馬上讓你好好哭個夠。』」

「老天，沒錯，是你老爸這麼講嗎？」

「不，他從沒講過，但我有個叔叔三天兩頭就要如此恐嚇他的小孩一次，而且據我了解這不是光講講而已。」

「我成長期間這種話也聽過不只幾回，我們家裡也絕不是講講而已。總而言之，這是一則艾克與麥克的悲慘故事。」

我們兩個不約而同穿了黃褐擋風外套，紅馬球衫和卡其長褲。「我們並非不折不扣的雙胞胎，我多了你一件防彈背心。」

「謝謝你提醒我，讓我曉得子彈滿天飛時記得躲你後頭。」

「你躲的同時，」我說，「我會奮勇宰了那些壞蛋。」

「哦？你帶傢伙了嗎？」

「裝我的肩帶裡。」我說，把拉鏈下拉好讓肩帶露點出來，馬上，我又拉回原位。

「這樣我會好睡一些，」他說，「知道我的晚餐夥伴全副武裝，火力強大，跟我換位子吧。」

「啊？」

「來來，」他說，「換換位子，這樣你才能監控住餐廳入口。」

「如果誰誰意圖不軌。」我說，「他們會在街上動手，坐在這裡讓我唯一擔心的是，我們的木須炒肉好不好吃。」

他聞言大笑起來，但仍堅持要換到我位置來，我聳聳肩，只得起身讓他。「好啦，」他說，「我盡了我能盡力的部分了。我猜你只好一直穿著外套不能脫，除非你要讓全世界知道你帶了噴子。怎麼了嗎？」

「『帶傢伙』，」我說，「『噴子』。」

「嘿，我可是與時俱進的人，我看電視的，」他笑著，「我也一樣不脫外套，但不保證不反悔，我敢發誓上回我坐這家餐廳時，正好是熱浪來襲的最高峰，裡頭還比外頭熱。今天是個美好的秋日，而且他們的空調又開到最大，對了，你小時候家裡有裝空調嗎？」

「開什麼玩笑？那時候我們有空氣都算幸福的了。」

「彼此彼此，」他說，「我們電扇倒有一台，每個人都拚命擠到電扇前，吹來的全是熱風。」

「但你並不抱怨。」

「不，天氣不一樣，」他說，「天氣太熱是可以抱怨的。人家來點菜了，你想吃什麼？」

「我連菜單都還沒打開，」我說，「我得先去上個一號，要是你等不及的話就先叫，叫兩份連我的。」

他搖搖頭。「不急。」他說，並告訴侍者我們得等幾分鐘。

我找到盥洗室，走了進去，裡頭的牌子忠告我，員工上過廁所後務必要記得洗手，我遵旨照辦，儘管這會兒我並不是任何人的雇員。廁所裡沒有擦手的毛巾，而改用那種烘手機，如果我早些注意到這點，大概我手就不會這樣毫不猶豫的洗下去，我恨死這種東西，你得耗一輩子站在那兒，結果是你兩手也沒怎麼吹乾。但橫豎我是洗了，也只好認命呆站在那裡讓它吹。耐心等待的時候，我在想待會兒該怎麼跟吉姆發這個牢騷。

我看看鏡中的自己，煩躁的調整馬球衫領子，試圖在不扣最上頭一個鈕釦的情況下不讓背心跑出來。也不是說真的明顯到會被人看出來，就算是，那也沒什麼大不了。但如果領子可以稍稍立一點，而背心可以稍稍往下壓一點的話——

就在這時，我聽見了槍聲。

∞

我有可能忽略過這類聲音，因為聲音並不大；我也可能當它是其他什麼的，車子引擎逆火，侍者摔了盤子，諸如此類。

但某些特別的理由令我當下一聽就知道是什麼聲音，我出了盥洗室，跑過甬道，衝進餐廳裡，只掃一眼我就看到了——吉姆，一名張大著嘴的侍者，兩名躲桌椅後頭的顧客，一名已臨界於歇斯底里狀態的苗條金髮女人，一旁有個女的正安撫著她。我衝過他們直接到大門口，但開槍的人已杳然無蹤，他可能拐過了街角或跳上等著的車子，或竟是化成了一陣煙，不管哪一種，他都是不見了。

我回到餐廳裡，剛剛的樣子完全沒變，更沒人移動過。吉姆仍據著我們那張桌子，背向出口，我去盥洗室這期間他應該是在閱讀，雜誌就攤桌上，攤開那一頁的文章是報導某些父母親把小孩從學校弄回家來，自行教育他們。這些年來我認得的好幾個人揚言要這麼做，但沒一個真的付諸實行。

殺手過來時他一定正讀著這篇文章，因此他極可能根本沒看見是誰殺了他，他頭部一側連中了兩槍，是某種小左輪，事後證實為點二二。有相當一陣子這種槍被戲稱是玩具，或說是娘兒們的槍，但後來卻成為職業殺手慣用的凶器，我不是很清楚其真正的原因，聽過的說法之一是，較輕的子彈會在頭顱裡反彈撞擊，能大幅提高對著腦袋開槍的致死率。也許真的是這樣，或也許只是殺手的某種自我意識作祟罷了，如果你在這一行裡是個好手，那你不需動用到大炮，你拿把小不拉嘰的手術刀照樣能完成任務。

他被擊中兩槍，正如我講過的，一槍在太陽穴，一槍打中耳朵，兩個彈孔相距只一吋光景。殺手貼得很近——我看得出火藥燒焦的傷痕，我也聞到了皮膚和毛髮的焦味——殺完人之後他把凶器扔了，和退出的彈殼一起。

我沒碰這把槍，更甭談拿起來檢查，當時我並不曉得這真是點二二，我辨識不出該槍的製造廠商及樣式，但那樣子看起來像，傷口的長相也看起來像。

他向前趴倒，沒事的那半邊臉直接壓著桌上攤開的雜誌，血順流他的臉頰而下，最終在雜誌上汪了一小灘，但不是太多。通常，人真死了血也就很快跟著停了，因此，早在殺手奪門而出之前他就死了，甚至更早在那把小槍掉落到地上之前。

他年紀多大了？六十一，還六十二？差不多就這年歲，一名中老年男子，身穿紅馬球衫和卡其長褲，外披敞著拉鏈的黃褐擋風外套，他的頭髮並沒掉多少，儘管他的髮線後退了些，頂上也顯得稀薄了些許。他早上才刮過鬍子，下巴那裡有輕微割傷，割傷的地方這會兒並看不到，我是稍早前注意到的，在我進盥洗室之前。他常這樣，刮鬍子時弄傷自己，「生前」經常這樣。艾克，艾克和麥克中的艾克。

我站在那兒，身旁的人嗡嗡講著話，其中有些話可能還是對我講的，但什麼也沒被我腦子接收進來，我眼睛一直停在那篇家庭式學校文章的某一個句子，但一樣的，我腦子也沒將它接收進來。我只是站在那兒，終於，我聽到了警笛聲；警方終於趕來了。

8

要是可以重來就好了。

要是我取消晚餐就好了。我們過去這幾個禮拜見面次數不少，我會提議，這星期算了別碰面吧。他一定不會拒絕，可能他內心還覺得鬆了口氣。

要是我們跑去唐人街就好了。那邊的素食館子在佩爾街上，得順一道長而窄的樓梯爬上去。職業殺手絕不會選這麼一種地方動手，從而留給自己這麼難料理的逃離路線。

要是我穿別的衣服就好了。我從來就極少費神打理自己。通常哪件放架上衣堆最上面就抓哪件，這一次碰巧這件是紅的，和吉姆的撞上。

不管是誰一路跟蹤我從凡登大廈到幸運貓熊，他鎖定的目標必定只是個紅馬球衫卡其長褲、外罩一件黃褐擋風外套的人。當他（或是她，隨便）進入餐廳，瞧見一個如此穿著的人單獨坐張桌子，這是他跟前唯一符合如此描述的人，他當然不用開口詢問或甚至要求看身分證件，他只會快快做完他要做的事，然後把槍一扔落跑。

要是他先好好看吉姆一眼就好了。

要是我穿我那件運動外套就好了，肩帶部分有點鼓起那又何妨？那樣我就不會在盥洗室裡調來調去搞半天。

要是我能在出門之前，先花個一分鐘清光我那該死的膀胱就好了。這樣我就不會離桌，我會坐在吉姆對面，在那傢伙進門時先看到他。那王八蛋看到我們兩個一定當場傻了，然後他極可能決定兩個都殺，讓上帝自己去分辨誰該死誰倒楣，也或許他自己就能分辨得出，但如此他必然有那一下下的遲疑，他會頓個幾秒鐘才做出決定，也許這就給了我足夠時間看出他意圖，並先拔槍。

要是我堅持不用換位子，吉姆也許會看到這傢伙走進來，也許有機會反應；而且這殺手看到的如果是臉而非後腦勺，他也可能看出弄錯人了。

要是我乾脆不洗手，或者兩手往長褲一揩，而不是浪費時間在那個烘手機上，我可能從盥洗室出來的時間，正好遇上殺手走近吉姆桌前，我可以出聲示警，可以直接拔槍，可以在他射殺我朋友之前先宰了他。

要是……

要是我那一晚上就乖乖站著，像個男人一樣老實挨人家拳頭，那要不了命的，事情也會在那時候就一切落幕，我會受到教訓學乖，或更可能，他們會到此放過我。但我就非得要逞英雄、非得還手教訓他們。

要是我那晚穿的是球鞋就好了。現在我穿的就是球鞋，為什麼我當時不也穿這雙鞋呢？我用腳跟踹從背後架住我的人，他只會一哼繼續架著我，那我會因為我的反抗而狠狠的被收拾一番。

要是我當下就把事情做個了斷就好了。既然我選擇了反擊，而且既然我走運到占了上風，為什麼我不幹到底？如果我依自己的怒氣繼續下去，狠狠踢那傢伙腦袋，一直踢，踢到他那操他媽的腦袋凹進去，並且在奪槍之後，順勢送顆子彈到另一個小子身體裡，再把槍塞到他同夥手中，讓警察去查究竟發生了什麼事。像這樣兩個低級的王八蛋，在街頭自相殘殺再合理不過了。

喔，操，要是打從一開始我就堅決推掉這個案子就好了。跟米基講我不想涉入，橫豎也才一天之後我不就跟他這麼講了嗎？

我這一生的老掉牙寫照，總是遲了一天或差了一塊錢。

8

要是我不繼續找他當我的輔導員就好了。我不喝酒多少年了，就每一天戒一次酒這門技藝而言，我早已是老手一個了，我幹嘛還需要輔導員呢？幹嘛要一直持續這個關係，而且幹嘛要持續星期天中菜晚餐這個神經病傳統？

伊蓮也可以提醒我，我是個已婚的男子，我應該每個星期天晚上陪老婆用餐才對。她從沒跟我這麼要求，這也不符她的行事風格，但要是她提醒我就好了。

要是打從一開始不挑他當輔導員就好了。他當然是最可能的人選，在我剛剛參加聖保羅教堂的聚會時，他正是唯一真正注意我並關心我的人，當時我仍時飲時戒，並沒下定決心要聚會下去，很明顯既無法令自己斷然和酒精宣戰，也還沒敢對這件非做不可的事坦然無懼的把話講清楚，在輪到我非講不可時，我說的只是，「我是馬修，我今晚只聽就好。」我不認為有誰留意到我，而當時已是我正式參與戒酒無名會的聚會好幾個月之後的事了，大家對我所有的理解就僅僅是，那個「旁聽的馬修」。

但只有他眼中清楚有我這個人，見面一定哈囉打招呼，也一直花時間在我身上；聚會後他會拉我和他們三三兩兩去喝杯咖啡；在我剛清醒不久的時候，他總是認真聆聽我滔滔不絕的胡言亂語；他也總是時不時給予我建議，是那麼樣的循循善誘，以至於我根本甚少察覺那是來自於他的心思。

大家都一直告訴我應該找個輔導員，某一天晚上我故作隨性——實則花了兩天時間演練才開口問他，「你覺得呢？」

「這可能不失是個好主意。」他回答。

「不，」我說，「我是說要你當我的輔導員。你意下如何？」

我想我扮演這個角色已經有一陣子了，他說。但他又補了一句，如果你希望正式一點的話，我的回答是，對我而言這不成問題。

最初在我的印象中，他一直只是那個穿著軍用外套的人而已，有很長一段時間我不曉得他從事哪行哪業為生，也不清楚出了戒酒無名會的小房間他幹些什麼。後來他主持了一次聚會，講了自己的事，我們的彼此了解才有了進展，往後我們在聚會中和聚會後喝了數以加侖計的咖啡，更在星期天晚上同桌吃飯達數百次之多。

要是我當初是找別人當我的輔導員，或根本不找。要是當初我進了那個地下室房間，看了一眼就敬而遠之，然後出門再喝一杯去就好了。

∞

他一定會就這些狗屁念頭好好訓我一頓。他曾不只一次跟我說，「你還真是有夠自我意識過剩，不然怎麼會對自己這麼嚴苛。你到底為什麼要給自己設這樣高到不行的標準？你以為你是哪根蔥啊？全世界就繞著你這傢伙轉？」

我說，難道不是這樣嗎？

你不過是一介凡人，他說，不過是眾多酒鬼中的一個罷了。

就這樣嗎？

這樣就夠了。他說。

∞

要是能改變過去的事，就好了。

阿傑打電腦時，要是想法改變了，他就會按下某個鍵，重回上一個動作之前的狀態。然而，早幾年前一個迷彈珠台的小子跟我說過，人生最要命的就是少了個重來的按鈕。
已經做了的就不可能不做，它已鐫於金石，刻於碑銘。
奧瑪．開儼幾世紀前就寫了，而且講得如此精準通透讓我想忘都忘不掉：

揮動的手指書寫；而且書寫完成，
仍繼續揮動；既非你的智慧抑或你的虔敬
能令它更改半行，
你所有的淚水亦不能洗去任何一字。

要是不像他說的這樣，就好了。
要是……

9

我被警方偵訊的時間拉得頗長，先是那名應九一一報警電話趕來的制服警員，接著是一名便衣，我根本記不得他們問了什麼以及我回答了什麼，因為詢問過程中我一直處於喪心遊魂的狀態，我一部分的心思拚命想聚攏起來，好接收耳邊所不斷響起的各式話語，聽清楚別人問的問題以及我嘴裡流洩而出的回答。其他部分的我則漂流而去，穿過往昔的時光甬道，好攫取一個不一樣的未來，一個如果能夠的未來，一個因為我做了不一樣的事因此吉姆仍好生生活著的未來。

我十一歲或十二歲時，曾被一只棒球擊中前額，整整一天時間帶著輕微的腦震盪漫步遊走著，現在就很像那樣，好像被包裹了一層厚羊毛一般，陷身在濃霧裡，我沒真正接收到什麼外來訊息，做夢一樣，只是把這一切直接銘印到記憶深處，柔軟，模糊，失焦，而且片片段段。

濃霧散去時已經九點四十五分了，我看著牆上的時鐘，這裡是中城北區分局二樓的一個正方形房間，我模糊的記得我坐上一輛藍白相間警車的後座被帶到此地，其實這段距離走路就行了，這個分局在第八大道西邊的五十四街上，距幸運貓熊只一石之遙而已。

我想這整個分局的人一定都曉得幸運貓熊這家餐廳。警察很奇怪都嗜吃甜甜圈，但他們也同樣動不動就進中國餐館，因此該分局的警員一定有相當人口是幸運貓熊的老主顧。這讓我的「要是能夠」念頭多了個可能，為什麼不正好有兩個穿制服的警察當時也去用餐？如此那名殺手只要看個一眼不就當場摸摸鼻子走人了。

十點差一刻，這是我事後到現在第一次注意到時間，我和吉姆碰面是六點半，我們談了大概一兩分鐘，我去了廁所，上過小號，然後從廁所衝了出來……

之後三個小時就這麼不見了，彷彿不存在一般完全不見了，我一定在這裡站著或坐著相當一段時間，等什麼事發生，等有人跟我講怎麼做，我八成表現得極溫馴極合作，完全沒有知覺時間如此流逝，也不覺煩躁或受不了。

「馬修嗎？這裡，幹嘛不坐下來呢？我們得再重來一遍，完了之後你就可以回家休息了。」

「沒問題。」我說。

該探員的名字為喬治．韋斯特，瘦得有稜有角，尖鼻子尖下巴帶一個細心修整的鬍髭。他是那種毛髮又黑又濃的人，我猜他今早起來後一定刮過鬍子，但現在又需要再刮一次，這他自己也知道。他習慣性的會摸摸自己臉頰或下巴，伸根手指頭劃過毛喳喳的腮幫，好像隨時檢查自己是不是又該刮鬍子了。

此人年約四十，五呎十吋高，深棕色頭髮，同樣深棕色的凹陷眼睛，我留心並記下這一切，但不懂自己何以如此，不會有人要我描述負責辦案的警探長什麼樣子，他們只會要我描述凶手，但這一點我完全幫不了忙。

「很抱歉耽擱你這麼久，」韋斯特說，「但你知道操作程序就是這樣，你也當過警察不是。」

「很久以前了。」

「我好像在局裡見過你，你和喬・德肯很熟，不是嗎？」

「我們認識好一陣子了。」

「現在你改行當私家偵探了，」我掏出皮夾，給他看我的執照。「不，這用不著，」他說，「你之前就給我看過了。」

「這種事不容易記得一清二楚，包括你出示過什麼證件，還有出示給誰看過。」

「是啊，每個人都重複進行一樣的事，光是這樣的程序就有得你受了。你一定累壞了吧。」

是嗎？我自己都沒感覺。

「而且急著回家。」他摸摸下巴，摸摸臉頰，「死者是吉姆・馬丁・法柏，」他看著卡片唸出來，然後是吉姆家的住址，他印刷廠的名字和住址，每唸一樣就抬眼看我，確認一下。

我說，「他太太——」

「貝芙麗・法柏太太，住址一樣，我們通知她了，事實上，現在應該有人到她那裡去了，請她做一次正式的指認。」

「我得親自去看看她。」

「你得等休息過來之後再去，馬修，你自己也經歷了好一場驚嚇。」

我應該跟他講所謂的驚嚇已經過去了，我又回到我自己了，不管是好是壞全部回來了，但我只點了點頭。

「法柏是你朋友吧。」

「我的輔導員，」這個說法他沒能聽懂，我也很後悔這麼講，因為又得重新解釋。倒也不是有什麼難言之隱，儘管所謂的戒酒無名會顧名思義有不洩露成員姓名身分的傳統，但這個體貼只針對活人。「我AA的輔導員。」我說。

「AA是指那個戒酒無名會對嗎？」

「是。」

「我還以為任何人都可自由參加，我不知道你還得有人輔導。」

「可以不必，」我說，「輔導員是你加入之後視自己需要找的，兼具著朋友和諮詢兩種身分，像猶太教裡拉比一類的身分。」

「一個經歷豐富的前輩是嗎？負責指點你，防止你犯錯是不是這樣？」

「不完全是這樣，」我說，「戒酒無名會不考核不獎懲，唯一會讓你陷入麻煩的是你自己又忍不住喝了酒，輔導員是一個供你談話傾吐的人，他可以幫助你保持清醒。」

「我個人倒沒這樣的困擾，」他說，「但一堆警察有，這一點也不奇怪，每天總得面對沒完沒了的壓力。」

你想喝一杯時，每種工作是都有足夠的壓力。

「因此你們兩個相約吃晚餐，你心裡有些解不開的事，需要找他談談？」

「不是這樣。」

「你結婚了，他也結婚了，你們兩個星期天晚上卻把各自老婆丟家裡，約好到個中菜館子吃飯。」

「我們每個星期天晚上都這樣。」我說。

「真的？」

「很少例外，真的。」

「所以說這是例行性的囉，這也是戒酒無名會的標準程序嗎？」

「協會沒什麼標準程序可言，」我說，「只除了別再喝酒，而且嚴格來說這也不是你所謂的標準程序。我們的週日晚餐起於我們輔導關係開始之時，是某種建立相互了解的方式，但多年下來，變成只是一種單純的友誼關係。」

「『多年下來』，那他出任你的輔導員非常久囉？」

「十六年。」

「你講真的，十六年？這十六年時間你一杯酒也沒喝過嗎？」

「到目前為止沒有。」

「你仍然參加聚會？」

「是的。」

「那他呢？」

「他之前也去。」

「意思是他停了？」

我努力試著思考該怎麼回答他，他忽然理解我的意思，臉一下子紅了，「抱歉，」他說，「累了一天了，講話沒經大腦。」他低頭又看看卡片，「每個週日晚上，而且是同一家餐館嗎？」

「只是同樣吃中餐，」我說，「餐館不一定。」

「為什麼選中餐？有特別理由嗎？」

「就只是習慣而已。」

「也就是說，你們可能每一週都挑個不同館子，而且見面之前再決定。我想弄清楚的是，誰曉得你們兩個今晚去那裡？」

「沒其他人曉得。」

「我聽說你們並沒預約。」

「你是說跟幸運貓熊？」

「是的，我想也不會有誰到那裡吃飯先預約的，中飯，那還可能，平常上班時間中午生意還滿好的，可是晚上又加上週末，那裡空得你都可以帶槍去獵野鹿了。」

「或獵人。」我說。

他盯著我，一時不知如何回應。他深吸一口氣，轉而問我是誰選了這家餐館。

「這很難講，」我說，「讓我想想該怎麼說，他提議去五十八街有一家，但那一家關門了；然後我提議唐人街那邊，他說那裡太不方便了，我想，先想出幸運貓熊的人是他沒錯。」

「那是什麼時候？」
「才昨天，應該沒錯，我們在電話中決定的。」
「還約好了時間和地點，」他記了下來，「之前你最後一次見他是……」
「星期五晚上，聚會時。」
「也是戒酒無名會的聚會，是嗎？然後你們昨天通了電話，今天依約在餐館碰面。」
「是的。」
「你有跟誰講過你們在哪裡吃飯嗎？」
「可能跟我老婆提過，但我不確定有沒有。」
「除此而外？」
「沒了。」
「那他有告訴他太太嗎？」
「可能吧，他很可能跟太太講他和我約好吃晚餐，但我不曉得他會不會一五一十連去哪裡都講。」
「你認識他太太嗎？」
「只是見面打招呼的交情，這十六年來，我都不曉得有沒有見過她二十次。」
「你跟她處不來？」
「我和吉姆是好朋友，就是這樣而已，我和伊蓮和他們夫妻倆吃過兩三次飯，但千真萬確就這麼多了，兩到三回。」

「伊蓮是你太太？」

「是的。」

「那他們處得如何？」

「吉姆和他老婆嗎？」

「嗯哼，他跟你談過嗎？」

「最近沒有。」

「那就你所知……」

「就我所知，他們相處情形還不錯。」

「如果處不好的話，他會告訴你？」

「我想是這樣沒錯。」

「那就你所知，他和誰有過齟齬？」

「吉姆和誰都處得來，」我說，「他是個很和善的人。」

「這個世界上沒任何敵人。」

他語帶懷疑，警察的通病，「就算有，」我說，「我也不曉得。」

「他生意如何？」

「生意？」

「嗯哼，他搞印刷，不是嗎？在這一區有家印刷店？」

我掏出我的名片來。「這就是他替我印的。」我說。

他用拇指撫撫名片上浮凸的字，也許他想知道這張名片是不是該刮刮鬍子了。「印得好，」他說，「這張給我可以嗎？」

「當然。」

「你對他生意方面有任何了解嗎？」

「說話時不常提到這方面，兩年前他曾談到考慮要收起來。」

「不想做了是嗎？」

「他做煩了，我猜大概生意清淡得令人提不起勁來，有一陣子，他想加盟開個咖啡吧，就是一間接著一間像雨後春筍冒出來那時候。」

「我妹夫也開了一家，」韋斯特說，「對他來說挺好的，但就是工作時間很長，我妹妹和我妹夫兩個幾乎把全部時間都給丟進去了。」

「總而言之，他最終還是放棄這些念頭，繼續他的印刷業務，有時他會講到退休，但我從不認為他真會立刻付諸實行。」

「資料上說他六十三歲了。」

「差不多吧。」

「他有考慮退休嗎？」

「我不曉得。」

「他有沒有跟你談過他的投資或貸款這一方面的？」

「沒有。」

他摸摸自己下巴的鬍子，「或任何可能和犯罪有關的事情？」

「和犯罪有關的事情？」

「比方說，有人要爭搶他生意之類的。」

「如果有人打算如此，」我說，「他會連店門的鑰匙都交給他，並祝他生意興隆財源廣進，他是靠經營這個小店過生活沒錯，但靠這個發不了財，不會有什麼幫派角頭會看上他的店。」

「他有接他們的生意嗎？」

「你是說幫派角頭？」

「我是說犯罪組織。」

「老天。」我說。

「這並不像乍聽起來那麼荒誕，馬修，犯罪組織的生意跟一般正常生意一樣，也需要一些類似的物品和服務，他們需要在專用信紙上印上公司頭銜，需要收據和貨單，以及，是啊，以及公司的名片等等不知道還有一大堆什麼的。比方說有不少家餐廳背後老闆便是幫派兄弟，他們的菜單也得找人印刷，沒道理說你朋友一定不會接到這種印刷生意，很可能他根本也不曉得他客戶的真正身分。」

「你這麼說是有可能，只是──」

「也很可能他們會要他印那些較不正當的東西，比方政府表格或某家公司廠商的空白貨單，諸如此類，也許他答應印了，也許他不肯幹，也許他事後才曉得一些他頂好不曉得的事。」

「你的意思是？」

「我的意思？我是指你的朋友法柏看起來是被職業殺手做掉的，這些傢伙不會為了練習殺人而殺人，如果他扯入這種事，不管他是無辜或怎麼的，你幫他守密對他絕沒有好處可言。」

「相信我，我絕沒有為他保什麼密。」

「你想到有誰希望他死嗎？」

「沒有。」

「他交往的哪個人有可能雇人殺他？或犯罪組織那邊有沒有誰跟他結怨？」

「答案一樣，沒有。」

「你到了餐廳，找到他坐了下來，他樣子看起來如何？」

「老樣子，很平和很好。」

「看不看得出有沒有什麼困擾他的樣子？」

「看不出來。」

「你們談些什麼？」

「無所不談啊，喔，你是指今晚？」

「你去盥洗室之前和他聊了一到兩分鐘，你們的談話內容是什麼？」

我得想想，艾克和麥克，然後是什麼？

「空調。」我說。

「空調？」

「空調，餐廳把空調開到最大，冷得跟個冰盒似的，我們於是談到這個。」

「換句話說，芝麻小事。」

「小到都不太記得了。」

他另起爐灶，問我是否可曾不小心掃到凶手一眼，我說這我已經從頭聲明到尾了，凶手出門跑掉之後，我才從盥洗室出來。

「回憶是很有意思的事，」他說，「不同的事物會引發不一樣的回憶。你的心常常不讓任何訊息洩漏出來，它常常固守著一整組記憶，不讓你接近它。」

「我可以告訴你一些這方面的實例，但完全和今天發生的事無關。我聽到槍聲時人還在盥洗室裡，我馬上衝出來，只看到事情的結果，我也馬上衝到外頭街上，希望能看到殺人凶手是誰。」

「你沒看見。」

「完全沒有。」

「所以說你不曉得他高或矮，胖或瘦，黑或白……」

「我知道其他目擊者說是黑人。」

「但你不是親眼看到。」

「是的。」

「也不是原先在餐廳裡的某個黑人。」

「我沒留意餐廳其他客人，不管開槍前或開槍後，但餐廳原來很空，哦不，我想餐廳裡本來一個黑人也沒有。」

「那有沒有看到哪輛車子開走，你衝出去時有沒有留心這件事？」

「我有注意，因為我就是衝出去找這個的，看看有沒有人跑開或車子匆忙開走。」

「但你兩樣都沒看到。」

「都沒有。」

「或某輛計程車或……」

「也沒有。」

「現在，你也想不出任何人有理由要吉姆．法柏死。」

我搖搖頭。「倒不能說這世界一定沒有這樣的人存在，」我說，「但我想不起有誰，而且我根本想不出任何理由他會被殺。」

「除了今晚真發生這種事。」

「是，只除了事實如此。」

「那你呢？馬修，」

我瞪著他。「我沒聽懂你的話，」我壓著性子，「你的意思是我設了局，自己溜進盥洗室裡，好讓我花錢雇來的某個殺手進來開槍？」
「別激動……」
「因為這實在是太荒唐了，我完全不曉得該怎麼回答才是。」
「別激動，」他說，「坐下來吧，馬修，我完全不是這個意思。」
「不是？」
「完全不是？」
「聽起來你是。」
「呃，那，我想是我的錯，但我真不是這意思。我說『那你呢？』意思是有沒有人希望你死？」
「哦？」
「但你卻想成……」
「我曉得我想成什麼，抱歉我有點失控。」
「呃，你也沒罵人也沒大叫，但你臉一下子暗下來，我還真怕你當場一拳就過來了。」
「我猜我比自己知道的還疲憊不堪。」我說，「你是說凶手可能是殺錯人？」
「凶手不是真認識被害人時，這總是一種可能。法柏他怎樣，比你大個幾歲是吧？」
「我比他高個兩吋，但他重一些，腰也比我粗，我不認為我們長得哪裡像，沒人曾經把我錯認成吉姆，我只能這麼說。」
「你有任何老仇家嗎？比如，你還幹警察時？」

「這已經是二十多年的陳年往事，喬治，我離開的時間已遠遠長過我幹的時間。」

「好吧，那你最近有沒有跟誰結仇？你是私家偵探，有沒有案子牽扯到某些犯罪集團什麼的？」

「沒。」

「還是有可能你因為查案不小心得罪了誰？」

「完全沒有，」我說，「最近我的工作對象通常是律師，追蹤證人的人身傷害以及商品責任的官司等等，我還雇了個懂電腦的小鬼幫我料理大部分的業務。」

「所以你也想不出任何這方面的可能。」

「想不出來。」

「好吧，那你何不先回家去呢？好好睡一覺，看看明兒個會想起什麼。你大概知道這起事件會是怎樣了結吧？」

「怎樣？」

「就是認錯人的問題。我對這案件子有個想法，上天明鑑，這種情形也不是第一次了，某個人看見你朋友，錯認為是他恨之入骨的王八蛋，比方在毒品交易坑過他或偷了他老婆等等天殺的蠢事。我知道一堆這樣的案子，牽扯到某個傢伙，這傢伙可能完全不像你朋友的樣子，但照樣有人就開槍了，把子彈打進他身子裡，事實上聽命開槍的人根本就他媽的跑錯餐廳了，他威風凜凜到第八大道的幸運貓熊宰人，但其實應該是第七大道的金兔子或第九大道的胡芳鋪才對。」

「可能吧。」

「月圓了，你曉得。」

「我沒注意到。」

「呃，被雲擋住了，你看不到的，但看日曆是如此，正確來說應該是明晚才對，但夠圓的了，奇奇怪怪的狗屎事總這種時候特別多。」

我記得星期三的月亮，凸月，現在則成了一輪滿月了。

「先回家去吧，那些穿制服的正逐個過濾現場目擊者，還有詢問事發當時在街上的人，或這附近誰正巧伸頭向窗外看會不會下雨的人。你清楚這一套的，我們什麼都得清一遍，還會聽聽線民那邊怎麼講，如果走運的話這個亂扣扳機的屎袋也許會被我們逮到也說不一定，」他又憂心起自己下巴來，「當然不可能讓他再回來了，你的好朋友，」他說，「但這是我們會做的，也是我們唯一可以做的。」

∞

我順第九大道走路回家，一路經過好些家酒吧，每看到一家酒吧我都感覺自己心跳一陣加劇，這應該是一種頂合理的生理反應吧，我幾乎扛不住我腦子裡上演的一幕幕，而酒精無疑能夠淹沒配樂、淡化影像。

你還在是嗎？吉姆，讓我們乾杯沉淪吧，讓俗世遠離，泥濘在你眼底，老傢伙。

謝謝你這十六年來讓我一直清醒著，沒有你我怎麼可能走得過來？現在，為了好好紀念你、向你致敬，我要徹底忘掉你教我的一切。

不，我不這麼認為。

《紐約重案組》演到席波威茲在他兒子死後重拾杯中物，吉姆就不繼續看了。真是個爛人，他說，真是個他媽的混帳。

他沒辦法啊，我說，他只是個演員罷了，他只能照劇本演。

我就是在罵那個寫劇本的，他說。

所以說我不會去要杯酒喝的，但我不能假裝我沒這個渴求，我的眼睛看著每一家酒店，每一個眨著眼的啤酒霓虹燈，我的嘴裡可能津生著唾液，但我的雙腳仍持續向前邁開。

我抬頭找月亮，那輪滿月，但我看不到。

我踏入我們大樓廳廊時，忽然一陣震顫攫住了我，進入電梯後我心中更浮出我即將在十四樓所看到的清楚景象，房門被踢開來，家具翻倒一地，畫被割裂。

還有，更可怕的……

房門關著而且上了鎖，在掏鑰匙之前我先揿了門鈴，門被我打開時伊蓮已站在門另一頭，她正想說什麼，但看了我的臉之後停了下來。

「吉姆死了，」我說，「被我害死了。」

「我想我是嚇到了，」我說，「而且我想，我的驚嚇仍未消褪。但不管眼前的濃霧多讓人看不清，我還是清楚意識到我在妨礙司法。」

「你對警方有所隱瞞？」

「我有意誤導他們，並扣住非常關鍵性的訊息。我坐那兒迴避關於吉姆印刷生意的問題時，心裡很清楚他是為什麼死的。那名殺手就是弄錯人了，好嗎？而這和滿月牽動潮汐之類的古怪氛圍一點關係也沒有。他受命槍殺一名中年男子，卡其褲，擋風外套，和紅色馬球衫，他的確殺了個這樣的人。」

「這你為什麼不告訴他們？」

「因為這會聯到我和米基．巴魯，把我們兩個一起扯入這一整宗連續殺人案調查的漩渦中心。他們會追問屍體埋到哪裡去了，而這可不只是形容而已，我會被控有意隱匿肯尼和麥卡尼被殺一案，並以實際行動參與屍體的遺棄，我們到米基農莊的後園子挖土坑那天晚上，我們已犯了一缸子法了。」

「你會丟掉你的執照。」

「這是最無所謂的一環，我可能立刻被起訴。」

「我沒想到這個。」

「我想我應該是犯了好幾條重罪，」我說，「而且我們載著一後車廂屍體越過了州界，所以極可能連聯邦都會起訴我們。但就算如此，如果說向韋斯特坦白對事情有所助益的話，我想我會甘冒被控罪的危險講出來。」

「這又不能讓吉姆活回來。」

「當然不只這個，而是說有其他任何的助益，也不可能因此就逮到凶手。吉姆只是誤闖了這場幫派火拚的無辜局外人而已。」

「真的是這樣嗎？幫派的利益傾軋。」

「看起來是這樣，從紐澤西庫房那邊的狀況看起來是這樣。如果早知道這樣，那時候我就會當場一鞠躬退出這整件事情。」

「我希望你別太自責。」

我沒回應，她這話講不只一次了，但我仍然不知道該如何回答。我說，「很多案子警察很在行，但牽涉到幫派之間的仇殺則不在此內，就算他們走運，不小心知道了是誰下的命，是誰扣的扳機，他們仍無法成案好送上法庭。」

「我想對組織性的犯罪他們束手無策。」

「也還不至於完全束手無策，組織犯罪調查條例賦予他們相當的權力，過去這些年來他們也因此弄了好幾宗大案子，掃走了一大票道上兄弟，他們可以弄個人帶上隱藏式錄音機蒐罪證，他們也可以說動哪個人賣了他老闆，接下來就會有個黑手黨蹲在馬里昂的聯邦監獄裡，抱怨都沒人會做蒜味番茄醬汁。這的確有效，還有那些地方上的釣魚手段；比方說租個雜貨店收受贓物，只要有人拿著貂皮或電視機走進來就統統抓起來關。」

「他們這麼做的時候，媒體都會大幅報導。」

「我相信這正是他們喜歡這麼做的原因之一。不過大體上他們案子還是辦得不錯，或許我一些同輩的警察不同意，但我以為紐約市警局的表現比我在職那時候好多了，他們幹得有聲有色，只是這並不意味著他們就能順利逮到殺吉姆的凶嫌。」

「即使如此，」她說，「你還是很在意自己沒有對警方全盤托出。」

「我想如果我告訴他們會更困擾我，那我就有必要解釋個痛快了，包括我帶的這把槍從哪兒來。」

「我正好奇這個，沒有人問起嗎？」

「我不是嫌犯，沒人有理由搜我的身。我外套拉鏈始終拉得好好的，餐廳和街上都滿涼的，但中城北區分局的小格子房間裡可又悶又熱，我一直等著韋斯特跟我講，把外套脫下來吧，這樣舒服點。但他一直沒說。」

「但如果你指出你其實才是預期的目標……」

「那他們馬上要問我幾百個問題，也就什麼都得曝光了，包括槍在內。『你說這把槍是嗎？

呃，你們已經得到凶器的基本資料了，我這把是點三八，不是你們要的點二二，你也看得出來這把槍最近並未開過火，我還沒去辦理登記，因為我兩天前才從揍我肚皮的一個小子手上弄到這把槍。』」

「對了，你肚子情況如何？」

「差不多好了。」

「但一定也空了，你沒吃成晚飯，打從中餐之後你就粒米未進。」

「我不想吃。」

「好吧，隨便你。」

「幹嘛這種表情？」

「我只是在想，你把自己餓成這樣子，吉姆會怎麼說。」

「他會說別這樣，」我說，「但我不覺得餓，現在一講到食物，我的胃就翻起來。」

「如果你改變主意的話……」

「我會跟你講的，對，有現成咖啡嗎？喝杯咖啡我倒還受得了。」

∞

「真正困擾我的是，」我說，「我毫不考慮就決定不講實話，這已成了我的第二本能。」

我們坐廚房餐桌旁，我喝咖啡她喝花草茶。此時我脫去了擋風外套，以及槍和肩帶，我還先脫掉了馬球衫，好卸下防彈背心，再將馬球衫穿回去。防彈背心被我掛到椅背上，槍和肩帶則暫擱廚房流理台上。

我說，「我幹了很多年警察，然後我不拿執照又幹了很多年私探，最後我拿了執照，只因為這樣工作起來方便一些，而且工作的收入也較合理，但還有一個原因，這純粹是我個人私心底下的理由，有了執照我會體面一點。」

「你以前從沒講過。」

「是。」

「我們結婚時，」她說，「我講了幾句話，你還記得我說什麼嗎？」

「前幾天我才又想過一遍，你說我們都不必因此有所改變。」

「因為我們一直就這麼在一起，那一張婚約為什麼要造成改變呢？你一直以來就是個體面的人。」

「可能我的用詞不太對，應該說我拿執照是希望自己合法化，成為法治社會的一分子。」

「結果呢？」

「重點來了，」我說，「並沒有。你也曉得，在我當警察那些年，我對這個系統很多的幻想早就破滅了，有人說你要是在肉品工廠工作過，你一定不敢再吃香腸，警察工作就像這樣，你很快就學會怎麼去違反規定，我學會抄近路，學會站上法庭剛宣誓完就做偽證，我也收賄賂，洗劫屍體。但那是另一回事，那是我個人道德良知的腐化。這或許也跟職業有關，但這樣的行為並不是出自於我對這個體制的看法。

「之後我遞了辭呈，退了出來，」我繼續說下去，「你也很清楚。突然之間全都變了，前一天還是警察，再一天就不是了，但從另一方面來說，這卻是個漸進的程序，我的內心仍是個警察，差別只在於我少了警徽和納稅人付的薪水而已，我仍用同樣的眼光看這個世界，我記得紐約這五個區的每個警員，調查案子的時候，我會跟他們拉拉關係、請他們幫忙，有時候我也付錢給在職警員以換取資訊，把他們當成我的線民用。」

「這我都記得。」

「好啦，這麼多年就這樣一晃而過，」我說，「警局那些我記得的人不是死了就是退了。喬．德肯是目前唯一真正在職的朋友，但他並不是我當時就認識的，我幹私探好幾年後才和他結交，而現在，連他都動不動把退休掛在嘴上，他遲早會這麼做的。」

「如果今天是他而不是韋斯特問你這些問題呢？」

「我是不是也會撒謊？可能吧，我看不出我還能怎麼做。我可能因為對他撒謊而感覺不好過一點，或者可能他會比較容易察覺出我有所隱瞞，說到這個，我想韋斯特也可能早察覺出我有所隱瞞。」

「太複雜，不是嗎？」

「非常複雜。我是不容易理解的一個人。『我叫馬修，我是個酒鬼。』這兩句話我說很多次了，讓我自己都開始深信不疑了，但除開這一點之外，我還是有一些我自己都不容易搞懂的地方。這麼多年來，我抄近路，照自己的規矩行事，我學會怎麼做這些事，但一直沒學會怎麼不做這些事，我審慎的違犯法律，但同時又親手執行並維護它，我自己充任法官和陪審團，有時，我甚至覺得自己在扮演上帝。」

「你做每件事都有理由的。」

「誰都不難為自己找到個理由，重點在於我做過非法之事，我為罪犯工作，和罪犯併肩作戰過，但我一直不認為自己真是個罪犯。」

「呃，當然不用這樣，你根本不是個罪犯。」

「我倒開始不確定是不是了，我告訴自己，我所做的事是正當的，但我不曉得我為什麼可以這麼斷言，我心裡浮現的說法是『道德界線』，但我曉得自己並不確定所謂的道德界線究竟該畫在哪裡，也不確定是否真的有所謂的道德界線存在。」

「當然有，親愛的，但世界持續在變，不是嗎？」

「我唯一賴以生存的清晰信念是，」我說，「『別喝酒，並參加聚會。』吉姆說如果我能做到這一點，其他所有的事自然會對，會自己上軌道。」

「你做到了，事情也的確像吉姆說的。」

「喔，吉姆的話是對的。他另外告訴我的是，事情總是自己會對，上帝的意志總是得以貫徹。我們便是通過這個來發現上帝的意志，你安心等待，並靜觀事物如何演變。」

「你以前就引用過吉姆這話。」

「我一直很喜歡這話，」我說，「我猜，這是上帝的意志，祂要吉姆今晚死去，要我活下來，否則事情不會是現在這樣，對吧？」

「對。」

「往往，」我說，「你很難知道上帝真的在想什麼；往往你還懷疑他根本就沒用過心。」

∞

我們談了很長一段時間。很久以前，生命中的另一段歲月裡，她是個應召女郎，我則是個已婚的警察，之所以把我拉向她，很大一部分是因為她是個很好的說話對象。某種程度來說，我猜那是她那行業的部分專業要求，畢竟，身為應召女郎，總得讓付錢的男性覺得好交談才行，但對我們兩個而言，事情似乎遠遠不止於此，我感覺在她面前我可以完完全全做我自己，她喜歡的是我這個人，而不是我裝扮出來的另一個人，更不是我以為這個世界要我扮演的另一個人。

也許，這同樣也是她專業要求的一部分。

談著吉姆時我喝著咖啡，她陪我啜著花草茶。我講到我戒酒初期時的往事，那是我和她斷了聯絡多年且尚未重新發現彼此之時。「剛開始，我只覺得他是個太和善的傢伙，」我告訴她，「而我只祈禱他可別花心思到我身上來，因為我並不準備真把酒完全戒掉，他只徒然又是個對我失望的人罷了，然後，我變得在聚會中想看見他想找到他，至此，我知道他其實就是戒酒無名會的化身，是代表清醒的聲音，而事實上，他參與戒酒只早我不到兩年時間，我戒酒滿九十大時聽了他兩週年的心得感言。現在我回想起來，兩年哪算什麼？一個人戒酒兩年不過才剛清理掉他腦子裡纏繞的蛛絲罷了，所以說，當時他也不過剛剛上路而已，但在我看來，他已經清醒得像是這輩子從來不知酒為何物。」

「那現在他會跟你怎麼說呢？」

「他現在會怎麼說？他不會再跟我講什麼話了。」

「如果他還能講的話呢？」

我歎口氣，「『別喝酒，參加聚會。』」

「你現在要去聚個會嗎？」

「已經趕不上休士頓街的午夜聚會了，凌晨兩點時還有另一場，但對我來說這太晚了一點，所以，不去了，我不想去，但我也不想喝一杯，因此我想這該算扯平了。」

「他還會跟你講什麼？」

「我可沒讀心術。」

「那當然，但你可用點想像力，他會講什麼？」

我勉為其難的說，「『繼續你現在的生活。』」

「然後？」

「什麼然後？」

「然後你會聽話繼續這樣下去嗎？」

「繼續我現在的生活嗎？我真還有其他的選擇，有嗎？但這也不容易做到。」

「為什麼不容易？」

「那天晚上我告訴那兩個翦徑匪徒，說我不會再為巴魯工作下去，我也對米基說了同樣的話，但事情還是這樣。」

「但？」

「但我一定也曉得事情不會這麼簡單了結，」我說，「否則我不會二話不說直撲那家槍械店去買這副肩帶。我跟自己講，我只要遠離米基，老實待家裡一陣子，他們會簡單把我給忘了，然而很明顯他們決定殺了我，今天晚上是他們找到的第一個下手機會，他們毫不猶豫就動手了。」我一皺眉，「這改變不了事實，哦，我對吉姆的遇害生氣得不得了，我絕大部分的怒氣是向著我自己，因為我害死了他，但——」

「你沒害死他。」

「是我把他送到槍口底下。該不該怪罪，這很難簡單講得清，他死，是因為某人誤認他是我，之所以這樣是因為我和他約了一起吃晚餐，更因為我讓某個人想置我於死地。」

「我可以跟你辯這一點，只是我不想。」

「很好。就像我剛說的，我絕大部分的怒氣是向著我自己，但剩餘的部分則是衝著開槍的凶手，以及那個派他來殺我的王八蛋。」

「這是分別的兩個人嗎？」

「至少兩個人。某個人做成了決定，不是那名一頭直髮的肌肉棒子，就是對他下命令的那個，然後另一個傢伙盯在我們大廈外頭，跟蹤我從家裡到中菜館子，這人可能是那個肌肉棒子或他那名同夥——他們兩人要認出我並不困難——也可能是第三個人，某個不必擔心我會認出來的第三個人。」

「如果真這樣，那也許他和開槍的人是同一個。」

「可能，但我打賭不是同一個，我認為他一路跟我到餐廳，然後轉身過到對街去，用他的手機聯絡……」

「現在好像是人手一支手機。」

「每個人，只除了你跟我，信不信由你，連米基都搞來一個，前幾天晚上他從車上打到農莊，通知說我們正在路上，就是用這個打的。」

「要他們留盞燈，還有鏟子擺後門那裡。」

「這個跟蹤者通知了那個殺手，殺手上了車，趕到現場，他們在街口碰頭，負責跟蹤的一指幸運貓熊，『紅馬球衫，黃褐外套，卡其褲，球鞋，』他說，『你認這些就不會錯了。』

「說完換他坐上駕駛座，除非這名殺手是另一個人送他過來的，總之不管是誰都先將車子開到附近等著，不熄火，殺手帶著槍進了餐廳，空著手出來，跳上車溜之大吉。」

「就這樣死了一個人。」

「是的，死了一個人。」

「很可能是你。」

「理論上應該是我。」

「但上帝有別的想法。」

這是看待此事的另一種方式。我說，「前天晚上第九大道上那兩個，下令殺人的這第三個人，負責跟蹤我到幸運貓熊的第四個人，以及走進去扣扳機這第五個人，可能還得加上負責開車接應的第六個人。」我看著她，「要料理的人還真不少。」

「你真打算這樣？」

「沒法不這麼想，」我說，「這種衝動是很基本的，我想我這是最本能的反應，甚至是純生理性的本能反應，『以眼還眼，以牙還牙。』人類歷史不都是這樣子玩。」

「看看波士尼亞。」

「但這就是五到六個人了，而且就像我講的，我甚至還不知道他們姓啥名啥。我當然沒能要自己相信，吉姆的陰魂會高叫著復仇，畢竟如果說人有某個部分是死後依然存在的，我傾向於相信那不會是私人感情用事的那部分。你不是問像現在吉姆會跟我講什麼話嗎？我想他絕不會說的是，帶把槍出去，把那人宰了替我報仇。」

「不會的，這不像吉姆講的話。」

「安心坐下來，放他們去吧。這是我此刻最痛恨的想法，」我說，「但我真的不曉得誰不善罷甘休又待如何，隨著年歲過去，我愈來愈不敢相信這樣的說法：沒有我的推動，這世界就走不下去。」

「這是經常有的迷思，」她說，「而人的宗教性愈強，這樣的迷思也往往愈強烈，他們相信，如果說這個世界有什麼可稱之為最本質之處，那就是，上帝的工作並未完成，需要他們肩負過來，以完成它。他們的上帝是全能的，但祂卻什麼也做不成，除非大家伸手幫祂。」

我喝了口咖啡，說，「懲罰他們不是我的職責，我並不要自己是法官兼陪審團，而我根本也沒任何意願涉入這場火拚，我告訴他們我退出此案，我也告訴米基同樣的話，吉姆的死並不會改變我說過的這話，我仍然真心想退出此案。」

「感謝上帝。」

「但這有個問題，曉得嗎，我不認為我可能退出。」

「為什麼不能？」

「前兩天晚上我就退出了，」我說，「但這對我一點好處也沒有，他們的回應方式是，再派個人來殺我，只要他們仍片面認定我依然參與此案，也可能他們根本不在乎我怎麼決定，不管退出與否，我都是踢過他們屁股的王八蛋，很可能這會兒你唯一可做的是，去找狄法吉夫人把你名字綉她圍巾上，因為不管怎樣選擇我的名字都在死亡名單之上，吉姆的死並不能讓我從此除名。」

「也就是說，即使你什麼事也不做……」

「我額上依然烙著死亡的印記。現在，他們可能曉得自己殺錯人了，就算現在不知，最多也拖不過明天早上，我也許會愧疚吉姆因我的罪過而喪生，但他們絕不會接受吉姆可以代替我死這個提議。」

「你的名字仍在圍巾上。」

「恐怕如此。」

她直直看著我，「所以呢？我們能做什麼？」

∞

我們能做的是做愛，但也並未真的成功，因此我們只是相擁著。我講著一些吉姆的故事，有些她聽過，有些是第一次聽到，其中有兩個滿有趣的，我們也都笑了。

她說，「我也許不該這麼說，但它一直纏繞在我腦子裡，不講出來我會瘋掉。我對吉姆出這意外非常非常難過，我為吉姆難過，我為貝芙麗難過，當然，我也為你感到難過。

「但難過不是我全部的感受，我也很高興是他而不是你。」

我沒講什麼。

「我發現很長一段時間以來，我一直這麼想，」她說，「每回我讀報上訃聞時，腦子裡總響著這類的聲音，甚至有時我懷疑這才是我所以讀訃聞的真正原因，管她是誰，只要是看到我這個年紀乳癌死的，我就會說，『還好是她不是我』；或哪個可憐的傢伙猝死在高爾夫球場上，我也會說，『還好是他不是馬修』；或地震死的、淹死的、傳染病死的、空難死的，『還好是他們不是我們』。不管他們是誰，他們出了什麼禍事，全都還好是他們不是我們。」

「這是很自然的反應。」

「換是其他人也一定會這樣，不是嗎？因為誰會碰上誰不會碰上是說不準的，如果當時去洗手間的是吉姆，留在座位上的是你……」

「那可能事情就完全不同了，殺手走進來時我正面向他，而且我也有槍。」

「但你來得及開槍嗎？」

若說門打開時我抬起頭來，我看見的會是個陌生人，一個黑人，這可能不同於那兩名白人忽然冒出來讓我措手不及的情況，但這建立在我有抬頭的前提上，我也很可能埋首於菜單之中，或拿吉姆的雜誌來讀。

「也許，」我說，「但也可能來不及。」

「所以我說還好是他不是你。我一想到貝芙麗心就痛，我一想到她究竟要如何挨過這一場便連腸胃都翻攪起來，但還好是她不是我，這不是什麼高貴的情操，是吧？」

「我也不認為是。」

「但上帝垂憐，祂曉得這是真心的，而且親愛的，你也得有一樣的感受，因為儘管你會一再告訴自己，坐位子上的應該是你，倒在血泊中的也應該是你，但事實上那不是你，在你內心深處也很慶幸那不是你，我說得對，不是嗎？」

「是的，」半晌，我回答，「我想你講得對，我真希望事實不是這樣，但你講得對。」

「親愛的，這只是代表你很慶幸自己活下來，如此罷了。」

「我想是吧。」

「這不必然是壞事情。」

「我想也是。」

「你知道，」她說，「好好哭一場或許也無傷大雅。」

就連這一點她也可能是對的，但事實如何我們並沒深究下去。我自己最後一次掉淚是很早在協會的一次聚會中，是我首次承認自己是酒鬼並當眾說出來，那次掉淚連自己都嚇了一大跳。之後，我的眼睛始終是乾的，只除了偶爾看電影時，但我不以為那個算數，那不是真的眼淚，就像真正的害怕不是你被恐怖片嚇出來的那種害怕一樣。

因此，我沒能哭，也沒能做愛，最後我曉得我連睡覺都不能，是曾經一度快睡著了，但旋即清醒過來，最後我放棄了，下了床，穿上衣服，我在襯衫底下加了防彈背心，並在上面掛了肩帶，我把擋風外套的拉鏈拉上來，好把那把槍蓋住。

我走到隔壁房間，撥了電話。

11

「黑人。」米基說，從桌子另一頭看著我。

「根據現場目擊者的說法。」

「但你並非親眼所見。」

「是，而且我也不是親口從證人口中問來的，但我了解所有證人都一致同意開槍的人是個黑人，中等身高，中等體重，二十歲或三十歲或四十歲——」

「範圍縮小了點。」

「蓄了髭鬚或鬍子。」

「髭鬚或鬍子？」

「或兩者都有，」我說，「或兩者都沒有，我想。這個人進門開槍到離開，花費的時間比我們現在說它還短，在槍響之前沒人有任何理由盯著他看，至於槍響之後，他們拚命想做的只是躲起來別挨槍。」

「但此人是黑人，」米基說，「在這一點上所有人意見完全一致。」

「是的。」

「所以說是黑鬼搞的鬼囉？到底是我哪邊惹上他們？還是他們沒事找上我的？」他端起他的威士忌酒杯，看了看，沒喝又放下了，「那兩個扁你的，」他說，「應該講原意是要扁你的，也是黑人？」

「兩個都是白人，拿槍那個應該是紐約土生土長的，另外一個我沒看仔細，也沒聽他開口，但絕對也是白人。」

「槍殺你朋友那個……」

「黑人。」

「一個白的雇一個黑的殺手，」他沉吟著，「這傢伙是從外地搞殺手進來的是嗎？他不用自己的人嗎？」

「你講的這個他是誰？」

「我不曉得。」

「但這人明明是……」

「先不談這個了，」他說，「我完全不知道他是誰，也不知道他為什麼會盯上我。」

∞

我並不真的相信有人守在凡登大廈外頭，但我的馬才剛剛被偷，我不願我的馬廄門不鎖敞著。

我直接下到地下室，從大樓後頭送貨用的出入口潛出去，往葛洛根路上，我好幾次從肩膀朝後瞄，沒人跟蹤我，也沒人從陰影裡跳出來攔住我。

米基說他會煮好一壺咖啡，我到時他老兄已占住一張桌子，眼前擺了酒和酒杯，桌子的另一頭則是一只咖啡瓷杯。我在門口掃視了整個酒吧一次，這時間理應快打烊了，但仍有相當一堆人不願週末夜就這麼收場。吧台處有成對的也有單身的，桌子那邊則都是一對對的；我還看到安迪·巴克利和湯姆·希尼守著後頭那個鏢盤；至於柏克仍然在吧台後面，老耶索·道爾提則立在吧台側邊。米基曾告訴我這老傢伙一度是愛爾蘭共和軍的傳奇性槍手，他還說，在你出生之前，老小子已經開始宰人了。

其中，尚有一對熟面孔在。

我走到米基所在，拿起咖啡杯，逕自踱到牆邊另一張桌子，米基驚訝得眼一睜，但我示意他過來時，他二話不說帶了酒瓶和酒杯過來。

「你對其他桌客人有意見？」

「跟他們靠太近了，」我說，「我不想聽到他們談話，也不要他們聽見我們講的。」

「你來之前我已經聽夠多了，」他說，眼中浮起笑意，「他們就彼此的關係有好一番激烈的討論。」

「我猜也是。」我說，然後我告訴他幸運貓熊所發生的種種，他的眼神凌厲起來，臉色十分凝重。

良久，他說，「把你捲進來是我的錯。」

「我當初大可拒絕你。」

「話是沒錯，但那得要你知道自己會捲進什麼樣的麻煩。我之前沒想到會帶給你這麼大的危險，老友，現在你一腳踩進去了。」

「我心知肚明。」

「他們不相信你會在意他們的警告動作，也許他們根本不在乎你怎麼想，你讓他們難看，讓他們狼狽不堪，這遠比我那兩個小子做的多多了，看老天爺份上。」

「你是說肯尼和麥卡尼。」

「就那樣被做掉了，可憐的小鬼。」

隔兩桌遠，男的起身，走向吧台再要一杯酒；女的則斜眼看向我，她唇邊有一抹笑意，但馬上，她垂下眼瞼。

「還有彼得．洛尼。」米基說。

「名字聽起來很熟，我見過他嗎？」

「你應該在這裡見過他，讓我想想，你到底有沒有見過他呢？呃，這樣吧，他的左手手背上刺一個船錨刺青，手腕下邊一點這裡。」

我點點頭，「長而窄的臉，前面有點禿。」

「就是他。」

「而且他有種水手的長相。」

「水手的長相是怎樣的長相？喔，不談這個，從這裡搭船到斯塔頓島是他唯一的航海經驗，或者說有可能會有的航海經驗。」

「怎麼說？」

他注視著威士忌酒杯，說，「你知道我一直有些錢放在街上，這是從猶太人那邊學來的，就像把麵包丟水面上一樣，不是嗎？你錢放街上，這些錢會脹起來變大回來。彼得是替我辦事的，工作地點就在這種事的總部及其殿堂——大街之上。負責放款，以及不說你也曉得，收回本金和利息。碰到事情扎手時他就不行了，畢竟他實在不是太合適幹這種事的人。嚇唬嚇唬人還可以，但其他事情我就得另派他人，或親自出馬。他實在做不來這些事。」

「他出了什麼事了？」

「他們發現他在第十一大道那邊一條小巷子的垃圾桶裡，頭下腳上倒插進去。他被修理得體無完膚，連他老媽都不可能認得出他來，如果他老媽還能活著見他的話，感謝上帝她早掛了。總之先把他打個半死，再補一刀了結他。」

「事情的發生過程呢？」

「我也說不上來過程如何。他是早上十點鐘左右發現的，我是一直到今天傍晚才接獲消息。」

他抓起酒杯，喝水般一飲而盡，「我認識你這位朋友嗎？」

「我想你們不認識。」

「也就是說，你從未帶他來這兒。」

「他很久以來都不上酒吧了。」

「喔，那些人其中的一個，該不會就是那天晚上的那個吧？就那個跟佛教徒打禪七的那個？」

「老實說就是他沒錯。」

「喔老天，這真是詭異，你曉得，我才在心裡頭跟自己講，會不會就是他？那個我想認識他的人，但現在我再也沒這機會了，你告訴過我他的名字吧。」

「吉姆・法柏。」

「吉姆・法柏，我在此舉杯向他的過往致敬，不過恐怕他不會高興我這麼做吧。」

「我想他不會介意的。」

他又倒了小半杯。「敬吉姆・法柏。」他說，又喝乾了。

我也跟著啜一小口咖啡，心裡很好奇他們兩人要是認識的話，不知會如何看待彼此，我實在不敢奢望他們會志趣相投，但這誰敢講呢？也許他們會找到彼此共通的友誼基礎，也許吉姆打禪七所體悟的東西，也正是米基在屠夫彌撒中所尋求的。

是的，我們是永遠不會曉得。

他說，「他們並沒要放過你，這你一定心知肚明。」

「我心知肚明。」

「他們殺錯人這件事，就算他們現在不知道，最遲明天一早也會知道，你打算怎麼辦？」

「我也不曉得，到目前我唯一做的是糊弄掉警方。」

「你還記得我那次跑愛爾蘭嗎？我的目的是躲掉一張法院傳票，但那裡用來躲子彈效果一定一樣好。你可以明天就飛去，等這裡一切塵埃落定之後再回來。」

「我想對我來說這容易。」

「你和她兩個，我曉得你沒去過，那她呢？」

「也沒。」

「喔，你們會愛上那裡，你們兩個都會。」

「你也可以一起走，」我說，「帶我們到處走走，給我們一個很棒的旅行。」

「拍拍屁股走開，他們要幹嘛由他們，」他沉吟了下來，「你曉得，我也考慮過這樣，這不是我的方式，但跟我看不見的敵人作戰就是我的方式嗎？讓他們要什麼拿什麼，要什麼一次拿去。」

「有何不好呢？」

他陷入沉默，又考慮了起來。越過他寬闊的肩膀，我看到安迪．巴克利傾身向前射出一鏢，他失了平衡差點摔跤，一旁的湯姆．希尼伸手扶住他。湯姆，也是生於貝爾法斯特，酒吧的全職員工，但往往一整天難得說一句話。米基和我出征馬帕斯那回他也參與了，該晚他挨了顆子彈，事後由安迪開車我們四人直奔米基的農莊。米基弄來了個大夫醫好了他，從頭痛到尾的湯姆還是幾乎一聲不吭，事後也守口如瓶沒有過這回事似的。

酒吧那頭某個人笑了起來——當然，絕不會是也絕不講話的老道爾提先生——至於最靠近我們的一桌，男的正對女的講，這對他而言，比對她要艱難得多。

「也許這一切本來就很難。」她回答。

我把目光調回米基身上，很好奇他是否也聽見她說的這句話。他正努力想找個講法來回答我先前的問題，這一瞬間，他瞥一眼我身後忽然臉色一變，在我回身想知道他看見什麼之前，他已付諸行動了，他一掀桌子，登時桌子連同咖啡杯、杯碟和酒瓶等所有東西翻飛出去，緊接著他衝過原來桌子所占的空間撲向我。

在此同時槍聲響起來了，米基也應聲把我撞得往後翻過去，我坐的椅子當場被我壓個粉碎，於是就這樣我壓著椅子，他壓著我，此刻米基的槍已握在手中並開火還擊，用單發的手槍來回應由門那邊潑火般掃射過來的自動武器。

我瞄到某物從我腦袋上飛過去，巨大的爆炸聲響起，震波像巨浪般瘋狂向我捲來，然後便是一片黑暗了。

我不可能昏過去太久，但也不記得自己怎麼恢復神智，接下來我曉得的是我用兩腳站立著，米基拚命要弄醒我。他一隻大膀子環住我腰部，手掌中抓了個皺巴巴的皮袋子，顯然他跑了一趟後頭辦公室取來這個，也就是說，我昏厥過去的時間至少不短於他這趟來回，但也不會長多少。

他另一手仍握著槍，是銼掉準星的軍用點四五。我環視了周遭一眼，簡直無法相信看到的這一切，桌椅整個翻倒在地，其中不乏解體成各式大小碎片的，放吧台上的種種酒杯器物屍體般躺在磁磚地上，吧台後面的大鏡子整片沒了，只剩零星小玻璃塊黏附在原有的框框裡。空氣中仍是濃濃戰鬥後的殘留氣味，火煙、炸藥的硝味和潑灑開來的酒氣薰得我雙眼十分難受。

屍體四下散落著，看起來像被頑劣的小孩隨手亂扔的洋娃娃一樣。那一對檢討彼此關係的男女全死了，就躺在他們翻倒的桌旁。男的正面躺著，整張臉去掉了大半；女的則是側臥，曲著身子如魚鉤，頭頂被炸了開來，腦漿由破碎的顱骨流出。

「快來啊，兄弟。」

我知道他是對著我大叫，但我能聽到的聲音卻很微弱很遙遠，我想是剛剛的爆炸讓我耳朵呈現半聾的狀態，所有的聲音都像被什麼包住了，和剛下飛機置身機場的感覺一樣，耳朵一時還未復原。

我聽見他叫，也知道他叫些什麼，但我仍呆立原處，兩腳彷彿生了根，更無法把眼睛從他倆屍身移開。對我而言，比對你要艱難多了。他這麼告訴她。

好極了的最終話語……

「他們操他媽全死了。」米基說，他的語氣在這一剎那間殘酷起來也溫柔起來。

「我認識她。」我說。

「哦，」他說，「好吧，但你這時候想為她幹嘛都操他媽不可能了，我們沒時間在這裡磨了。」

我用力一吞口水，努力想去除耳朵的嗡嗡聲，我心裡想，這簡直像是到了戰區的機場似的，鼻子裡滿是火藥和死亡的氣味，還得踩過一地的屍首去領托運行李。

大門口橫躺著同樣一具屍體，個頭瘦小，有一張很明顯亞裔人的臉。他穿黑褲子，檸檬綠襯衫，我第一眼還把它看成是那種印著大朵熱帶花的夏威夷衫，但其實這是件單色襯衫，花朵其實是三個彈孔，以血畫成的。

擱在他臂彎裡的是那挺自動步槍，他剛剛用來滿屋子掃射的。

米基停下來好半天，才伸手拎起這槍，還不忘大腳一踢死者腦袋，「下地獄去吧，你這操你媽的王八蛋。」

街角已等著一輛車，老雪佛蘭卡普萊，整個車身髒兮兮滿是泥巴，安迪手握方向盤坐駕駛座上，湯姆．希尼則站在開著的車門邊，單手握槍，掩護我們過去。

我們匆匆越過人行道，米基先把我推進後座，他自己也跟了進來，湯姆坐到前座安迪旁邊去，門還沒關好車子就開動了。

就在我聽力稍見回復這會兒，我聽見了警笛聲，遠遠的不甚清晰，但我確實聽得見，賽倫的歌聲正向著我們而來。〔譯註：Siren，是希臘神話中以歌聲迷惑水手、令其撞船沉沒的女妖。字首s小寫時則為警笛，作者這裡顯然用了雙關語〕

∞

「你沒事吧，安迪？」

「好好的，米基。」

「湯姆？」

「沒事，老闆。」

「還好你們兩個窩在後面，媽的他們把葛洛根幹成什麼個樣子，嗯？這些操他媽的王八蛋。」

我們順著西緣大道一路朝北走，再從某一處交口岔向狄更，安迪提議了不只一處，隨便我或是米基要在哪兒下車，但米基一概不要，他說，他還沒想清楚去那兒之前，他寧可先這樣，而且他要一輛車在手。

「好吧，我們離你那輛凱迪拉克沒多遠了，」安迪說，「但其實這輛車方便就停街邊，這比你得從車庫開出來要省事省時多了。」

「很好，我就要這輛，」米基說，「我也會好好照料它。」

「你是說你要這破車？你對它太好了，它會開心得嚇死，」安迪一轉方向盤，「但它真的很能跑，而且就我來看，外表爛爛的更是精采，你可以隨便停哪條街上，保證你隨時回來開都不會找不到。」

我們正穿過布朗克斯，紐約市裡我極不熟悉的區域。童年時我在這裡住過很短一陣子，我老爸所開的小小鞋店樓上——很快鞋店關門，我們也就搬布魯克林去了。我們住過的那幢樓不在了，那個街區整個夷平好修建穿越布朗克斯的快速道路，我對這幢屋子周遭種種的記憶於是也跟著消逝無蹤了。

因此，我並沒辦法時時知道我們走到哪裡了，甚至我可能只是錯認了長得很相像的房屋街景而已，我的聽覺仍未完全恢復，心思也依然凌亂且麻痺無感，車裡一路上對話不多，而且有相當一部分我完全沒聽進去，話語彷彿從我兩耳間默默穿過。

湯姆說他可以在安迪家一起下車走回去，沒必要特別拐到他家門口；安迪則說送湯姆到家一點也不麻煩，反正開車只一下下而已；米基下了結論，不管麻煩不麻煩，看老天爺份上，就把湯姆送到家吧。

安迪問，「湯姆，你還住原來那裡是吧？派瑞街？」湯姆點點頭，我們於是穿過一些我不認得的街道到達那裡，湯姆在一間柏油牆板小方形屋子前面下了車，米基說有事會聯絡他，湯姆仍沉默點了頭，快步走向屋門，將鑰匙插入門鎖之中，安迪把車子轉了出來。停紅燈前面時他說，「米基，你真的不要我把你載回市裡頭去嗎？把車子留給你，我可以搭地鐵回家。」

「別神經了。」

「或你可以開凱迪拉克，或者我正好可以換凱迪拉克，看你到時決定怎樣。」

「開回你家，安迪。」

安迪住班橋大道，從湯姆家來說，正好在墨修魯公園路的另一頭，他把車停自家正門口，開門下去，米基伸頭出車窗，示意他來，安迪於是繞到米基這邊，手擱頂上斜靠著車身。「幫我向你媽問好。」米基說。

「米基，這時候她一定睡了。」

「老天，可不是嗎？」

「但等她明早醒來我會跟她講，她經常問起你。」

「喔，她真是個好女人，」米基說，「接下來你該沒什麼問題吧？弄一輛車不難吧？」

「我可以開我老表丹尼的，或其他誰誰的，至不濟隨便在街上挑一輛。」

「小心點，安迪。」

「我一向小心，米基。」

「他們獵殺我們像把我們當下水溝裡的老鼠似的，這些個雜碎，到底是何方神聖？黑鬼加中國佬。」

「看起來比較像越南人，米基，或泰國人，很可能就是。」

「對我來說他們全一樣，」他說，「我到底犯了他們哪裡？他們為什麼會盯上我們？喔，看老天爺份上，還是因為可憐的柏克？或其他誰的緣故？」

「他們想殺掉我們每個人。」

「每個人，甚至連顧客也不放過。老人家喝他們的酒，住附近的高尚人士來飲他們上床前的最後一杯，喔，可真一語成讖，這的確是他們的最後一杯。」

安迪往後退了兩步，讓米基開門下車，米基看看四周，搖頭搖得像一頭甩水的大狗，他繞過車子，坐進了駕駛座，我也趕忙把位子換到前座去，安迪一直站人行道上，目送我們離去。

∞

回程車上我們兩人一句話也沒說，我猜我一定盹過去一陣子，等我對這個世界恢復知覺時，車子已回到曼哈頓，喬爾西某處吧，我敢這麼說是因為我認出了古巴中國餐廳，而且腦中當下浮出對他們咖啡的記憶，濃、黑而且勁道十足，我還想起端咖啡來的侍者，這是個動作遲緩的老傢伙，走起路來總像腳疾纏身多年一般。

非常有趣你就是會記得某些事情，非常有趣你就是會記不得某些事情。

在二十四街接第六大道處，繁花區的邊邊，米基一踩煞車，車停於一幢八層高的窄窄大樓正門口，鐵捲門就像在E-Z庫房看到的那種，只是窄些，恰恰比車子稍大些許，捲門兩旁則各一扇未開窗的門，右手一扇的旁邊有圓柱狀的門鈴，想來是連通到裡頭辦公室或樓上的公寓，左手另一扇則飾著兩行印刷體字，銀字黑邊落於紅門板上。麥克金利暨卡迪柯克公司，下一行宣稱，建築廢料回收。

米基開了鎖，把鐵門捲起，裡頭是個尋常格式的小車庫，只要他把兩個紙箱子踢開，就能泊進一輛大轎車或小貨車，他果真這麼做，我則滑入駕駛座，把老雪佛蘭給緩緩送了進去。

我下車出來，跟他一起站門外人行道上，他重新拉下鐵門並上鎖，然後打開那扇有字的門，我們才走進去，他就把門給帶上了，於是我們遂陷於漆黑之中，直到他摸著電燈開關，我發現我們此刻站在一道樓梯的出口處，他領頭下到地下室去。

我們來到一個巨大的房間，走道卻異常狹窄，擠在兩排堆了肩膀高的衣櫥、桌子和各式箱子之間，這看起來像幅海難電影的場面，但也像把展示室和倉庫詭異的合而為一。

打從荷蘭佬買下這塊土地之後，曼哈頓便是個他們匆忙蓋起建築物只為了很快將它摧毀的城市。拆毀本身就是個工業，是個生產過程，而如果說其最終目標是個空盪盪的超大停車場的話，那我們眼前所見就是它的副產品。這些個抽屜和箱子裡所裝的各種人工物品，正是你用大鐵球轟倒建築物之前所能先搶下來的東西。大紙箱裡有些清一色裝著門鈕，有些裝著銅製品，有些裝著玻璃，還有些裝著鎳板。還有幾個較小的盒子則是鎖眼蓋、鉸鏈、鎖和一些我曉得是什麼但叫不出名字的東西，當然也有我完全不知道幹嘛用、所以更不會知道名字的東西。

雕木頭的圓柱四下站著，負責撐住天花板。此外還有一組東西是由建築物外頭所有石頭或水泥裝飾物組合而成——伸出長長舌頭的石像鬼，真實或想像的各種動物，有些還細節完好無缺，有些則毀滅得無法辨識如老墓碑上的字跡，不曉得是時間還是酸雨的浸蝕使然。

一或兩年前，伊蓮和我在華盛頓度了個週末，其間我們跑去觀賞了燔祭博物館。當然內容頗詭異——這意料中事——但真正打到我們如當頭棒喝的，是一間滿放鞋子的房間，就光是鞋子，堆積如山的鞋子，我和伊蓮都很難準確說出那種詭譎的衝擊，但我以為我們的反應不見得和一般人有異。

我不能說這些裝滿著門鈕的塑膠牛奶箱子給了我類似的情緒反應，我的胃腸並沒因為想到從這麼多門發生了什麼怪事、到這些門鈕曾裝在什麼樣的門上、到這些門後的房間消失到哪裡去了云云而翻絞起來，但某些人為產品的無止無盡堆疊、而且還條頓式的予以篩選並分類妥當，的確會讓我回想起那個滿滿是鞋子的房間。

「這是建築物的墳場。」米基說。

「我正是這麼猜想的。」

「這是很不錯的老行業，誰想得到在拆掉一幢老建築之前，你能弄下來多少有用的東西呢？當然，你可以拆下鉛管，還有爐子，賣給人家碾碎融掉，但有些腦筋快的人也發現所有這些老雜物、老裝飾品也找得到去處，比如說，你若要重建一幢褐石建築，你當然希望每一個細部都是真貨，那你可以到這裡來，你可補充到枝狀吊燈上缺的水晶片，或甚至整組更精采的吊燈，還有門鏈，還有壁爐的大理石板，全都有，所有你會要的和更多你不會要的。」

「我懂了。」

「還有你知道有人專門收集這些人工飾物的嗎？卡迪柯特就有一個專門收集石像鬼的狂熱顧客，有一次他買了一個實在太重了，帶不回去，這邊只好派人幫他送去，並因此參觀了他的收藏。他的居住空間就只是克里斯多福街那邊兩個小房間，但完全被好幾打各種尺寸的石像鬼給擠得寸步難行，每個表情都猙獰無比，一個比一個醜，我光聽那描述，完全知道那就跟這個地方一樣亂七八糟，但收藏家就是這副德性，你喜愛的東西你一定無止無休的要下去，要更多。」

「這地方也是你的嗎，米基？」

「我是有投資，你可以稱我為一個沉默的合夥人，」他拿起一個銹了的銅門鏈，在手上玩了會兒，又放回原處，「這是個不賴的生意，你賣出去拿到的是現金，但你不會有交易記錄，因為你賣的並不是存貨，而是你撿來的廢物，因此現金進來現金出去，在這種時代這些日子裡，這是很行得通的一種生意。」

「我可以想像得出來。」

「對他們來說，我則是個很行得通的合夥人，建築和拆屋這兩面的人頭我都有，包括勞工和經營階層兩方面，這對他們取得搶下老建築雜物的權利有幫助，喔，事實上每個環節都進展得很順利。」

「我想你的名字也不會出現在正式的文件上頭吧。」

「你曉得我對這種事的一貫手法，你不擁有，他們就拿不走。我有這裡的鑰匙，情況需要時我可拿這裡當辦公室用，還有一個很隱密的停車位置，平常是他們停貨車的地點，用做上貨下貨用的，但下了班布萊恩．麥克金利會把貨車開回家去，這位置就留給我用了。」

他從口袋中掏出行動電話來，隨即改變主意又收了回去，我們順著其中一條走道到後頭的辦公室去，進去後他坐到一張灰色金屬辦公桌後頭，查了個電話號碼，並撥了桌上電話，該電話還是轉盤式的，可能也是拆屋前搶救下來的物品之一。

他說，「麻煩麥克金利先生……我知道，沒必要我不會這個時間打電話給他……恐怕你非叫醒他不可，你只要跟他講是大傢伙打來的。」

他用手蓋著話筒，眼珠轉了轉。「喔，布萊恩，」他說，「好傢伙，你曉得嗎？我認為你和卡迪柯克應該休業一個禮拜，除非我有進一步聯繫，暫時不要有人來這裡……就是這樣，這麼晚打電話過來，幫我跟你老婆道個歉，你幹嘛不趁此機會補償她一下，帶她去波多黎各玩個幾天呢？……好吧，那就去肯昆吧，如果她比較想去那裡的話……卡迪柯克那邊就由你通知可以嗎？想想還有誰得通知？好傢伙。」

他掛了電話。「大傢伙，」他說，「這可真是不要臉，自己這麼稱呼自己，這是他們喊柯林斯的方式。」

「但德．瓦勒拉不喜歡這個稱謂。」

「一個聖潔其外敗絮其中的王八蛋，我講的不對嗎？告訴我一件事，這該死的肯昂到底在哪個鬼地方？」

「在尤卡丹半島上。」

「那就是墨西哥了，不是嗎？麥克金利太太比較喜歡這個地方，比起三更半夜接到電話。『我沒辦法叫醒他，他睡著了。』好吧，他若不是睡著了，那幹嘛還需要叫醒他，這瘋婆子。」他歎了口氣，仰身靠著橡木椅背，「你他媽又怎麼曉得德．瓦勒拉不喜歡那個稱謂？你又沒看過那部電影。」

「伊蓮租過帶子，」我說，「我們兩個一起看了，老天爺。」

「幹嘛？」

「我們是昨晚看的，回想起來好像完全不是這樣子，好像至少已經一個禮拜了。」

「你這一整天發生太多事了，不是嗎？」

「太多人死了。」我說。

「我們在農莊埋了兩個，那是什麼時候，四天前嗎？然後是彼得．洛尼，但你沒看見，是我告訴你的；再來是你的好友，那個佛教徒，我敬過他一杯酒，才幾分鐘之後，他們就把好好一間葛洛根變成太平間，見人就殺，柏克也死了，你知道。」

「我不知道。」

「我有找他，在吧台後頭地板上找到，身上落滿鏡子的玻璃碎片，胸部好大一個彈孔，死在他的崗位上，就像船長跟著沉船下去一樣，我認為酒吧正式壽終正寢了，下回你再看到時是韓國人的了，賣新鮮水果和蔬菜。」

他沒再講下去，良久，我說了，「我認識那女的，米基。」

「我曉得你認得。」

「你曉得我指誰？」

「當然曉得，坐我們隔壁桌那個，你說你不要聽到他們對話，當下我就了了。」

「真的？」

「不騙你。你曉得嗎？換了桌子可能救了我們兩個一命，讓我們避開正面，在子彈掃過來之前，有多那麼一點反應時間趴倒下來，」他抬起頭，看著牆上某一點，「反正一切冥冥中自有定數，」他說，「時候未到，你要死也死不了。」

「我很懷疑這點。」

「喔，這是男性的宿命，不是嗎？會懷疑這點。」他拉開桌子抽屜，找出裡頭一瓶詹森牌威士忌，打開來，直接從瓶口灌了一口。他說，「也就是說，她就是那個。」

「哪個？」

「你打野食那個。」

「你這講法可真精采。我們有好一陣子沒碰面了。」

「你愛她嗎？」

「不。」

「哦？」

「但我很喜歡她。」

「還差一點是不是？」他說，又灌了一口，「我沒愛過誰，除了我老媽和我老弟，但這不一樣，是吧？」

「不一樣。」

「就女人這玩意兒而言，我沒愛過誰，喜歡的也很少。」

「我愛伊蓮，」我說，「我不認為除此而外我還愛過誰。」

「你之前不是也結了婚。」

「古早的事了。」

「那你當時愛她嗎？」

「有一段期間我以為我愛她。」

「喔，那這個叫什麼名字？」

「麗莎。」

「很漂亮一個女的。」

我眼前浮現我最後一次見到她的一連串畫面，她的顱骨破裂。我揮開這些，看著她在自己公寓的樣子，穿牛仔褲和運動衫，在大窗子前對著落日，這好多了。

「是，」我說，「她很漂亮。」
「那是瞬間結束的，你曉得，我甚至懷疑她根本沒搞清楚什麼東西擊中她。」
「但她還是死了。」
「是死了。」他說。

8

他把那個老舊的皮包包放桌子上，拉開來檢查。「應急的現金，」他說，「文件，我所有的槍。警方可從法院拿到許可，清理我的保險箱，或者他們不必法院許可就清了，所有他們沒法用做證據好定我罪的，他們會全收口袋裡，因此我不想留太多給他們。」
「是不應該。」
「他們會留下來的，對我也一定沒用了，因為我也沒法子回頭去拿，他們一定把所有一切都封起來，等他們拍完照蒐完證之後，就那一堆他們例行的科學玩意兒，這你比我了解得多了。」
「和我當時比起來，案發現場的例行作業也改了不少，」我說，「我所知道的是他們現在會做錄影存證，總而言之，科學成分不斷增加中。」
「但這裡頭要科學幹什麼？一個王八蛋掃一排子彈，另一個扔炸彈，我實在很懷疑現在他們把屍體運乾淨了沒，我也很好奇到底有多少人掛了，多少人快傷重不支了。」

「新聞上馬上就看到了。」

「不管確實數字多少，總歸一句，太多了，吧台那邊一整排人喝著酒，剛好一整排子彈過去全掃下凳子來，但不包括耶索．道爾提，他連破皮都沒有，我有跟你講過他一定比我們誰都活得久嗎？」

「我想你講過。」

「這殺人不眨下眼的老王八蛋，我真不知道他到底多老了，老天，他還是當年湯姆．巴利飛行縱隊的一員，至少也九十了吧，可能還九十五，手上染這麼多血還活這麼久，還是你認為這麼多年來血早就洗乾淨了？」

「我不曉得。」

「我也不曉得。」他說，低頭看自己的手，「你看到開槍那個了，越南佬，安迪這麼判斷，或泰國人，或他媽上帝曉得哪裡蹦來的，你有看清楚丟炸彈那個嗎？」

「沒。」

「他蹺掉了，我自己也沒看清他，只看到一張大臉龐，從他夥伴肩膀上探個頭，然後炸彈就扔過來了，炸完就再看不到人了，依我印象，他臉色像是褪了色的那種慘白法。」

「而且有個亞裔同夥。」

「看起來是整個他媽的聯合國全員到齊對我宣戰，」他說，「這次算我命大，他們這次並不是真要殺我。」

「你是說他們還只是跟你示威而已嗎？」

「喔，他們是殺人來的，執行的也是殺人這回事，但我以為派他們來的那王八蛋並沒預料我人在現場，也沒想到你在，他派人來的意圖是摧毀這整個地方，能殺多少人算多少人。」他一使勁舉起從那名已死亞裔殺手拿過來的強大武器，「如果我沒掛了這個操他娘的，」他說，「他會一直掃下去，掃到一個不剩為止。」

而且如果他沒機靈如貓，第一時間把我撲倒在地並立刻拔槍……

「一張大蒼白月亮般像死人的臉，這樣聽起來像哪個你知道的人嗎？」

「有個警察講今晚是滿月。」

「也許就是這樣吧，這傢伙是住月亮裡，專程下來一趟耀武揚威的。前晚攔你路那兩個長什麼樣子？」

我盡可能的描述他們，米基聽完只搖搖頭。可能是任何人，他說，任何一個王八蛋。

「再加上中菜館子那裡開槍那個黑人，這真讓人油然緬懷起那些個老日子了，當時唯一會讓我憂心的就只有那些個義大利佬，他們可能算很惡劣的雜種一堆，但還講得通道理，現在則是整道彩虹聯盟，是全世界所有種族團結起來找我碴，再下來會是什麼，你要不要猜猜？貓和狗是嗎？」

「米基，你待這裡安全嗎？」

「安全翻了，窩多久都不會有事，我不想去我那些公寓，好幾個人知道那些去處，我能信任的，只有其中幾個，但我又怎麼曉得誰就是這幾個我可以信任的人呢？像安迪．巴克利一直就像我親生兒子一樣，但誰又敢講哪天哪個王八蛋伸一支槍抵他頭上，他會講出些什麼？」

「所以你才不讓他開車送我們過來。」

「是的，而且我要有輛車在手上，比那輛拉風的凱迪拉克低調點的車子，他無需曉得我人在哪裡。他是沒辦法將不曉得的事情說溜嘴的。」

「你不能到農莊那邊嗎？」

他搖搖頭，「農莊也太多人曉得了，而且離這一切又太遠了，」他又灌了一口，「如果說我想徹底避開這一切的話，」他說，「那我會跑去弟兄那邊。」

我愣了相當一會兒，才會意過來，「喔，那些修士。」

「帖撒羅尼迦兄弟，當然是他們，不然你以為是誰？」

「你講到兄弟兄弟的，而我們剛剛又一路什麼黑人殺手、彩虹聯盟數下來……」

「嘿，你別鬧了。」他說，「不是不是，當然是斯塔頓島上清貧樂道的弟兄，可不是里諾大道上那種兄弟，」他又看看自己雙手，「我是個糟糕透頂的天主教徒，」他說，「上回告解不知是幾百年前的事了，靈魂一定被罪完全染黑了，但我能去那裡，去找那群弟兄，他們會接納我，而且什麼也不問。不管說找我碴的這人是誰，他絕不會想到去那裡追殺我，也不會派他的黑殺手、褐殺手、或月亮白擲彈手去那邊的。」

「米基，也許這念頭值得考慮。」

「這什麼念頭也不是，」他說，「因為我絕不會去的。」

「為什麼？想想看你完完全全脫開這些事。」

他搖頭，「什麼也脫開不了，我不曉得對方是誰，對方想幹什麼，這人如此煞費苦心勞師動眾一定意有所圖，但那不可能是我所擁有的哪個東西，我是那種勢力龐大的犯罪組織大頭頭嗎？完全不是，我有幾處產業，我插手一些生意，但這不會是他要的，你看不出來嗎？這是私人恩怨，他不計一切想毀了我，」他又開了酒瓶，灌了一口，「我唯一能做的，」他說，「只有快他一步逮到他。」

「在他逮住你之前。」

「我能有其他對策嗎？你這個警察倒是說說看。」

「古早古早的前警察。」

「但你仍然可像個警察那樣子思考，給我一個警察式的忠告吧，我該去按鈴告訴嗎？控告某人還是某些人？」

「不。」

「或要求警方保護？就算警方點頭，他們也保護不了我的，更何況他們幹嘛會保護我呢？我不是這一輩子過來都站在對抗法律的另一邊嗎？現在不管殺人或被殺，我又怎麼能搖著白旗轉向投靠他們呢？」

∞

地下室左後角落有扇門，開向一段階梯通往通風口，米基鬆開門栓，又問我一次要不要在這裡先睡個幾小時再回家去。我可以睡沙發床，他說，他反正還要喝點酒，他可以就坐椅子上喝威士忌，真睏了就這樣打個盹。

我跟他說，我不想伊蓮睡醒了我都還沒到家，她睡醒一定會看到新聞報導，曉得葛洛根出事了。

「這哪一家都會是頭條，」他說，「我會開著收音機聽看看死亡人數，也很快就會曉得的。」他用力一握我肩膀，「回去吧，但一切小心為要，好嗎？」

「會的。」

「還有打包行李，帶她去愛爾蘭，去義大利或隨便她想去哪裡都好，只要你們先離開這該死的地方，你會這麼做嗎？」

「要走會讓你曉得的。」

「這是我最想從你這裡聽到的訊息，最好還是在機場候機時打來。」

「我要怎麼打給你？這裡的電話號碼多少？」

「你等等，」他說，草草在張紙上寫下來，折好，遞給我。「這是手機號碼，我從不給人，因為我不想這該死的電話在我口袋中亂叫亂響，我買這個玩意兒是預防一時找不到公共電話，或找到了又發現連個銅板都沒有時用的。我還不曉得會在這裡杵多久，我也不想接這裡的電話，聽對方詢問門鈕或門鏈價錢怎麼算之類的。從機場打這支電話給我，嗯？你會吧？」

他也不等我回答，只是拍了拍我的背，把我推出門外。我順漆黑的階梯上去，聽到門關上了，也聽到鎖鎖上了。

13

「他救了我一命，」我說，「這毫無疑問。那小子對著整間餐廳撒子彈，打算一傢伙把屋子裡的活物給全幹掉，我隔兩桌坐一對鬧彆扭的冷戰情侶，全死了，同命鴛鴦，要是我坐椅子上，下場鐵定跟他們一個樣兒。」

「要是你待家裡床上就不會。」

「我不會有事的，」我說：「起碼在我下次走出家門前這段時間。」

我進門時她已經睡著了，但並不沉，我轉鑰匙的聲音夠吵醒她了，她起身，揉去眼中的睏意，披了件袍子跟我進了廚房。我煮了壺咖啡好換個心情氣氛，在咖啡的答滴落聲中，我跟她講了事發經過。

她說，「炸藥加子彈，我聽起來這真的跟《教父》第四集一樣，只除了電影是假的，不會真的死人。那不跟開戰了一樣。」

「的確像開戰了一樣。」

「歡迎蒞臨塞拉耶佛。還是說東村那裡不是有家酒吧就叫什麼鬧區貝魯特什麼的？」

「在第二大道上，如果還營業的話。」

「人家好好一對情侶相偕喝杯啤酒，好懇談一番理清楚彼此的關係，才一轉眼就翹辮子了，被交叉火網打成兩座蜂巢。是有交叉火網沒錯吧？」

「跟我無關，把一彈匣子彈射光光的是米基，他是唯一對那名槍手開火還擊的人，我的槍根本還插槍套裡，湯姆和安迪兩個自始至終人在後面，因此，我肯定我們這邊再沒其他人開過槍。」

「我們這邊。」她啜口咖啡，扮了個臉。咖啡煮太濃了，我總是把咖啡煮太濃。

她說：「他那只是自救罷了，這你也一定曉得。」

「他用自己身體擋著我，整個人蓋在我身上，他是真心真意護著我。」

「但這一定是反射動作，你不認為嗎？事情忽然發生，他不假思索的直接反應。」

「所以？」

「所以說那不是認真考慮過的，馬修危險了，我得撲倒他，用身體替他擋子彈。他純粹是只做沒想的。」

「也就是說他要是先想了，再如此行動，那他在道德情操上的得分就會較高？要是他不做先想，那我們兩個包準全掛了。」

「你講得對，」她說，「但你懂我在搞什麼，對吧，我拚命想讓他所做的貶值，以免你覺得欠他。你光是今天晚上就有兩次差點被殺，我要你在好運用光之前放棄這個案子。」

「我想我辦不到。」

「為什麼？今晚發生這個事情改變什麼嗎？就算米基救了你一命，那也是因為他要你活著，絕不是因為他希望你因此答應和他併肩作戰。他不是講要你帶我去愛爾蘭嗎？」

「他是說過這話。」

「我沒去過那裡，而且我猜我們不去了。」

「短期之內。」

「能告訴我為什麼嗎？」

「因為這真的是一場戰爭沒錯，」我說，「誰也不可能這種節骨眼時刻要我避到瑞士去。我們以前是怎麼說來著？我的名字可是寫在死亡名單上頭，我唯一保持中立的方式是，捲鋪蓋逃國外去。」

「那有什麼難的？你的護照沒過期啊。」

我搖搖頭，「我沒辦法坐凱利郡的石頭圍牆上，期待我的麻煩會自動解決。」

「那就是說你決心插手了。」

「那總比蹺著腳呆坐著等事情發生要強。」

「更何況，人家還救過你一命。」

「這是事實。」

「還有，男子漢大丈夫，行所當行，為所當為，這也一定是重要因素之一對吧？」

「這也是重要因素之一，」我老實承認，「儘管我認為這類耍帥耍屌的話十句有九句是屁話，但這並不表示我因此就能免疫，更不表示這些話全都是屁。我如果想在這個城市裡繼續住下去，就不能讓人家這樣嚇得夾起尾巴就跑，而我是非在這個城市住下去不可。」
「為什麼？我們哪裡都可以住啊。」
「我們是可以，但我們不會，我們住這裡。」
「我了解，」她說，「這裡是家。」她又試了口咖啡，決定放棄了，把杯子拿到水槽去。「真可惜，」她說，「我完全不曉得坐石頭圍牆不坐石頭圍牆這些事，但去愛爾蘭一定很有意思。」
「你還是可以去啊。」
「什麼時候？喔，你說的是此時此刻對吧？不，謝啦。」
「或是巴黎，或隨便你最想到哪裡。」
「任何我可以避開危險的地方。」
「是。」
「這樣你就沒後顧之憂了。」
「你的意思是？」
「我的意思是沒這回事，如果說我得守在個電話旁邊等著電話鈴響起，那我一定選一個不是長途電話的地點等，別再花口舌說服我，好嗎？因為那一點用也沒，我雖然不是金牛座的，但我頑固的程度絕不下於你，你不走，我當然也就不走。」
「好吧，這是你的決定，你的店要暫時歇業嗎？」
「是要歇業，我還會掛個牌子，說我外出採購旅行一趟，十月一日才回來，到那時候這一切會了結嗎？」

「不是了結就是被了結。」

「我真希望你沒用這種說法。」

我說，「記得我提過的那一對嗎？葛洛根裡的？」

「你說那對鬧了彆扭、冷戰中的男女嗎？他們怎樣？」

「那個女的是我們認識的人。」

「哦？」

「麗莎．郝士蒙。」

她們是在杭特學院的藝術史課上相識的，也因此我才會認識她丈夫，還有她丈夫被殺後她打電話給我，要我辦那個案子。

「老天，」她說，「所以說她也死了嗎？」

「當場死亡，依現場那般光景來看。」

「可憐的女孩，活著這麼受罪，還死得這麼悲慘，我們最後一次碰到她是在哪裡？」

「阿姆斯壯酒吧吧，也好一段時日了。」

「那次我們連招呼都沒打，誰曉得那會是最後一面呢？」她顰起眉，「她到葛洛根那種地方幹什麼？我當然曉得她是喝酒去的，但你應該也同意那不像她會去的地方，不是嗎？」

「就我所知，這應該是她第一次到那裡，哦不，不對，還有個晚上他們兩個也去了。」

「再之前一個晚上嗎？」

「不不，所有這些事開始的那個晚上，星期三，應該就是吧，就在我們到紐澤西倉庫之前，她和那個男的，應該也是坐同一張桌子。其實葛洛根也不像那個男的會去的地方。」

「那男的又是誰？」

「叫佛羅里安。」

「佛羅里安？姓還名？」

「名，我猜。『馬修，這是佛羅里安；佛羅里安，他是馬修。』」

「簡潔扼要的對白。佛羅里安，他是不是留一頭長髮，彈吉普賽絃琴呢？」

「他戴了個婚戒。」

「男的戴了，女的沒有。」

「是。」

「也就說男的有家有室，女的沒有，也許這正是他們不選上流餐館而跑到這種廉價酒吧的原因。」她伸手蓋上我的手，「先是吉姆，現在是麗莎，這個晚上可真夠你受的，不是嗎？」

「葛洛根那裡還死了一堆人。」

「你提過還有那個酒保，叫柏克是吧？」

「還有幾個我見過喊不出名字的，也有幾個我完全不認得的，太多人死了。」

「我沒在現場都被弄得一陣暈眩，更不用講你兩次都在場。」

「感覺非常難受。」

「一定的，一下子要嚥下太多東西了，你一定心力交瘁了，在出門挨槍之前，你有睡會兒嗎？」

「我倒不是睡不著才出門的，但我是沒睡，沒辦法，怎麼都睡不著。」

「我敢賭你現在一定睡得著。」

「我想你說得對，」我說，站起身來，「你曉得，以前我一夜不睡根本不算什麼，照樣精力充沛什麼也阻擋不了，當然啦，那時候我有個好引擎，以酒精為燃料。」

「不過當時你那顆引擎里程數也沒現在這麼多啊。」

「你覺得年紀真的有影響嗎？」

「當然不認為，」她說：「你的精力跟那時候根本沒兩樣，好好睡一下吧，猛男，快睡。」

14

我幾乎是立刻睡了過去，而且感覺馬上就睜開眼來，卻發現已剛過中午十二點了。這些年來我從沒這樣驚醒過，這不像是睡醒，倒像從昏厥中忽然清醒過來。

我才沖完澡並刮完臉，伊蓮送上來一杯咖啡，跟我說一早上電話響個不停。「我讓答錄機去應付，」她說，「有一堆人急著想知道吉姆到底出了什麼事，也有一堆人急著想告訴你吉姆的噩耗，當然，也有不是談吉姆而是談其他人的。打來的我多半不認識，但有幾個倒是曉得，像喬·德肯，還有另外一個警察，昨晚那個。」

「喬治·韋斯特？」

「就是他，他打來兩次，第二次打來我都錯覺他看得到我，『如果你現在人在電話旁，拜託你接一下。』口氣可真堅決，完全像父母親勸誡小孩，讓人家恨不得想『問候』他一下，當然囉，我理都沒理。」

「真是出我意料之外。」

「連我的電話我都不接了，是摩妮卡打來的，我實在沒心情聽她扯她最近這個有家有室的男朋友，我唯一接的一通，是阿傑打來的，他看了新聞報導，想確定你是不是無恙，我跟他說你安全在家，還跟他說今天不開店，事實上，我還交代他在窗上掛塊牌子。」

「『外出採購新貨，本月暫停營業。』」

「我還主動打了通電話給貝芙麗．法柏，你想像得出來我多怕打這通電話，但我覺得我非打不可。她聽起來像是打了鎮靜劑、有些恍神，也或許是還沒從驚嚇中回過魂來或純粹是睡眠不足。警方一直盯著她，一問就是好幾個鐘頭，警方的談話給她的感覺，或者說她下意識裡希望是這種感覺，吉姆這件案子極可能是誤殺。」

「呃，是誤殺錯不了。」

「現在，她似乎把這事看成是無緣由的命運弄人來接受，你還記得當年那個女演員把東西丟出窗外的事嗎？我記得是個花盆。」

「老天，多久以前了，事情發生時我還在幹警察，正確點說，我還待布魯克林，還沒調到第六大道去，真是古早古早的事了。」

「那個花盆掉了好像整整十六層樓，當場砸死了一個吃完晚餐散步回家的倒楣傢伙，是這樣子對吧？」

「差不多，當時爭論點在於那個花盆是怎麼掉下去的，當然不是說她有意瞄準那個倒楣傢伙的腦袋砸，而是想弄清楚，花盆真的是無意中掉落的，還是說她拎起來朝誰扔過去？」

「她目標那個男的一蹲身，花盆就直接飛出了窗子。」

「可能是吧，反正不管真相如何，這真他媽太久了，不講都忘了。」

「是嗎，但貝芙麗可記得清清楚楚，好像昨天才發生的一樣，她可憐的吉姆就像被花盆砸中那個男的，老老實實做自己的事過自己的生活，忽然上帝的手指頭伸了下來，把他像隻蟲子般撳死了。」她扮個鬼臉。「你也知道，」她說，「我一直沒辦法喜歡貝芙麗，但我真的很同情她，我和她講電話時認真的想喜歡她。」

「你的意思我懂。」

「她不是討人喜歡的女人，我想是因為她講話的腔調，聽起來像無止無休的牢騷抱怨一樣，對了，你餓了嗎？」

「餓壞了。」

「好啦，真謝天謝地，我還擔心我得把你綁起來強迫餵食呢，你去聽聽你的電話留言，我正好替你弄東西吃。」

我聽了留言，記下了姓名和電話號碼，行禮如儀，但我並沒打算回任何電話，特別是代表警方打來的那兩通。韋斯特的第二次留言一如伊蓮所描述的，而且我聽完之後的感受也和她相當接近。至於喬·德肯的，留話時間在我醒來前半個鐘頭，聽起來滿緊急滿激動的樣子，讓我提不起勁回他。

我刪除這些留言——現在不能說洗掉了，這是數位式的，並沒有帶子可洗。我走去廚房，把伊蓮擺我面前的所有東西一掃而光，跟著，電話鈴又響了，我仍讓答錄機應付它，但對方沒留話就把電話給掛了。

「早上也滿多這種的，」她說，「不吭聲型的。」

「很正常，很多時候其實是電話行銷。」

「老天，你還記不記得我也從事了一小段時間這種電話行銷工作有沒有？大失敗收場。」

「你那個不能算電話行銷。」

「我那個當然算。」

「那是色情電話。」我說。

「誰說，這根本沒兩樣，還不同樣利用電話來騙錢，老天，那還真好玩極了，不是嗎？」

「當時候你不是這麼說的。」

「我當時以為我做得來，真做了才發覺根本不行，就在認識麗莎那一陣子。」

「沒錯。」

「在我們住一起之前，也在我決定開店之前，那時候我剛剛停止接客，前途茫茫，完全不曉得接下來的日子能做些什麼。」

「我記得。」

「馬修？」

「什麼事？」

「沒什麼。」

我把餐盤拿水槽處洗了，擺格子架上晾乾。

她說，「你該叩一下阿傑。」

「待會兒吧。」

「那你要不要看電視新聞？紐約第一頻道犯罪新聞播得很詳細。」

「不急。」

她沉默了好半晌，想著什麼，久久才開口，「你和麗莎兩人很親近，對嗎？」

「親近？」

「嘿，行行好，好嗎？叫我閉嘴，說少囉嗦滾一邊去。」

「我不會這麼對你說話。」

「我真希望你會。」

「要問什麼直接問。」

「跟你睡的就是她對不對？老天爺，我真不敢相信我這樣子講話。」

「答案是，沒錯。」

「我曉得答案不會錯。已經停止了好一段時間了是不是？」

「相當長一段時間了，早在我們和她在阿姆斯壯碰面之前，我就再沒去找她了。」

「和我想的一模一樣，我知道你有時會去看看某人，所以我才會跟你說……」

「我了解。」

「我們結婚不意味著我們哪裡得改變。這話我是真心說的。你會不會認為我是故作大方呢？真的不是這樣子。」

「我了解你是真心的。」

「絕對是這樣，而且我絕沒有一分一秒想假裝大方的念頭，我是實際，男人和女人不一樣，其中一項差異就是性，我這麼說可能她們非要把我給逐出女性的圈子不可，但我不在乎，因為這千真萬確，所以我得去理解並承認它，不是嗎？」

「是的。」

「男性就是喜歡亂搞，有很長一段時間，我之所以過著相當優渥的生活，便來自於我成功扮演他們的性愛對象。他們之中絕大部分已婚，而這種行為和他們的婚姻是否美滿壓根也沒一點關係。男性喜歡四處亂搞有很多理由，但有一點是最共通最直接的，那就是：男性就是喜歡這個。」

她執起我的手，轉著我的婚戒，轉著轉著。

她說：「我認為這很可能還有生物學上的理由，其他動物也都有相同的傾向。千萬別跟我講他們全瘋狂了或只是迫於同儕壓力之下的必然反應，因此，我有什麼理由希冀你跟所有人不一樣？或說我有什麼理由要求你跟所有人不一樣？唯一令我憂心的是，你會不會找到一個你喜歡程度超過我的人，儘管我想應該不至於會這樣。」

「絕不可能這樣。」

「我相信這句話，是因為我理解我們之間的情感。你愛過她嗎？」

「沒有。」

「並不會構成危機，是嗎？對我們兩人。」

「完全沒有。」

「你看看我，」她說，「我居然一眼睛淚水，這你相信嗎？」

「我相信。」

「做老婆的因為情婦死亡而哭，你想這會是喜極而泣，會是這樣嗎？」

「你不會這樣的。」

「『情婦』這個稱呼對她是不恰當的，是情婦的話你得替她付房租，而且每天下午五點到七點得陪她，那些法國佬不都是這麼來的嗎？」

「這問題你問錯人了。」

「Cinq á sept，『五點到七點』，他們是這麼說的，我們該稱她什麼好呢？代理女友？你說這個稱呼如何？」

「這不壞。」

「沒辦法我就是心裡難過，喔，對，抱著我，這樣好多了，你知道我的感受對不對，親愛的？就像我們失去了一個家人一樣，這樣是不是太荒謬了？我是不是發神經了？」

∞

我第一批回電話的對象之一是雷蒙．古魯留。「我有調查工作需要你幫忙。」他說，「為了換換胃口，我接了個有錢大老爺客戶，這意思是你可以拿你最高的鐘點費。」

「我猜他大概不可能等我兩禮拜吧。」

「這個案子別說兩禮拜了，就兩天我都等不起，可別跟我講已經有人委託你了。」

「我剛剛正是這麼回覆一位你的同行的，對你，我的回答會誠實一些。」

「以增進我們溫馨的私人暨職業情誼。」

「正是如此。雷蒙，我有些私人業務得料理，這節骨眼上我連想想其他事的心思都沒有。」

「私人業務。」

「是。」

「有人會稱這種講法為矛盾語法，你不認為嗎？如果它是純屬私人的，又怎能稱之為業務呢？」

「哦，對吶？」

「等等，你所謂的私人業務會不會和昨晚你們那附近發生的那檔子事有關？」

「哪檔子事？」

「你沒看《郵報》頭條啊。『第十大道的屠宰場』，他們的標題是這麼下的，再次展現他們聲名卓著的文字創意。」

「我今天還沒看報。」

「那電視呢？」

「也沒。」
「那你聽不懂我講的囉？」
「我沒這麼說。」
「我了解，」他說，「真是有意思。」
我沉默了好一會兒，才說，「我想我需要法律方面的諮詢意見。」
「好極了，年輕人，今天算你走運，這麼恰好我正是個律師。」
「昨晚我人在現場。」
「現在我們談的是第十大道那件事嗎？」
「是的。」
「你是說當那坨排泄物毀掉了整個通氣系統時，你人正好在現場？」
「是。」
「老天爺爺，你曉得死多少人嗎？我最後聽到的數字是十二死外帶七傷，而且已經有一名傷者瀕臨死亡了。某一台的晨間新聞還照到裡頭的吧台，老天，那可像被納粹空軍狠狠炸過的鹿特丹一樣。」
「我最後看到的景象的確相當慘。」
「但你完好無缺？」
「我沒事。」

「而且你在警察到達前就離開現場。」

「是，」我說，「此外，昨晚稍早前我和一個朋友到一家中菜館子吃晚餐。」

「我知道，在北京每個人最想吃的是麥當勞，這有意思吧，嗯？」

「我猜這條新聞給漏了。」

「你說哪則新聞漏了——你是說和出事那家酒吧同一區的一家中菜館子是嗎？」

「可以這麼說，是第八大道。」

「好，這條新聞沒漏，可能是因為同在一區。一名歹徒單槍匹馬進入餐館，無緣無故射殺了一名用餐的客人，死者就在這個區裡經營一個小影印店，如果我沒記錯的話。」

「是印刷公司。」

「夠接近了，所以說呢？」

「你見過這個被害人。」

「我見過？」

「六個月前你在聖路克的聚會聽過他講話，」我說，「他戒酒已達十七年之久。吉姆・法柏。」

「你的輔導員。」

「是。」

「他是每個星期天固定和你共進晚餐的人，他們說他獨自用餐，我猜實情不是如此對吧。」

「事情發生時他是獨自一人，我去了趟洗手間。雷蒙，這兩件案子是相連的，我正是這個環節，昨晚中菜館子現場我閃掉了警方，然後，我又在警方到達之前離開要命的葛洛根。警方在我答錄機上留了話，但我不想和他們談。」

「那就不要跟他們談，你沒任何義務非談不可。」

「我是持有正式執照的私家偵探。」

「喔，這是個缺口，這讓你有一定程度的義務，是吧？但從另一方面來想，如果你是為某個律師執行業務的話，那你就可躲在律師—客戶的溝通特權保護之下了。」

「你要雇我嗎？」

「不，這一回我比較想出任你的辯護律師，我問你，你那位朋友的委任律師仍是我們那位機智出了名的馬克·羅森斯坦大律師嗎？」

「我相信還是。」

「要他撥個電話給馬克，」他說，「要他跟馬克講立刻雇用你去調查一些懸而未決的法律行動，這些你記得下來嗎？」

「我正在寫，唯一的問題是，我那個朋友一時很難聯絡得到。」

「那我來打，反正掛個名而已，又不真要他幹什麼。此時此刻，你也許想去翻翻報紙或看電視新聞吧。」

「我想我不看不行。」

「紐約第一頻道有你這位朋友的傳奇報導，還拉了攝影機到酒店現場，他們把他說得好像艾爾・卡邦一樣，嗜血卻有某種極迷人的況味。」

「這麼說相當公允。」

「那個有關保齡球袋的經典傳說，真的發生過嗎？」

「我不在場，」我說，「而且你從他口中根本問不出有關此事的明確答覆來。」

「就算並非實然，」他說，「也他媽的絕對是應然，記住了，別跟警方講任何話，需要我就隨時撥個電話來。」

∞

我叩了阿傑，他帶了報紙很快過來，我們坐在電視機前，我翻著小報，看上頭都寫些什麼，他則不停的跳頻道。報紙和電視都以頭條來處理這事——《新聞報》上乾脆就這麼幾個大字：「地獄廚房」——但由於出刊時間緊迫，趕不及深入報導這起事件；一到明天早上，這些個評論人和專欄作家就會對此大書特書，但目前報導內容都還只是流於表面而已。死者的總數有出入，《郵報》比《每日新聞》多死一個，至於死亡名單則是因為家屬尚未認屍而暫未公布。

至於電視方面，也沒任何像樣的進一步訊息，除開死者人數追蹤得更即時，以及出現了一部分死者的姓名和照片。照片之中有個幾張我看起來面熟，其他的則完全不認識，然而，很明顯麗莎和她的男友還沒被辨識出來，或者說尚未安排他倆的親人來辨認。

葛洛根內部的鏡頭一如古魯留的描述，也和米基要我離開時所存留的記憶一樣；至於外頭的狀況則和想像的沒啥差別，每個不同頻道的報導記者一個個輪流站到這家甜蜜的老酒館門口，酒館的窗子如今已用合板封了起來，正面走道上的地毯依然落滿玻璃等各種碎片。

電視同時也帶到了酒館的側面和後頭，訪談了倖存者和住附近的居民。至於「屠夫」米基．巴魯，這位傳奇性的葛洛根酒吧地下老闆，地獄厨房粗悍酒吧長期傳統的代表性繼承人，電視報導為他的塑像，一部分是真的，另一部分則更是跟真的一樣，可想而知，他們也一定都不遺漏那個膾炙人口的保齡球袋子。

「真的這樣？」阿傑急欲證實。

綜合所有的傳聞，米基．巴魯和另一區一名角頭人物叫佩第．費樂里的起了嚴重衝突，某一天，費樂里這傢伙忽然不見了，並從此沒再出現過，而就在費樂里失蹤次日，米基巡行了本區酒吧一趟（包括葛洛根，可想而知，當時這家酒館尚未落入他手中），帶著一只保齡球手裝球的袋子。

至於他在這一家家酒館所做的事，除了喝威士忌這一點沒爭議之外，端看你聽到的是怎樣的故事而定。有說，他作秀般直接把這個袋子供上吧台最醒目的位置，然後詢問失蹤的費樂里人在哪裡，最後舉杯祝福費樂里身體健康，「不管這親愛的王八羔子何在」。

另外也有說，米基打開袋子，誰伸頭想看就給誰看；而其中最駭人聽聞的一則是，米基挨家挨戶，一個酒吧走過一個酒吧，每到一家就抓著頭髮把佩第．費樂里的孤伶伶腦袋從袋子裡猛然拉出來，四下秀給人看。「你看他這樣子不是很帥嗎？」他說，「你說這人什麼時候這麼好看過？」

然後，他招呼酒吧所有人為老佩第乾一杯。

「實情究竟如何我不知道，」我告訴阿傑，「當時我人在布魯克林那邊，仍警職在身，完全沒聽說過米基·巴魯或佩第·費樂里什麼的。如果非要我猜不可，我想他是走過這趟酒店巡旅，也的確拎了這個保齡球袋子，但我不信他公然打開過。可能打開過吧，但那只可能他酒喝多了一下子茫起來，終歸來說，我還是不信他打開過。」

「如果說他打開過呢？哦，我要問的是，你想袋子裡裝的會是什麼？」

「有可能真裝了個腦袋，」我說，「我絕對絕對不懷疑是他宰了費樂里，我很清楚他們仇結得很深，只要米基一逮到機會，他真會用那把切肉刀切了他，而且切人時還穿上他老爸傳給他的那件圍裙；他也極可能把屍體支解好處理掉，如此必然也就包括了把腦袋給切下這一點，換句話說，是的，他極可能就把這顆腦袋裝袋子裡。」

「他們沒找到屍身，是吧？」

「沒找到。」

「也沒找到頭，我猜。」

「是沒找到。」

他想了想，「你打過保齡球嗎？」

「打保齡球？好久好久沒碰了，我還住長島西歐榭區時，薩佛克郡成立了一個警察聯盟，我加入了其中一隊有好幾個月之久。」

「真的？你也穿那種襯衫，口袋上綉了你名字的那種？」

「這我就不記得了。」

「『這我就不記得了。』這意思是你記得，只是不好意思承認罷了。」

「不，這意思還是我真不記得了，我們每個人是都發了你說的那種襯衫，但後來我陞了官，執勤的時間改變，就只好退出球隊了。」

「這之後你就再沒打過啦？」

「一次吧記憶裡，當時我已辭職不幹警察了，住間旅館裡，我有個朋友叫史吉普·戴佛的，他是那種熱心安排這安排那的人，」說到這裡我轉頭問伊蓮，「你見過史吉普嗎？」

「沒，但聽你講過這個人。」

「他是第九大道那邊一家酒吧的老闆，也是個他媽的死老鬼，像隻蒼蠅一樣吵著一下要去哪、一下要幹嘛，等你回過神來，不是發現自己千里迢迢跑貝蒙特去看賽車，就是置身於連道爾島上的爵士音樂祭。當時，在第八大道西側往五十七街方向過去幾家有一間保齡球館，這傢伙一頭栽進其中，我們所有人也就照例跟著他滾起來了，接下來沒多會兒，便看到起碼有半打醉鬼全倒在那兒。」

「那你只去過一次而已嗎？」

「就一次，但那一次就夠我們事後講好幾個禮拜了。」

「這個人現在呢？」

「你是問史吉普嗎？兩年後他就死了，猛爆性的胰臟毛病什麼的。當時那種年代，人的死因若是心碎的話，他們是絕不會如實填入死亡證明書裡的，但這故事太老了，已不值得從頭細說了，更何況，伊蓮早聽過了。」

「那家保齡球館也沒了嗎？」

「早關了，整幢大樓一次夷平的。」

「我打過一次，」他說，「感覺自己蠢透了，看起來超簡單的，就是一打就出糗。」

「你得常打才行。」

「我懂你得下決心，然後一次一次反覆做同樣的事才行。我偶爾也看電視上的球賽，那些傢伙還真他媽的厲害，我就一直等著看那幾個老兄會不會在比賽中無聊到睡著。嘿，我們怎麼談到這裡來了呢？」

「是你先談起來的。」

「是那個袋子。他們一直沒能找到那顆腦袋，而我更好奇他們到底有沒有發現那個袋子。其實找不找得到根本一點都不重要，要緊的是，你交了個很棒的朋友。」

「你見過他。」

「是的。」

「他如假包換就是他那樣的人。」我說，「他是真的非常迷人，但他這輩子一直是個犯罪者，兩手滿滿是血腥。」

「我見他的那幾次，」他說，「都是跟你去的，去他那個被轟成碎片的店。」

「葛洛根。」

「那裡沒看到什麼黑人。」

「是沒有。」

「工作人員沒有，就連上門喝酒的也沒有。」

「是的。」

「裡頭的傢伙對我很客氣，但坐在裡面，我從頭到尾都意識到自己的膚色。」

「我完全能理解你的感受，」我說，「米基是在很糟的環境中成長過來的愛爾蘭人，在南北戰爭徵兵暴動期間把黑人吊死在街燈柱上的正是他們這種人。米基絕不是那種會在馬丁・路德・金恩博士紀念日裝飾窗戶好悼念一番的人。」

「很可能常用N開頭那個字來稱呼我們。」

「他是這樣沒錯。」

「黑鬼，黑鬼，黑鬼。」

「你這樣重複的唸，聽起來很神經。」

「幾乎每個字這樣唸都很神經。你剛剛說，他不折不扣是他自己，我們兩個還不是不折不扣是做我們自己。」

「但你這個自己大概不會願意替他那個自己工作吧。」

「不在他的酒吧裡工作，老大。不過依現在看來，這家店短時間之內應該不會再恢復營業吧，但我曉得你指的不是這個。」

「是不指這個。」

「我們過去這幾天就在為他工作，不是嗎？他現在會是個比幾天前更嚴重的種族主義者嗎？」

「大概不會吧。」

「那我幹嘛忽然發神經病不願替這個人做事呢？」

「因為很危險，而且不合法，」伊蓮說，「你可能會因此在警方那邊惹上大麻煩，更嚴重說你還可能有生命危險。」

他倒笑起來。「喝，這可真酷啊，」他說，「當然，我完全清楚事情也會有糟糕的那一面。」

「你認為這事很好玩，是嗎？」

「你也是啊，否則你不會這樣拚命忍住不笑出來，」他如此說，「接下來我們要怎麼進行，確實一點說？抓幾把槍，來場西部槍戰嗎？」

我搖搖頭。「我不認為你我兩個誰適合這麼做，」我說，「也許事情哪一天會需要這樣，而這也是其他人做的。就目前的狀況來看，我們既不曉得戰場在哪，也不曉得敵對首腦是誰。」

「不就是柯林頓嗎？我記得的是這樣。」

「這回敵方陣營可說是神龍見首不見尾，姓名身分得靠偵探工作才追得出來。」

「正好我們倆就是偵探，」他說，搔搔腦袋，「看來我們從E-Z庫房那邊並沒追到什麼，我們得盡可能追多遠算多遠，好把這案子給順利幹掉。」

「我們現在知道的並不比當時多多少，但還是有個一兩樣。」

「射殺你朋友那個屁蛋。」

「這是其一，到目前為止我們對他最重要的了解是，他是黑人。」

「範圍縮小下來。」

「的確，事實上，我們還曉得他是職業殺手，而且他搞砸了，射錯了人。」

「所以可能會有流言傳出來。」

「可能，」我同意，「其次，葛洛根開槍掃射的那個。」

「那個亞洲佬。」

「東南亞人，依長相看起來。」

「對喔，你親眼看過他，我還在想說電視並沒照出他的臉啊，但你近距離看過他沒錯。」

「近到令我作嘔的地步，他們並沒講出他的姓名或其他任何相關資料，但這並不代表他們對他真一無所知。」

「找出他姓名，由此追回去，看他跟哪些傢伙混一道。」

「沒錯。我們多知道的第三點是那兩個攔我路的小子，離這裡兩個街區遠的那次。」

「想扁你，結果你一出手，海扁他們一頓。」

「其中一名我看得很仔細，」我說，「我有把握認得出他來。」

「你覺得他住紐約？」

「應該不會有錯，幹嘛？」

「因為確定這個我們就好著手了，老大，我們只要開個車四處走走瞧瞧，從這八百萬人中把他給撿出來不就行了。」

「呃，倒也是一途。」

「難不成你想到其他法子？」

「是的，」我說，「麻煩在於，並不見得比你講的方法好。」

「好吧，那咱們就先這麼說定，」他說，「我們先試你的方法，如果不成，再換我的。」

15

「喬治・韋斯特不是壞蛋，」喬・德肯說，「他是個好警察，腦子也夠靈光，他只是不曉得該拿你如何是好而已，你要不要聽實話？就連我都不確定該拿你如何是好。」

「你的意思是？」

「昨兒個晚上你和你朋友相偕上館子，你告退進了廁所，他當場挨了槍，但你翻遍整個地球也找不出個理由，為什麼有人會想殺我們善良的老吉姆。」

「這我到現在也搞不懂。」

「狗屎，」他說，「你昨晚身上就穿這件外套是嗎？」

「有什麼不對？」

「跟你朋友穿得很像嘛。好心些少糊弄我一點，成嗎？你才是人家真正的槍靶子，你之所以現在還好好在這裡，只有一個原因，那就是你真會挑時間尿尿。」

我們坐在第八大道上的希臘咖啡館裡，距那家幸運貓熊只一個街區遠，如果可能我寧可另找一處碰面地點，但我否決了他所提的第一個地方，那是中城北區分局，而他也不喜歡我的提議，我說別在這一區了，我們跑喬爾西或格林威治找地方見面吧。

我到達時，他已大馬金刀坐於後頭雅座裡，喝著咖啡，桌上一方櫻桃起司蛋糕也去了一半了。他說這玩意兒可真好吃，我也應該來一塊才是；但我只跟侍者要了杯咖啡。他又說，我們選在這裡碰面是對的，天快下雨了；我說他們一直預告要下雨，雨也一直下不來。他說，遲早會被他們說準。說這話時我的咖啡送來了，我們就這樣一路談下來。

此時，我說，「我想你講得對，很明顯我才應該是凶手的真正目標。」

「難道你到今天才想通這點嗎？」

「韋斯特昨晚也提到過，但只是一句話帶過，而且埋在他另一個隨口帶過的想法後頭，那就是吉姆可能是幫黑道的五大家族印假綠卡和無記名債券引來殺身之禍的。我後來才認真把這個可能性當一回事想。」

「那你是何時才如此改變想法的？」

「我和米基．巴魯談到此事時。」

「你的那個好友。」

「他是我的好友，沒錯，這你早曉得了。」

「那你曉得我想什麼，很多幹咱們這行的只因為交友不慎，就把自己給害慘了，像你那位舊街坊出身的大人物便是，特立獨行得很，一般人往東他往西。」

「喬，我早就不幹你這行了。」

「是沒錯。」

「且巴魯和我相交沒那麼久，在我認識他之前很多年我就遞辭呈了。」

「也就是說你倆是一見如故、一拍即合囉？」

「從哪時候開始我得解釋我的交友狀況給你聽？你是我的朋友，巴魯可從來沒質疑過我這一點。」

「哦真的嗎？那他顯然心胸比我寬濶多了。我們剛講到哪裡了？你說你和你的好友講到這件謀殺案時你改變了看法，那是什麼時候？」

「和韋斯特談過話之後，我回家時順道彎去他那兒一下。」

「沒那麼順道吧，你走到第九大道，不右轉而改成左轉，我可不認為你是喝一杯去的。」

「我剛失去了一個朋友，心情上很想去見見另一個朋友罷了，」我說，「我是去到他那裡，才聽他講他所面臨的麻煩。」

「哦？」

「他一名手下工作人員在第十一大道的某個垃圾桶裡出了點奇怪的意外。」

「彼得．洛尼，你所謂的奇怪意外和巴魯的高利貸有關。事情到底怎麼回事？這傢伙把錢給污下來，所以巴魯把他給塞進垃圾桶不是嗎？」

「他也不曉得到底誰殺了洛尼，但我猜他那邊出的意外絕不只這一樁，很像是誰在架他拐子。也因此他才猜測吉姆挨槍，但目標其實是我，而我之所以成為目標就因為我是他朋友。」

「他真的這麼說的嗎？」

「是的。」

「但我猜他沒講是誰暗算他。」

「他說他不曉得。」

「就像某個不知名的仰慕者送你玫瑰花一樣？差別只在於玫瑰和死亡威嚇的不同而已是嗎？」

「也許他曉得，只是不講。」

「是啊，也有可能他講了，只是你不肯告訴我罷了，然後呢？又發生了什麼事？」

「什麼又發生了什麼事？」

「這麼問好了，那接下來你做了什麼事？」

「我回家。我還不敢確定他的猜測對不對，怎麼會因為友情的關係，讓我成為職業殺手狙擊的目標？」我一聳肩，「回去後我有點睡不著，就又爬下床來，坐在廚房桌前喝咖啡，為我的朋友舉杯哀悼。」

「為你的朋友吉米。」

「是吉姆，從沒有人喊他吉米。」

「好吧，你的朋友吉姆，相對於你另一位害人的朋友米基。」

我沒理他。「伊蓮中午時才喊我起床，」我說，「因為她聽說葛洛根出了意外。」

「意外？」

「爆炸事件，儘管我猜想事情不只如此，好像也發生了槍戰，是不是？」

「你說呢？」

「你這又是怎樣？」

他拿起空咖啡杯，輕敲著咖啡杯碟邊緣。「就我聽到的，」他說，「你當時在場。」

「我剛剛才講過我去了那裡一趟，之後才回家，我想我去過差不多兩小時之後才發生這起意外事件。」

「兩小時之後。」

「也可能三小時之後。」

「我聽說的可不是這樣。」

「你聽到的是事發當時我人在場？」

「對的，對極了，馬修，」他說，眼睛直直盯著我，「我聽到的正是如此。」

「誰這麼講？」

「可靠消息來源，你要不要再考慮考慮你講的故事內容？」

「我講的故事內容？我根本沒編故事，我是告訴你事情經過。」

「所以你因此無緣親眼目睹子彈滿天飛的那場好戲。」

「是的。」

他一皺眉。「當警察這麼多年來，我一直痛恨這一點，」他說，「要說當警察能學到什麼，那就是說謊這門技藝而且咬死不放，這就像騎腳踏車，不是嗎？學會了你就永遠不會忘。」

「你以為我騙你？」

「胡說八道，我哪有這樣？」

「呃，我想顯然是你自己說謊，『可靠消息來源』，根本沒有人講我當時在葛洛根，你只是想套我罷了。」

他一攤手，「我們有目擊者的一些描述，說看到兩個人匆匆離開現場，一個是巴魯，另一個看起來是你。」

「他們怎麼說，一個有手有腳的白人男性，是嗎？」

「好吧，廢話不多說，我們聽到的描述有一半符合你的樣子，要是再加上『對方是個混球』這個敘述，那我就連懷疑都可以免了。我也許是套你，但你可別搞錯，操，我還是認定你當時人在現場。」

「好吧，反正這是個自由的國家，你愛怎麼想都不犯法。」

「真高興能得到您的批准。既然都說到這個份上了，你敢在我面前對天發誓案發當時你不在現場嗎？」

「發誓有個屁用？你不是繞了好大一圈來告訴我，我說的話都是屁嗎？」

「我想倒不全是屁，」他說，「否則你就不會這樣堅不吐實了，我還不確定你到底在玩怎麼樣一種遊戲，老朋友啊，但我告訴你我絕不會喜歡的，你想做的事，你他媽自己真正清楚是什麼嗎？」

「我根本不知道你在說什麼。」

「也許你唯一想做的就是保住老命一條，在這樣一種情況下我實在不忍心怪你。你要聽得懂，而且能直接回答的問題這裡有一個，今天下午你去了那裡嗎？」

「那裡是哪裡？葛洛根嗎？」

「嗯—哼，你不小心路過那裡，有順便看一眼嗎？」

我搖搖頭，「我是專程過去的，因為我看了電視報導，但除了封門窗的合板之外，什麼也看不到。」

「真可惜你居然沒看到我所看到的，今兒個一早我開始輪班就到那裡了，當時他們現場的屍體已全部移光，但我有照片可看。」

「這我並不羨慕。」

「一樣我也並不羨慕第一時間目睹現場那個可憐的王八蛋，這準是他媽的好一場夢魘，」他點頭如搗蒜，「如果你有機會像我一樣看照片，也許你老兄會認出其中一名死者來。」

「你這是什麼意思？」

「麗莎．郝士蒙這個名字你有印象嗎？」

「當然有，」我毫不猶豫的回答，「幾年前，她是我的客戶，她丈夫在打公共電話時挨了槍。」

「誤殺，調查之後發現，就跟你朋友昨晚的情況一樣。」

「麗莎怎麼啦？昨晚她也在葛洛根嗎？」

「你不曉得？」

「我沒在新聞報導裡聽到她的名字。」

「她在那裡，」他說，「但仔細一想，也許看照片你會認不出她來，那真是慘不忍睹。」

「這些年我在這一區碰過她幾次，但就我記憶所及，沒見過她到葛洛根。」

「你稍早前去那裡時她不在那兒嗎？」

「很可能是不在，我猜，要不然就是她在，但我沒注意到。」

「如果她當時人在，那你回家時她應該也會跟著離開，你大概會順道陪她走回家。」

「你到底想表達什麼？」

「我自己也不甚了了，馬修，如果你扣住什麼有助於破案的訊息，那對你自己對誰可都沒好處，現在，你老實回答幾個問題，可以嗎？依你了解，到底是誰開槍殺你朋友法柏的？」

「不知道，我聽說是個黑人，但我敢保證，我完全不曉得是何方神聖。」

「依我看，這傢伙職業的，你也不曉得是誰雇來的嗎？」

「不知道。」

「也同樣不清楚葛洛根這一場是誰躲背後搞的？」

「也不知道，但我寧可相信這和雇職業殺手的是同一個人。」

「你不曉得這人可能是誰，就連巴魯本人也不知道。」

「他也不知道，除非他守口如瓶故意不講。」

「但你認為他真的不知道？」

「我看不出為什麼他要瞞我，新聞報導裡說葛洛根的殺手是亞裔人，這真的嗎？」

「其中一個，我們對另一個也有一絲了解。」

「我不曉得還有其他人。」

「丟炸彈的那個，除非說丟炸彈和開槍掃射都一個人挑了，但這有一點點不像，現場目擊者證實極可能有兩個人，但沒敢百分之百的說。」

「但開槍那個確定是亞裔的。」

「說準確點，是越南人，這新聞裡也講了嗎？」

「沒有，除非我哪裡聽漏了，我聽到的只說是亞裔。」

「也許當時他們尚未公布這一點，你可別問我名字，但這傢伙是有案底的，包括指紋，照片，正面和側面都有，有案底已經好些年了。」

「這麼說你們摸清楚這傢伙的底了？」

「這是個麻煩小子，」他說，「還記得『天殺幫』嗎？那個以鬧區為地盤的幫派，幾年前在傳播媒體紅過好一陣子，說他們殺的人比越共還多有沒有？」

「就是在紐澤西血洗婚宴的那幫人嗎？」

「到底那是一場婚宴還是喪禮？管他哪一種，總而言之這讓那些老黑手黨個個搖頭歎息，搞不懂這世界怎麼成了這個德性啦。這個天殺幫當時是唐人街收保護費收最狠的一幫，把整個唐人街搞得愁雲慘霧，也壓得原來第一代的幫派奄奄一息，後來他們消聲匿跡是有道理的，絕大部分這些狠角色不是掛了就是給關了起來，像昨晚我們這位，他因為搶劫施暴罪名進去了三年，然後昨晚忽然冒出來躺在葛洛根，」他傾身向前，「某人開槍了結了他，也許是你吧，用你外套底下藏著的那玩意兒。」

「我是點三八的，」我說，「你們從葛洛根屍體先生身上挖出來的子彈是這個嗎？」

「這種小事我們通常交給那些法醫料理。不過不是點三八，他是被點四五開了三個口子。你是什麼時候開始也裝把槍在身上的？」

「從今天早上看到新聞之後，如果這讓你掛心的話，我可以告訴你，我有攜槍許可。」

「哦是嗎？真讓我放下心中一塊大石。」

「此人叫什麼名字？」

「誰？那個被擺平的殺手嗎？他們的名字不全都一個樣。」

「那就方便了，」我說，「你叫個名字，他們所有人都跑來了。」

「你懂我的意思，他們的名字全像你在餐廳菜單看到的那些，只要你還發得出那些個音來。像這傢伙，他名字開頭是NG，就算我記得全名，我也照樣唸不出來給你聽。」

「如果你幹警察幹煩了，你可以轉到聯合國去找個工作。」

「或國務院，教他們如何處理外交事務。你他媽的幹嘛這麼關心這些已故道上兄弟的名諱？」

「只不過隨口問問。」

「只可惜聽起來沒那麼隨性，你到底暗槓了哪些？」

「什麼也沒。」

「你指望我就這樣相信？」

「信不信由你。」

「你曉得，」他說，「你的執照係由咱們紐約州政府給的，你不能隱匿重要證據。」

「我沒任何重要證據可供隱匿，我可能有的猜測或推論不構成證據，沒任何義務非講出來不可。」

「如果你昨晚在場，你所看到的一切就叫證據。」

「我在洗手間裡，」我故作懵懂的說，「我看到的不過是鏡子裡的自己而已，而且我也跟韋斯特講了——」

「我講的是葛洛根，你這混帳王八蛋！你明明知道我講的是葛洛根！」

「我已經講過好戲上演之前我就回家了。」

「你回家，然後坐自家廚房裡。」

「對。」

「喝咖啡，你睡不著時就做這事？喝咖啡？」

「如果我早點跟你聯絡，你大概要我改沖一杯熱牛奶吧。」

「你是跟我講笑話，但沒錯那是人臨睡前最好的東西，哦，還可以更好，那就是滴一點威士忌提升牛奶的甜味，但我猜你不碰威士忌了，沒說錯吧？」

「可能沒說錯。」

「也可能錯了，也許你號稱戒酒只是捉弄善良老百姓，是不是因為這樣所以你才和你的好友老大撕扯不清對吧？你還是偶爾會嚐個兩杯對吧？」

「起碼到目前為止還沒。」

「好吧，那咱們走著瞧吧。你另外那個朋友如何看待你老跑酒吧和這些人渣混這件事？你那朋友吉姆，我打賭他一定認為你這做法棒呆了。」

「這是這個案子的關鍵問題嗎？」

「關鍵在於，我仍然認定昨晚你在場。」

「不管我怎麼說。」

「不管你怎麼說，當那坨大便炸開來時，你一定還坐葛洛根裡，而且你一定還站好面對著它，所以你現在才會講這麼多大便話。你清楚他打算怎樣嗎？我是說喬治．韋斯特，他打算去上頭搞張條子，好把你給押起來。」

「我想，他真要這樣也只有隨他了。」

「您肯批准真是太感謝了。」

「但他絕不可能因此多曉得什麼。」

「馬修啊馬修，」他說，「我以為我們是朋友。」

「我也這麼以為。」

「只除了他們講，一個警察的朋友，也只能是個警察，你不再是個警察了，不是嗎？」

「打從認識以來我就這副樣子，沒變過。」

「怎麼我感覺你變滿多的，但也許你真的沒變，」他往後靠回椅背，「這一點我們先擱著，好嗎？有關這些種種我不曉得你到底涉入多深，但今天我來的主要目的是勸你一定要抽身，遠離這個該死的巴魯。」

我沒搭腔。

「因為他完蛋大吉了，馬修，某人昨晚差一點點就為我們這個世界做了件善事。巴魯躲開了子彈，但下回他不見得還能這麼走運，而你很清楚一定會有下回分解的。」

「除非我們高效率的警方能迅速破案一網打盡。」

「是啊，能得到社會大眾如此的精誠合作，警民一家，我們怎麼可能失手呢？但這不是問題重點，重點是他垮了，他現在已是高層調查部門鎖緊的對象，就算下一顆炸彈或下一顆子彈沒逮到他，但他只是苟延殘喘罷了。」

「我覺得他還沒垮。」

「他過這麼迷人的生活，迷人的生活不會永遠這麼持續下去的。」

不迷人的也不會。我說，「他現在正急需援手，所以我這個做朋友的該拋下他是不是？」

「燙手山芋你不拋嗎？一個你所謂的朋友就快在大便裡沒頂了，而且每盎司的大便都是他應得的，你靠太近，也會被他一起拖下去，老天爺爺，馬修，你真的這麼冥頑不靈，連我只不過想幫你都看不出來是嗎？我他媽搞了半天純粹是浪費生命是嗎？」

16

我回家，跟來時一樣，使用了地下室貨物出入口。答錄機裡面有兩則留言，一是雷蒙．古魯留，說他和馬克．羅森斯坦打過招呼了，如今我已算正式出任羅森斯坦某客戶的委託調查工作，這個某客戶全名正是麥可．法蘭西斯．巴魯。另一是《每日新聞》的丹尼斯．赫米爾，他想寫一篇有關一個輝煌酒吧死亡的哀悼文章，希望我說兩句他可引用入文的話。我回了話，告訴他葛洛根還沒死，它只是睡著了而已。

我打電話給另一個雷，雷．蓋林戴斯，先打到他辦公室沒找到，又打他家，他老婆碧提茜接的電話，她先問候了伊蓮，向我報告了她兩個孩子的近況，這才說，「我想你是找我們家當家的。」

我等了會兒，雷接了電話。

「我需要你的專業服務，」我說，「但必須私下，不能留下正式記錄。」

「沒問題，我跟誰工作？」

「就我，兩天前我見過一個傢伙，我希望我有一張他的畫像。」

「那太好了，」他說，「跟你工作事情就簡單了，有些人就是急著要討好你，『對對，漂亮，這真是太像他了』——什麼都好，只除了不像，但他們不希望你受傷。你打算哪時候進行？我本來想說那就今晚吧，不過我跟碧提茜還有她妹跟她那蠢蛋老公有約。幫我個忙說這事緊急，讓我取消這個約會吧。」

「這事沒這麼緊急。」

「聽你這麼講真太遺憾了，那，明天可以吧？這幾天我都在布什維克。」

「我曉得，我先打電話到那邊的。」

「是啊，正常來說我是在上班才對，但今天我請了個假，大的那個今天要比賽足球，我得去捧場加油，我告訴你，看他踢球，我想他只能像他老子一樣當個藝術家了。」

「算是不幸中的大幸。」

「大概吧。還是你要我明天去你那兒？我四點鐘下班，我們分局就在地鐵站旁邊，我五點鐘之前一定可以到。」

「如果是我過去會不會方便一點。」

「你確定？因為對我來說這可是天大好消息，可以幫我省一趟地鐵的時間加金錢。還是你要來警局找我？我在那兒真是閒得沒事幹。」

「但這樣可能不夠隱密吧。」

「對啊，你說這事不能正式列入記錄，所以到我分局那邊可能不是個好主意。對了，昨晚你們那一帶好像出了滿大的事。」

「非常非常大條，」我回答，「這樣，如果說我到你家裡去會不會太叨擾？你說你四點下班，那麼五點如何？這個時間地點都沒困擾嗎？」

「這樣很好，我曉得碧提茜看到你來一定很開心，事實上你幹嘛不把伊蓮給一起帶來？我這陣子又完成了一些作品，不揣淺陋也很想有機會讓她看看。你們就五點鐘來，而且留下來在我家吃個晚飯。」

「我想就我一個人去吧，」我說，「而且因為時間關係，我大概沒辦法留下來吃飯。」

8

我先試西北旅館的電話找阿傑。但電話沒人接，我只好叩他的叩機。他回電時我在看電視，答錄機接聽並告訴他在嗶聲之後留話時，我把電視按了靜音。「我曉得你人在，」阿傑說，「因為你剛剛才叩我，所以——」

「所以你一定是個偵探，」我說，「才可能推理如此正確，你人在哪裡？」

「你也是個偵探啊，你說呢？」

他一定把話筒從耳邊拿開對著環境四周的聲音，因為背景聲音的音量陡然升高。「歐海爾機場。」我說。

「晨星餐廳。」

「好啦，雖不中，亦不遠矣。」

「我之所以沒第一時間回話，是因為我得等前一位女士用完電話。她足足讓我等了一分鐘。她很詭異，把銅板丟進去，撥了號碼然後什麼話也不吭一聲，只把電話放耳朵邊呆呆站著，我很想告訴她，像說，如果沒人在家當然不會有人接了，你到底要讓它響幾聲才甘心？」

「她是聽她電話答錄機的留言。」

「是，呃，這我後來也想到了，不過是一分鐘後的事了。我正忙著四下收風，想說也許街上可聽到一些消息，但聽來聽去他們講的都是電視報導那一些，你有再跑葛洛根嗎？」

「沒。」

「告訴你，不必浪費時間，那裡沒東西可看了，跟電視裡照的也沒兩樣，反正看過去都是合板封起來，而且合板外頭還用那種黃色塑膠繩圈起來，掛個牌子要閒人勿近。」

「這可能倒不失為一個好提議。」

「對我來講不壞。總之那邊沒什麼值得看第二眼的，我只問了幾個問題，我特別穿件有釦子的襯衫，帶個那種附紙夾的筆記板，所以他們以為我有權在那裡問東問西。」

「從現在開始，」我說，「也許你該徹底改弦易轍，通過電子設備來詢問這類問題才對。」

「你是說用電腦嗎？不，有些東西還是得用老方法才成得了，你得街頭巷尾的問，才能得到街頭巷尾的回答。」

「我自己也問了幾個咖啡館式的問題，」我說，「葛洛根那個開槍的是天殺幫出來的越南人，他曾因搶劫和脅迫罪名被判刑，名字的開頭是NG。」

「如果說NG代表的不是『不良』（No Good），那應該就是個姓阮的（譯註：Nguyen，越南姓氏）。」

「可能，」我說，「也可能另有他解。我不曉得NG到底是他的姓還是名，我也不敢百分之百確定一定是NG開頭。」

「你不知道的還挺多的。」

「而且好像一天比一天多。」

「說起姓還是名，這亞洲人的姓名可真容易把人搞迷糊，像他們有時會把姓擺前頭，比方毛澤東，毛就是他的姓。如果你用名字在前姓氏在後的方式喊他，雖然就算他還沒死你也沒什麼機會喊他，你會變成喊他，嗨阿毛。」

「有意思。」

「但也許越南人的方式就不是這樣。所以說，這兩個字母是我們知道的全部了，可能是姓也可能是名。」

「通過小小的社交工程學，我們也許就把缺少的部分給找出來了。」

「可能。」

「我們只要清楚他住了哪家監獄，或誰是他的室友……」

「用書桌上那一套傢伙不容易啊，」他說，「監獄或政府部門這類玩意兒，他們都有安全防衛系統，很難潛得進去，而且你要是留點小尾巴，他們會反追蹤回來看是誰在太歲頭上動土。你剛講他待過天殺幫是嗎？」

「聽說是這樣。」

「意思是我該去換件衣服了，老大。現在這身藍色有釦子的，對我要去的地方來說，太矬也太不稱頭了。」

「你小心點。」

「還用說，」他說，「那個傢伙是這麼說的，不是嗎？」

「那個傢伙是哪個傢伙？」

「住樹林子裡，不繳稅金的那個啊；那時候肯定還沒有萊姆病，這傢伙才能住在樹林裡。你一定知道我講的這個人，他說要做好一件工作，你得先穿對衣服。」

「亨利・大衛・梭羅。」

「沒錯，正是他，所以我會穿得低調一點，而不是穿得更高檔，不過都一樣意思。」

我說：「你知道，這可不是打電動，壞人打的可是真的子彈。」

「你是說就算再丟個銅板進去，玩的人也不能活過來重打是不是這意思？」

「我答應過伊蓮，不會讓你有生命危險的。」

「真的？你答應她這個？」

「這有什麼好笑？」

「好傢伙，真有她的，」他說，「她要我答應她，絕不可讓你出什麼意外，這下看看我們兩個該如何相互實踐諾言了。」

我們在家吃晚飯，伊蓮做了我們兩個都很喜歡的磨菇加豆腐的酸乳酪肉條，配一大盆青菜沙拉。晚餐後，我去另一個房間打電話給貝芙麗・法柏。兩小時之前我打過，但忙線讓我如獲大赦的掛上了，這回她接了，我撐完這通電話，算是通過考驗了。在我回轉廚房跟伊蓮說我打過了時，我已差不多把方才的談話內容給忘乾淨了，包括她講的以及我講的。只記得有個只供親族參加的私人喪禮，還有再兩星期之後會有追思禮拜。

「如今，他已居於和平之地了。」伊蓮說。

「他一直居於和平之地，」我說，「他是個極其和平的人。他倒也不是每天都過得很愉快——那只有傻子才做到——但他還是能讓日子大步向前。你先前講的很對，她可真是個不討喜的女人，我們的貝芙麗。」

「我想她愛他。」

「他也愛她，他們兩人一直相處得並不平順，但他們總有辦法過下去。我想去參加聚會。」

我穿上一件運動外套，那是伊蓮幫我選的哈利斯蘇格蘭呢外套，兩邊肘部加了強化補綻，早曉得我先前就該穿這件，它比我原先的運動上衣適合配戴肩帶。

「比你那件擋風外套厚重一點，」她說，為我順順袖子，「但這一件不用把拉鏈拉到頂，你穿這樣夠暖嗎？」

「很好啊。」

「帶把傘，現在是還沒下，但再晚一點一定會下。」

我張嘴想拒絕，但旋即閉上乖乖拿了傘。「我可能會稍晚才回來。」我說。

「我不等門的。」她說，「但隨時打電話回來，我會讓答錄機接聽，所以別掛太快，給我點時間拿話筒。」

「會的。」

她捏捏我膀子。「還有，如果你膽敢死在外頭的話，你就試試看。」她說。

∞

我們這一組每個禮拜定期在聖保羅教堂聚會，這樣一組人就像個家庭，我很想去那裡，但我實在沒辦法這麼快去面對這麼多有關吉姆的回憶，並應付所有想知道吉姆到底出了什麼事的無盡詢問。若說在個小城裡，那事情就棘手了；但我住的是大紐約市，這裡每天少說有十幾個不同聚會可挑選。

我到哥倫布圓環搭地鐵，在九十六街和百老滙交口下車，該聚會地點是教堂地下室——絕大部分都這麼來——我早了幾分鐘，有時間為自己倒杯咖啡，這裡我一個人不識，很讓我鬆了口氣，我想參加聚會，但我不想跟任何人講話。

八點正主席宣布聚會開始，他找人唸了開場白，然後介紹今晚的主講人，是一位女性，看來像那種養兩個小孩和一條黃金獵犬，住近郊的年輕中上階級太太，她講了個悲慘的故事，主要是嗑藥，但也摻雜了不少酒在裡頭，包括在哈林區因喝酒欠帳而在尖刀威脅之下遭到強暴抵債，包括窩在這個城那個城的罪窟裡為了打快克而幫人口交，如今她清醒了整整兩年了，她也找回了她原有的生活。她是染上了愛滋沒錯，T細胞的數量也明顯不足，但截至目前為止她並沒進一步症狀出現，而且她滿心是希望。

「至少，」她說，「我擁有今天。」

中場休息時我放了一塊錢在籃子裡，並加了一杯咖啡和一片燕麥餅乾。他們趁中場時間宣布了一些事——包括六星期後的年度餐宴舞會，往後聚會的一批主講人名單，以及一位住院成員的感謝函等等。然後聚會下半場開始，每個人輪流發言。

如果我早知道會有輪流發言這一幕，我可能就選別的聚會去了，發言愈接近時，我也異樣的神經愈來愈緊繃。我想，我很清楚自己應該講些話，但我也很清楚我什麼都不想說。

「我叫馬修，」我說，「我是個酒鬼，謝謝大家讓我聽這麼多有意思的話，這對我是很有力的支撐，今晚我想我聽就好。」

聆聽者馬修。

17

「馬修．史卡德，」丹尼男孩說，「我聽到的第一個消息說你死了，第二次聽到的又說你沒事，邏輯告訴我這兩個訊息都可能是錯的。」

「要是沒邏輯的話那我們該何去何從？」

他笑了，指指椅子，我拉開來坐了下去。聚會結束之後，我順阿姆斯特丹往鬧區走，到藍調媽媽酒吧找，沒找著之後，我繼續向前到西七十二街的普根酒吧。他就坐他慣常的座位，眼前籃子裡擺了一瓶冰鎮伏特加，桌子另一頭的位子上則坐了個委實不敢恭維的變性人，她說話時手勢非常多，而且講得丹尼男孩哈哈大笑。

當她講著、揮舞著，而丹尼男孩聽著、笑著之時，我安坐在吧台邊喝我的沛綠雅。我想他並沒看到我，但忽然他看向我這邊，和我眼神相會。沒多會兒，變性人小姐起身——她高得可去打籃球了——且伸長著一隻手，這是我這輩子所看過女人最大的一隻手，而且指甲極長髹上亮藍色，丹尼男孩以他的小手牽過這隻大手，送到自己唇邊，她開心的咯咯笑著款擺而去，於是輪到我了。

每週七夜，他或是此地或是另家酒店，坐在店裡為他保留的位置，聽著音樂（藍調媽媽的現場演出，或普根的錄音播放），和當月輪值女友閒聊，並販賣資訊。酒吧打烊之後——他選用的這兩家酒吧全開到法律許可範圍內最晚一秒鐘——他便起身再去住宅區那邊一家違規繼續營業的酒吧。

但他得在太陽出來之前回家，並一直等到它下山為止。丹尼男孩是非裔美人，非裔美人這個拗口的用語比黑人對他要合適多了，因為某一方面來講，他比白人還白，他是個白化症者，白髮、粉紅眼睛和蒼白近乎半透明的皮膚，陽光會傷害到他，任何強一點的燈光也會讓他受不了。這個世界需要的，他常常如此說，是一個可調節光暗的開關。

我坐上變性小姐才坐過的位子，丹尼男孩拿起他的冰伏特加，告訴我他實在很開心我還活著。

「我也是，」我說，「你聽到的到底詳情如何？」

「就像剛剛我講的，第一個消息說你在一家餐廳被槍殺了，然後又有快訊傳來更正，說死的不是你老兄，是另有其人。」

「是我一個朋友，我離桌上廁所，開槍的人誤殺了他。」

「要到很後來才知道自己殺錯人，」他說，「他一定回報他順利完成任務，也因此你的名字才會上了街上的第一波傳言，你那個朋友是誰？」

「你不會知道的一個人。」

「一個老實過日子的人嗎？」

「一個喝沛綠雅的人。」

「喔，那交情如何？很親密的朋友嗎？」

「非常。」

「聽到是這樣真遺憾，但從另一面來說，馬修，我很高興你沒上了我的名單。」
「什麼名單？」
「這只是一種形容詞。」
「我還是第一次聽到，到底是什麼樣的一種名單？」
他一聳肩，「這名單我收集一陣子了，我把我所認得每一個死去的人給記下來。」
「耶穌基督。」
「呃，他可能在也可能不在我的名單上，這端看你說話的對象是誰，貓王的情形也是這樣。但原則上這份名單僅限於我私下認得的人。」
「你把這些名字都給記下來。」
「聽起來滿蠢的，」他說，「我想的確可能很蠢沒錯，但開始之後好像就停不下來，像有個力量驅使我繼續下去一般，我只要想到一個符合資格的名字，就非把他也記上去不可，某種程度來說這有點像華盛頓的越戰紀念碑，只除了那些人是在牆上，而不是筆記本的紙張上，而且那些人有個共同點，就是——他們都死在同一場戰爭裡。」
「他們都是你的朋友。」
「不全然是，裡頭有些人我還滿討厭的，也有一些我僅僅是點頭的交情而已，但這是個旅程，馬修，一個名字會引領你到另一個名字，就像你記憶中骨牌遊戲一樣，我發現我記起了很多我長年來完全沒想到過的人，甚至包括我童年的鄰居，我的小兒科醫生，我家對面那個血友病死掉的小朋友，還有五年級時被車子撞死的同班女生，你曉得我因此領悟到什麼嗎？」
「什麼？」
「大多數我認得的人都死了，我想只要你活得還算夠久就會是這樣，我曾經聽過喬治．伯恩斯講過類似的話，『你到得我這年紀，絕大多數的友人皆已作古。』反正大約是這個意思的話，觀眾一聽都大笑起來，我始終搞不懂為什麼，這有什麼好笑的？你聽會覺得好笑嗎？」
「也許好笑的是他講這話的方式。」
「可能吧，現在就連他自己也死了，我是說喬治．伯恩斯，但我不算認識他，所以他並不在我的名單上，你也一樣沒在名單上，因為你心臟還在跳動，我很高興知道是這樣。」
「我也是，」我說，「但某些人滿想送我上你名單的。」
「誰？」
「我真希望我曉得。」我說，把經過大致告訴他。
「我也聽說巴魯的店毀了，」他說，「報紙上報了一大篇，當時現場一定是血肉模糊」
「是這樣。」
「不可思議，但我不曉得你也在場。」
「兩個小時前，我才跟個警察講我不在場。」
「好吧，我也會照你這樣子講，巴魯真不曉得誰暗算他嗎？」
「我想是這樣沒錯。」

「不管此人是誰，此人顯然是個種族平等主義的雇主，可見的各色人種都在他的殺手雇用名單之上，一個黑的，一個白的，還有一個黃的。」

「白人數量領先，如果你把在街上堵我的那兩個也算進去的話。」

「而你一個也不認識？」

「其實只有一個我算好好看過他長相，但的確不認識，之前從沒見過，下回再碰到你，我會帶他的畫像來給你看看，現在，我想知道你還了解什麼。」

「比你知道的少，我實話實說。最嚴重的一則消息是你掛了，其次稍稍沒那麼嚴重的是，最嚴重的這一則是假的。」

「我還活著這個事實新聞價值比較小？」

「你以為會怎樣？看看《紐約時報》，他們隨時都在刊登更正啟事，但他們絕不會把它擺在頭版，」他一皺眉，「另外一個重大訊息是，有人向米基．巴魯開戰，這一點我也得承認，我從街頭巷尾聽來的，遠遠少於從電視報導上看來的。」

「總該有人知道點什麼。」

「絕對是如此，但問題在於你要從哪裡切入，我想的是那個槍手。」

「槍手有兩個。」

「黑的那個，因為黃的不會講話了，反之，黑的那個會繼續說話，會在既有的調色盤上再多添個藍色。對了，講起藍色，你喜不喜歡剛剛坐這兒雷夢娜的指甲顏色？」

「我是真心問這個問題，她到底是塗指甲油還是天生這種顏色。」

「馬修，如果你這樣問她，她會認為你真是不識趣。她百分百相信她已成功糊弄了全世界，她從不認為誰該提起這個。」

「提起哪個？講她指甲是塗的嗎？」

「講她不是以淑女之身誕生在這個世界上，講她胸前那兩個甜瓜般的大奶子是手術來的。」

「她有多高，丹尼，有沒有六呎四？」

「在她玻璃絲襪裡，還有她大手大腳，以及喉結等等，這只要她一把錢存夠，就全部會弄掉，除開這些而外，她仍堅持全世界都認為她是真貨。而且在你下一個問題還沒問出口之前，我可以先告訴你，你這個愛打探的小王八蛋，答案是沒有，我還沒有，」他倒了點伏特加，舉高，透過它看世界，「倒也不是說我從來沒想過要這樣。」他說，並一飲而盡。

「你很難不那樣想。」

「她是個好孩子，」他說，「她會讓我笑，這對我來講是愈來愈難了，至於她的個頭尺寸，你曉得，這種個頭尺寸本身反倒是吸引力，對比很強烈。」

「總之不管來自上帝創造或整形醫生改造，」我說，「她確實都挺大的。」

「呃，上帝也把德州造得很大，但沒理由只因為這樣我們就得跑那裡去，但她不一樣，她有吸引力，難道你不認為她吸引力很夠嗎？」

「毫無疑問很夠。」

「當然她也很神經病，真是瘋瘋癲癲的，但你也曉得，我從不把這看成是女人的缺點。」

「是的，我早注意到這點了。」

「所以我滿受她誘惑的，」他說，「但原則上我決定再忍一陣子，等她把她的喉結拿掉，你曉得，相較身高這些種種，對我來說最難視而不見的就是這個喉結，」他又一皺眉，「我們怎麼一路扯到這裡來，剛剛我們講的是什麼？」

「那個黑人槍手。」

「對，我想的是，街頭巷尾的傳聞講你被打死了，這些話的出處只可能來自那個自以為宰了你的人——在他知道事實不盡然如此之前。所以說他是個肯說話的人，而現在他又有新的話得說，如此應該就不難循線回溯到他身上。有時候你可以把資訊倒追回去，看看它的起點何在；也有時候你只是兜來繞去白費工夫。」

「那就看你的了。」

「保持聯繫，馬修，還有另外一件事，那傢伙知道自己已失手了，派他來的那個人也知道他失手了，他可能會再試一次或換其他人來。」

「我也想過這樣。」

「你當然一定想過，所以你外套才鼓起這麼一塊。漂亮的外套，不管有鼓沒鼓都一樣。」

「謝啦。」

「總而言之，當心點，好嗎？別急著上我名單。」

∞

我離開普根時下起雨來，這提醒了我，讓我回頭去找傘，傘就擱在丹尼男孩的指定席桌邊，我沒給忘在聚會那裡真是個奇蹟。

一下雨計程車全躲起來了，我猜這是長時間累積的經驗告訴他們下雨時外頭人少，就在我決定走這十五個街區時，一輛計程車停了下來，釋出一名大胖老黑，看來滿像那名開心的電視氣象播報人艾爾・路克，但其實此人是一個名為惡狗唐斯坦的皮條客，這人不苟言笑，就算他正開心，也不表現在臉上。

他帶了兩個女的，左右各一個，兩人加起來才有他的噸位。他們急於衝進普根，以免頭髮淋濕。他從口袋掏了張紙鈔付車錢時，我趕忙拉著車門免得這輛計程車棄我而去。

唐斯坦瞥見我時眼睛睜大起來，我馬上懂了他一定接獲所謂最嚴重的消息而錯過了更正啟事。我跟他認得彼此，但從未交談過，但此時此刻我不想保持客套，在下雨的夜裡一輛突如其來的計程車旁偶遇，對我來說似乎足夠開口招呼的條件了。

「消息有誤，」我說，「我還沒死。」

他張大嘴笑開來，但不知怎的粗暴的意味多於歡樂。「很高興聽到這話，」他啞著嗓門，「我們一樣都很快會死，沒必要非趕在這一季不可。」

他進了普根，我上了計程車回家去。

∞

伊蓮在看A&E台重播的《法網遊龍》，稍早前的戲，由麥可．莫里亞提和唐．佛洛雷克擔綱，我們兩個以前都看過，但重看一遍又何妨。

「我就是比較懷念麥可．莫里亞提，」伊蓮說，「倒不是覺得山姆．渥特斯頓有什麼不好。」

「他們一樣都找得到對的人。」

「但麥可．莫里亞提演時，你可以看到裡頭的人在思考，你就是感受得到有想法。」

半晌，她又開口，「為什麼法官總是會忽略了犯罪者的自白和最致命性的證據呢？」

「因為現實人生就是如此。」

伊蓮現在看的是這個系列節目中較陰暗的一集，該集哥倫比亞裔搶匪無罪開釋，而原告的主要證人和其家人卻在審訊後遭到暴力攻擊。伊蓮說：「好啦，看到這個會不會讓你心理平衡一點？」說罷關上了電視，逕自踱到隔壁房間去，我拿起電話，撥了巴魯給我的電話號碼。

第三響時他接了。「我希望你現在人在機場。」他說。

「你怎麼曉得是我打的？」

「沒有其他人知道這個號碼，連我都才第二次聽到這個電話鈴聲，而上一回還是我用另一個電話打給自己的，確定一下這操他的玩意兒沒問題。這實在詭異，居然你口袋裡會有電話鈴聲傳出來，讓我愣了好一會兒想到底發生了什麼事了。你幾點的飛機？」

「我沒在機場。」

「我就怕這樣，你人在家嗎？」

「在家啊，幹嘛？」

「我用另一支電話打給你。」他說，掛斷了，我也把話筒放回，電話幾乎在同一瞬間響起，是他沒錯。

「好多了，」他說，「對個大男人而言，那東西實在小得說不了話，而且你也不曉得有哪個鬼正在聽你講話，某些個王八蛋就可能從他車上的收音機或他牙齒裡的填塞物聽到我們講話。我跟羅森斯坦聯絡過，他講說我聘用了你，說這是幾天前決定的。我想問你，你自己知道這事嗎？聽說是你的律師打電話給羅森斯坦的，看這種架勢好像我們其中一個打算告另外一個似的。」

「我希望不至如此。」

「我看也不像會這樣，我很高興得到你的協助，但我得說我希望此刻你人在愛爾蘭。」

「在這些紛紛云云完全落幕之前，我可能也會希望如此。」

「你現在手邊在忙什麼？我把車開出來去接你，我們可以去遊遊街。」

「我想今天晚上先休息休息吧。」

「這我不怪你，但我還是很想找什麼事做做，我他媽今天悶了一整天。」

「在我剛戒酒時，我的輔導員告訴我，如果我一整天下來連一口酒也沒喝到，這就算成功的一天。」

「那我是有了極其失敗的一天了，」他說，「我先是讓自己喝個爛醉，又繼續喝得讓自己清醒過來，你的輔導員，就是那個佛教徒，也就是被槍殺的那個嗎？」

「就是他。我覺得他講的完全正確，如果我一天不喝酒就是我成功的一天的話，那如果你一天還活著就是你成功的一天。」

「喔，我懂你的意思了。」

「你要反擊，那你就得先知道你要反擊的是何許人，這正是我參與的原因。」

「這是偵探的職責，不是嗎？」

「是。」

「但你覺得無從著力，你有什麼斬獲嗎？」

「這很難講，但我試著從兩個不同角度切入，這個不行的話，另一個可能會奏效。」

「老天，這是我一整天下來聽到的唯一好消息。」

「這連消息都還構不上，我才剛動起來而已。」

「你一定會得到好結果的，」他說，「喔，我希望你人在愛爾蘭，但我操他媽還真開心你沒走。我們一定會找出這個人的，這個下流的王八蛋，我們一定會逮到他的，然後我們會狠狠宰了他。」

「是的，」我說，「我們會宰掉他的。」

18

我人在普根時，喬治．韋斯特打過電話給我，星期二早晨他再度來電，對答錄機說他有事找我談，他的聲音聽起來非常當真，他留了家裡的電話號碼，並說中午之前可打到這裡，之後他人在中城北區分局。

我邊吃早餐邊讀報紙，快十一點我打了個電話到分局找他，接電話的人說他還沒進來，我說我是回他的電話，並留了我的姓名。「他有我電話號碼，」我說，「但我今天整天會不在家，我稍晚會再打電話給他。」

掛電話後我坐到窗邊去，看著外頭的雨，十二點左右，我又撥了他家電話，分區號碼是九一四，意思是他家住城北，非常可能在威徹斯特或橘郡，接電話是一位女士，說他才剛出門，我又留了姓名，並說我會打他上班那邊。

∞

稍停，我打了電話給阿傑，想問他可有意願陪我跑一趟威廉柏格，他並沒在對街的旅館房間裡，所以我又叩他的叩機，掛了電話等他十五分鐘，放棄了，我披上我的擋風外套，但記得也帶把雨傘。伊蓮在門口把我喊住，問我是否回家吃晚餐，我說我就在外頭隨便吃吃，如果阿傑回電的話，告訴他沒什麼要緊的事，只是想找個伴而已。

我搭A線到十四街，轉L線。我的父親就死在L線電車上，當時他站在兩個車廂之間，不慎摔了下去，被電車輾了過去。我猜他是溜到那裡想點根菸，儘管在車廂間平台和在車內一樣，依法皆不許抽菸；而且不管抽菸與否，站在那裡都算違規。所以也很可能他當時酒喝多了，他之所以溜到那裡抽菸和醉酒腦子不清楚有所關聯，當然，摔了下去也一定跟這一樣有所關聯。

我每回搭L線總要想起這件事。我猜如果這班電車走的不是這條路線的話，我可能早就可將此事拋諸腦後，但這條路線穿過十四街，越過東河，再橫過布魯克林終止於卡納西，這些年來我坐這線車的機會不多，不足以讓我厭倦於每次都回憶我老爸如何死去。

當然這一定不能說是L線的錯，我不會怪這線電車，我也不會怪我老爸，事情之所以發生純粹是狗屎罷了。

四十多年，整整，不，不只，快四十五年了。

∞

「和你上次來看到有一點點不一樣，」蓋林戴斯說，「我們把外牆的柏油整個弄掉了，我敢跟你講，在五〇年代初期一定有個天殺的柏油推銷員肆虐於布魯克林這一帶。我和碧提茜買下這屋子時，這個街區幾乎家家戶戶的磚牆外頭都塗上這玩意兒，現在只剩對面那個柏油綠的怪獸盤據在那兒了，真不曉得怎麼有人會認為弄成這樣是個好主意。」

「但這不是可節省你們的暖氣費用嗎？」

「我們把整個地球搞出溫室效應不也為了這個嗎？但的確工程不小，得先挖掉柏油，再重新補好磚塊，弄掉柏油這部分我找了人幫忙，但後頭的就全部由我和碧提茜自己來。」

「我猜這整個夏天你們倆全泡在這裡頭。」

「從春天到夏天整整兩季，但你曉得，花的代價很值得，而且相較於時下其他工作而言，成就感也大多了。進來吧，你喝什麼？有咖啡，不過超級濃的喔，不過我記得你就是愛喝很濃的咖啡，對吧？你確定你真不是波多黎各人嗎，馬修？」

「Me llamo Matteo。」我說。（譯註：這句是西班牙文的「我叫馬修」）

我們坐他家廚房裡，他們在貝佛大道買下這幢兩層的窄型樓房，正好位於地鐵站和麥卡蘭公園正中點。北城這一區最近明顯附庸風雅起來，就像綠角區附近還有威廉柏格的大部分地區，工業規格的建築物被改成藝術家的統樓，而且數量遠超隔河那邊的蘇活區和翠貝卡，至於其間散落的少數小房子像雷和碧提茜買的這種，則像掙扎出蟲繭的翩翩蝴蝶。

一名警員選擇住到這一區來委實很怪，但一名藝術工作者則再自然不過，雷這兩個身分都有，身為警方素描專家，他有一種特異功能，可將目擊證人僅存於腦子的圖像叫出來，重現於白紙黑畫之上，但他的才華不只於此，他用此法所繪製的一幅冷血殺手的素描，伊蓮便纏著非要我當聖誕禮物送她不可，之後，伊蓮又找他幫忙畫出她死去多年的父親，不是依據照片，而是一樣從她記憶之中畫出來。於是伊蓮決意在她自己店裡為他辦了一次個展，鼓勵他往這道路走並充當他經紀人。我一直想找個適當時候請他為伊蓮本人繪製一幅肖像，但這次來，我要的只是紐約市付他薪水所做的同樣工作。

「幾天前晚上，有兩個蠢蛋擱我的路，」我告訴他，「其中一名我看得頗清楚，但此事我並未報告上去，這幾乎可確定和我目前獨力所辦的一個案子有密切牽聯。」

「所以也就不宜讓局裡頭知道這件事，馬修，這對我來說毫無困擾。」

「你確定？」

「一點問題也沒有，我可以告訴你一件事，我其實正在盤算，如果錢不構成問題，可能我明天就遞辭呈了，」他一揮手，把這整個一次掃開，「跟我描述這找你碴的壞蛋，」他說，鉛筆已握在手中，「你為什麼會留心他的長相？」

之前我們就曾合作過，儘管已相隔好一段時日了，而且合作的情況非常理想。這一次則其實相當簡單，因為我只要一閉上眼，圖像便清清楚楚浮現出來，我可以看見他持槍指著我時的臉，也可以看見他一拳揮向我肚皮時的表情。

「就是他。」我說，在我看到鉛筆所畫出的人和我記憶中的臉孔重合時，「你知道嗎？不管我們合作過多少次，我相信每一次的結果還是會讓我嚇一跳，這像拍立得相機拍出來的，底片送出來，圖像在你注視之下一點一點浮現。」
「有時等他們逮到犯人一看，你會發誓我一定是看著本人畫出來的，幾乎完全一樣，我得老實承認那種感覺爽呆了。」
「這我可以想像得出來。」
「也有幾次他們逮到人，我看他的照片，仔細比較我畫的和照片的異同，說實在的，根本找不出有何相似之處，好像完全是兩個人。」
「呃，那是證人的問題吧。」
「是我們兩邊都有問題。」
「是他記嫌犯的長相有了錯誤。」
「也是因為我沒叫出他正確的記憶，這本來就是整個工作的一部分。」
「呃，是啦，我懂你的意思，但你總不能期望每回都能做到百分之百。」
「喔，這我也曉得，但還是感覺很挫折。」
「最近你工作得不太起勁。」
「我感覺自己好像拖時間等退休，馬修。」
「你多老啦？你離工作滿二十年還多久？」
「我三十三了，整整耗了十一年在局裡。」
「所以你已過了中站了。」

「我知道，所以我才不願就這麼放棄掉，差的不只是年金，還有紅利，我當然現在就可以辭，一樣應付得了基本開銷，付得動分期付款，而且三餐無憂，但醫療保險要怎麼辦才好？」

我問他工作上到底有何不順。

「我過時了。」他說，「從他們有了那一組『身分辨識工具箱』之後。呃，操，就像以前那種所謂的警用『白癡實用工具』，你可以貼上鬍子，貼上不同的髮型等等，你也知道這怎麼弄的。」

「當然。」

「這根本威脅不了我的，我很清楚，但現在他們發展出電腦程式來，操作方式基本上相同，但精巧的程度大大提高了，他們可大致找出個樣子，然後再根據證人的印象做精確的調整，你曉得，大輪廓先來，再逐步修正，這樣子搞。」

「我還是不相信，這樣搞出來的會比你的畫精準。」

「我得說我同意你的看法，但這玩意兒卻是人人可操作，他們只要稍稍施加訓練，阿貓阿狗都弄得來，就算你拿根尺都畫不出一條直線，但你一樣可以成為一個夠格的警局畫家，不只這樣，曉得嗎？大家都比較喜歡電腦印出來的畫像。」

「我不懂這意思，為什麼會喜歡電腦印的？」

「一般人都這樣。我畫出來，人們看過之後，通常會跟自己這麼說，喔，這是畫家畫的，所以最多只是相似而已；但電腦印出來的，可以是照片的樣子，你看了，很自然會認定這就是真貨。電腦的可信度就是高，它可能並不真的像嫌犯本人，但上了電視效果可要好得多了。」

我拿起他畫的這幅畫。「這張就不可能出現在電視上頭，」我說，「而它可真像那個王八蛋。」

「呃，謝啦，馬修，現在該來另外那個了吧？」

「另一個？我老實說，這傢伙我根本沒怎麼看到他。」

「也許你所看見的，遠比自己以為的要多多了。」

「光線很暗，」我說，「街燈又直對著我眼睛，而且他的臉又躲在陰影裡，再加上他在我面前不過一到兩秒時間，這不是記憶的問題。」

「我了解，」他說，「但還是一樣可以試試，類似的狀況我也得到過很棒的成果。」

「喔？」

「我的看法是，」他說，「有些記憶倒不是被壓抑掉的問題，只是它往往不是被存放在最優先的位置，你看見某物，這影像印上了視網膜，但你當時的心思可能在其他事物上，所以你並不曉得自己看了這個東西，但不管知不知道，這印象都是在著的。」他雙手一攤，「我不是說我一定有把握，但如果你並不趕時間的話……」

「我當然有意願一試。」

「好極了，現在，你先讓自己放鬆下來，盡量讓自己舒適，從你的腳掌開始，讓它完全鬆弛掉，這不是催眠，順便說一聲，這只是我個人所用最有效的方法，讓那些看過、但並未存放在優先位置的記憶能被召喚出來。這只是要你放鬆，然後是你小腿，讓它們完全鬆弛掉……」

我並不缺放鬆自己的技巧，而且類似的鬆弛方式伊蓮曾在個工作室裡帶我做過一次。雷帶著我全身放鬆下來，然後他要我想像牆上有一幅畫，邊上鑲著金框，再來，他引導我看畫中的人臉。

我已經要脫口而出跟他講這沒有用的，在此同時，我他媽敢對天發誓，畫上頭忽然出現一張臉回瞪著我，但這應該說是通過我某種說不出感覺的心靈之眼看見的，它不像那種身分辨識工具箱拼湊的，或任何電腦逐步修改來的，這是一張真人的臉孔，有極真切的神情，而且我見過他，老天，我真的見過他。

「操。」我說。

「你還看不到任何東西是嗎？再試久一點。」

我坐直起來，睜開眼睛。「我看到一張臉，」我說，「一下子太激動了，因為它變魔術般忽然跑出來。」

「我了解，就是這樣出來的，像變魔術一樣。」

「但這張臉錯了。」

「你怎麼曉得是錯的？」

「因為我剛看到那張臉是另外一個人的。出這件攔路意外的幾天前，我人在酒吧裡，當時有個傢伙我掃到一眼，有時你看到個人，知道你看過他，但卻不曉得為什麼會看過他，你一定也曉得這種情形吧？」

「那當然。」

「事情就是這樣。我們眼光相遇，我曉得他，他也曉得我，我應該講感覺是這樣子。但我怎麼也想不出怎麼會，這張臉也許我是在搭地鐵不小心看到，於是就印在我的記憶裡，住紐約就會這樣，你一整天看到的臉孔總數，可能比個小城的全部人口還多，只除了都是一眼掃過，不算真的看到。」

「但你看到這張臉。」

「沒錯，而且現在好像還趕不走。」

「它看起來怎樣？」

「這有何差別呢？就只是一張臉。」

「只是一張臉？」

「你曉得我的意思。」

「你為什麼不肯稍稍描述一下？」

「你想畫出這傢伙嗎？幹嘛？」

「只是清理一下你的記憶吧。你原本想畫另一張臉，但這張臉卻自己跑出來，所以說如果我們能把它畫在紙上，那等於說幫你把它給趕出你的心裡。」他一聳肩，「嘿，這只是理論，反正我有的是時間，而且和你合作對我而言一直充滿樂趣，當然，如果你有事在身的話……」

「我沒事。」我說。

而那張臉似乎極渴望被叫出來，在我和雷沉下心來專注合作之後，我終於看見它出來了。這張臉上端寬而下端尖，像個倒置的三角形，有兩道極誇張的眉毛，長但窄的鼻梁，加上一張愛神邱比特的彎嘴巴。

「不管他是誰，」我說，「這就是他了。」

「呃，這算是很簡單就叫出來的一張臉，」雷說，「隨便一個畫漫畫的都可以畫得出來，說實在的，他畫出來根本就活脫脫是個漫畫人物，這張臉實在長得詭異了點。」

「也許正因為這樣我才一見難忘。」

「我的看法正是如此，它緊緊黏著你，就好像附骨之蛆一樣。總而言之，這是一張難以忘記的臉。」

∞

我們還在工作之中，碧提茜就回來了，但她一直待廚房裡等我們弄完才過來，我於是又喝了另一杯咖啡並加上一塊胡蘿蔔蛋糕。離開時，我多了這兩張畫，畫用了定色劑保護起來，還用前後兩張內襯信紙的厚紙板夾好，伊蓮一定要這兩張原畫的，她會框裱起來，並懸掛在她店裡，而且遲早會有人買走。

我給了雷三百塊錢，但要他拿可還真費了好一番手腳。「我覺得自己像偷了錢一樣，」他說，「讓你跑我家來，讓我享受了比最近兩個月我所有娛樂加起來還有剩的樂趣，你離開時我還掏你口袋。」我說我有客戶付費，他付得起這錢。「呃，我當然不會說這錢我找不到地方用，」他說，

「但對我來說這似乎還是講不過去，而且伊蓮把原畫賣出去時我還有錢拿，因此這樣怎麼可能是對的呢？」

「她也賺一手啊，她並不是開救濟院。」

「話雖是如此沒錯。」他說。

我冒著雨走到地鐵站，在大雨傾盆起來之前一刻步下了階梯。我呆坐著，前後三班車開進來又開走，然後我才搭上一班回市區的車。我應該在第六大道或第八大道轉車，再坐到哥倫布圓環，但我卻在聯合廣場下了車，步行到第十二大道和大學路交口的金冠司影印連鎖店，揍我肚子那傢伙的畫像我一口氣影印了一整打，另外一張我其實用不上，但我還是隨手印了兩張。

幾年前，我參加過一個稱之為格林威治開放討論會的團體，我隱約還記得聚會是每星期二晚上舉行，地點就在這影印店往西才一個街區的長老教堂，這是一個人數頗多的年輕人聚會，主講者說完後可自由發言，也一定有一堆手高舉空中踴躍得很，但聆聽者馬修永遠坐在最後頭，而且靜靜聽著。

我離開時雨還下著，因此我在第六大道躲進了家咖啡館裡打了個公共電話，我撥回家裡去，預期答錄機接聽，但才一響伊蓮就接起來了。

「我真的嚇了一跳，」我說，「我以為我們都是先讓答錄機接聽的。」

「喔，嗨，摩妮卡，」她說，「我正想著你呢。」

我感覺渾身一陣冷，彷彿要迎接一拳般縮緊了肚皮肌肉。我說，「你沒事吧？」

「喔，好得不得了，」她說，「要是不下雨的話那就更好了，但其實它下它的也不是什麼問題。」

我這才放鬆下來，但並非完完全全的。「誰在你旁邊？」

「我才想打電話給你，」她帶著歉意說，「但家裡來了兩個馬修的好朋友，你認得喬・德肯嗎？呃，他結了婚，死會了，所以算了當我沒說。」

「你可真是反應良好，」我說，「但這不是我認識的摩妮卡，摩妮卡是對結過婚的男生才有興趣。」

「是啊，他是很逗很可愛那種男人，」她說，「等等，我來問他一下……我這個朋友想曉得你名字，還有你結過婚沒有。」

「別玩太過火，免得他興奮起來搶電話。」

「他說他叫喬治，至於另一個問題純屬機密，但他手上戴了個戒指，如果說這有意義的話。」

她笑起來，「你會愛死這個的，他說他是從事祕密情報工作的，戒指只是喬裝用的。」

「是啊，我愛死了。」我說，「他們可能會待多久，這你有概念嗎？」

「喔，這個啊，」她說，「這我就不敢講了。」

「有電話進來嗎？」

「有啊。」

「但你不想唸出姓名來，所以只要回答是或不是。米基打過嗎？」

「不。」

「阿傑？」

「嗯哼，沒多久前，你曉得，你應該跟人家聯絡一下。」

「我會打給他。」

「還有一件事我一定要告訴你，但我卻想不起來是什麼事。」

「還有其他人打來嗎？」

「是。」

「給我一點線索。」

「絕對是這樣，寶貝。（Absolutely baby.）」

「A和B嗎？」

「嗯哼，聰明。」

「安迪．巴克利是嗎？」

「我就曉得你會理解。」

「他有留電話嗎？」

「當然啊，總得這樣子才是。」

「但他留答錄機裡，所以你一時拿不到。沒關係，我可以弄到，如果那兩個傢伙讓你不耐煩，儘管開口把他們轟走。」

「正正好是我想的。」她說，「聽著，甜心，我非掛電話不可了，你講的我一定會告訴馬修的。」

「你告訴馬修啦。」我說。

19

我曉得米基一定有安迪的電話號碼，所以我先試他的大哥大，沒人接聽，我懷疑自己撥錯號碼，因此又試了一次，這回響到六聲時我宣告放棄。

布朗克斯區的查號台查不到A．巴克利或安祖．巴克利，但我猜想電話可能用他母親名字登記的，而班橋大道上有兩個巴克利，我記下這兩個號碼，打第一個時，一個年輕的聲音告訴我，「不對，這不是你要找的巴克利家，你要的在下個街區對面那裡。」

我於是撥了第二個號碼，接電話是個女人，我說，「巴克利太太嗎？請問安迪在不在？」

安迪來接電話，說，「嗨，米基嗎？」

「不是，安迪啊，我是馬修．史卡德。」

他笑起來。「媽的糊弄我嘛。」他說，「她還跟我講，『有位紳士找你。』這些話是老大打來時她習慣講的，換是其他人，她會講，『你的朋友。』」

「這位女士憑聲音就聽得出人的素質。」

「她總是一鏢中的。」他說，「哦對了，你最近有沒跟米基碰過？」

「沒有。」

「我以為他會跟我聯絡，但完全沒消沒息，他窩在哪裡你曉得嗎？」

「不曉得。」

「我找他是想跟他換車子。那天分手後，我到車庫把凱迪拉克開出來，但我不想讓這輛車就停路邊，像我原先開的那輛銅罐子車就不是問題，可這種名車這樣子停法，就跟那些神父講的，為這附近小鬼製造犯罪機會一樣。現在車子就停我家門口，我得找個附近小鬼，花個二十塊錢要他好好幫我看著，你想不想知道你打這通電話來我正在做什麼？我坐在窗邊看著那名小鬼。」

「我猜米基想開你那輛老雪佛蘭，」我說，「他講他那輛太醒目了。」

「喔，真的？其實我是無所謂，我只是想說還是換一下好些，那你有他手機號碼嗎？」

「他好像不給人手機號碼的。」

「我了解，他找不到普通電話時才會用那個打，你知道我怎麼想嗎？我敢說他一定忘了他自己的電話號碼，又不知道哪裡可以問到。嘿，你可別告訴他我這些話。」

「不會的。」

「我們兩個保持聯絡，嗯？如果他一跟我聯絡，我立刻告訴你，你那邊也一樣。我是說，我就直挺挺杵在這裡，是不要緊，但我還是想曉得接下來該怎樣。」

「我懂你意思。」

「你這會兒有沒有想幹嘛？要我開車帶你去哪兒嗎？」

「你這話該早點問我才對？我才剛從威廉柏格跋涉回來。」

「你說的該不是威廉柏格橋吧？」

「不，我說的是布魯克林的威廉柏格。」

「我以為你是說威廉柏格橋，因為威廉柏格橋就在我們這邊布朗克斯區河濱公園路的另一頭，我實在搞不懂你跑那兒幹什麼，這我想你自己也不知道，很明顯的，因為你也沒去那裡。為什麼是威廉柏格，你又是怎麼去的？走威廉柏格大橋嗎？他們好像一年到頭都在修橋。」

「我搭L線去的。」

「我就說你該打電話給我，你知道我想幹嘛嗎？我想在我那二十塊錢用光之前，把米基這輛車弄回車庫去，跟你講過了，那二十塊錢是給了幫我看車的那名小鬼。但我跟你講真的，你想去哪裡，打個電話，我手邊隨時弄得到車子。」

「我會牢記在心。」

「而且保持聯絡，」他說，「那天晚上發生那樣的事……」

「我了解。」

「是啊，你也在場，不是嗎？我們得靠得緊一些，馬修，我們得彼此照應對方背後，在最近這段時日。」

∞

我打旅館房間找到阿傑，約他在百老匯和八十七街交口的星巴克咖啡碰面，我抵達時他依例先到了，坐那兒喝著冰摩卡奇諾。他穿黑色牛仔褲和黑色襯衫，繫一條一吋寬的粉紅領帶，外頭披一件突擊者隊的運動夾克，再加一頂黑色貝雷帽。

「得花點時間換衣服，」他說，「但我還是先你一步到。」

「你真是快如閃電，」我說，「你本來是穿了什麼？有不合適到要換成現在這身打扮？」

「難道你不覺得我現在穿的比較適合？適合我們要去的地方？」

「是還好啦。」

「只要你身上這件憂傷的老拉鏈夾克合適，我這件就絕不會不合適。之前我穿的是迷彩褲和我常穿的那件破夾克，老實講那很合適剛剛我在的地方，但不適合藍調媽媽。」

「你剛剛人在哪裡？」

「呵呵，我去找一個我認識的女生。」

「哦。」

「你這個『哦』是什麼意思？我是在辦公，是在調查案子欸。」

「少來。」

「這個女生有個黑爸爸，媽媽是越南人，要不是臉蛋太過漂亮，就可以去當模特兒了。老天，這女生可是一流的。」

「越南人……」

「這你懂了吧，她老哥就在天殺幫裡，幫裡大小屁蛋沒一個她不認得，星期天在酒吧亂掃射那王八蛋就叫阮全保，非常暴力傾向的瘋貓一隻，她這麼講的，但這一點我們早知道了。」

「我倒不曉得，」我說，「我看他好像是個安安靜靜的好孩子。」

「他因為搶劫跟傷害罪，跑去亞提加監獄蹲了一陣子，放出來之後也沒變得比較乖。事實上，他後來就跟一個牢裡認識的白人搞在一起，一般的感覺是，這兩人掛一起是在進行某些壞勾當。」

「白人。」

「非常白的白人，而且臉圓圓的，一般稱為月亮臉那種。」

「就是扔炸彈那個，」

「我也是這麼認為。」

「你那名女生也曉得這個人的姓名嗎？」

他搖頭，「自從她搬離唐人街之後，就跟天殺幫沒什麼聯絡了，她能做的就只有撥幾通電話，問問古出獄後的近況。」

「古？他們都這麼稱呼那個姓阮的？」

「只有我這麼叫，這樣好唸嘛。總之，我明天會再掛個電話找她，看她那邊有沒有辦法想到個人恰巧知道這大白圓臉的名字，就算這邊追不到，我們起碼多知道了古的全名，也曉得他上哪一所監獄大學的。」

「也許那家大學的校長可以給我們一份他的記錄影本。」我說，「你幹得好。」

「別客氣，這是我職務上應該做的，」他說，邊低頭把他那杯摩卡奇諾給吸乾，「然後呢？我們是要去聽些你們的老人類音樂了是吧？」

∞

小舞台上的樂團是個四重奏，一管中低音薩克斯風和一組鼓鑼之類的節奏樂器。清一色白人，和我一樣白，幾乎要和丹尼男孩一樣白了，服裝則一律是黑外套、白襯衫和褪色牛仔褲。不知怎的我曉得他們是歐洲來的，儘管我也講不出為什麼，髮型，也許吧，或許長相的某種特質，他們奏完一曲，底下觀眾，四分之三是黑人，報以如雷掌聲。

他們全是波蘭人，丹尼男孩告訴我。「我可以看到如此的心靈圖像，」他說，「在華沙，有個小男孩坐在媽媽的廚房裡，聽著那種滿是雜音的小收音機，播放的是『鳥與暈眩』樂團的〈突尼西亞之夜〉，小鬼的腳不覺跟著節拍動起來，那一刻起，他知道了自己這一生要做什麼了。」

「我想，事情一定像你看到的這樣。」

「天曉得是不是這樣？但我得說他們可是真的有一套，」他掃了一眼阿傑，「但我猜你一定比較迷饒舌、嘻哈一類的吧。」

「原則上是這樣沒錯，」阿傑說，「哦，我要順著河流而下，唱一曲好聽的老老黑人靈歌。」

丹尼男孩眼睛亮了起來。「馬修，」他說，「這個年輕人有前途，除非，當然囉，有人開槍殺了他。」他小飲了一口伏特加，「我小小探尋了一番，前晚在那家中餐廳引發那件不愉快事情的人，是個極度幻滅極度失望的年輕男子。」

「怎麼說？」

「他好像先收了人家一半錢，」他說，「做為殺人的訂金，本來這對雙方而言都挺合理的。但從他這邊的觀點來看，他覺得自己已順利完成任務，你看，他到達雇主指示的地點，做完該做的事，他怎麼會曉得餐廳裡居然會有兩個人符合他刺殺對象的描述呢？事實上我們該說，在他進到餐廳時，他只看到其中一位，他當然就對他下手了。」

「事後對方不肯付他另一半的錢是嗎？」

「不只這樣，他們還反過來要求他退還已付的那筆錢。我推測，他們倒也不是真巴望著沒收訂金，只是為了讓對方斷了結清尾款的念頭。」

阿傑點點頭，「也就是說有人跟你要錢，你不給還倒過來跟他要錢，對方說不定只好摸摸鼻子走人。」

「看起來似乎就是這樣子，」丹尼男孩說，「依我看，這筆尾款還是應該付的。」

「好封他的嘴。」

「正是如此，但這邊不付款，那邊也就開始大嘴巴了。」

「他們還欠他多少錢？」

「兩千。」丹尼男孩說。

「兩千是指差額是嗎？也就是總共四千嗎？」

「大概是覺得那人不值那麼多錢。」阿傑說。

「給多少錢就辦多少事囉。」丹尼男孩說，他從皮夾裡掏出了一張紙，戴上眼鏡，讀了出來，「奇爾頓·波維斯，」他說，「我猜他們就喊他奇利，當然也可能不是，他住泰普史考特街一一七號，三樓後間，泰普史考特街，我連聽都沒聽過，但他們說大概是在布魯克林。」

「是在那裡，」我說，「皇冠高地靠近布朗斯維爾那一帶。」他聽著眉毛往上一挑，我告訴他以前我在那裡工作過。「不屬於同一個行政區，但很靠近，我對泰普史考特街也沒有特別深刻的記憶，但我猜從當時候到現在，鐵定變了很多。」

「哪裡不是這樣？近來那裡跑來一堆海地人，還有蓋亞那人，甚至還有迦納來的，塞內加爾來的。」

「全是為尋求一己的美好生活而來，」阿傑說，「來這塊所有人機會一律平等的樂土。」

「他很怕被警察盯上，」丹尼男孩說，「或他的前雇主會送他一顆子彈好讓他閉嘴，所以他成天躲在自己房間裡，只除了衝出來打幾口快克解解癮順帶四下吹噓一番。」

「如果只要他指出誰是幕後黑手，就能得到剩下那兩千，你覺得他肯幹嗎？」

「傻子才不肯幹。」

「我們不已經知道他是白癡加三級了嗎？」阿傑說，「為那幾個錢就殺人。」

「我想請他看張畫像，」我說，「但我也要先請你看一下，丹尼男孩，」我打開厚紙板，抽出一張雷幫我畫的畫像。他透過眼鏡仔細端詳，然後拿開眼鏡，伸長手臂遠觀起來。

「滿討厭的一張臉，」他下結論，「而且看起來並不聰明的樣子。」

「你不認得？」

「很不幸，不認得，但我並不排除我和他會有共同的朋友，馬修，可以給我一張嗎？」

「我還可以多給你幾張。」我說，拿了三四張給他，也順便遞了一張給阿傑，他正攀著桌子探頭看。

「我也不認得，」他毫不猶豫說，「還有那個是幹嘛的？」

「哪個那個？」尼丹男孩開口問我。

我拿出第二張畫像。「這只是不試白不試，」我說，並解釋了雷如何把我腦子裡所有的臉孔都給清出來。但不算成功，我說，我還是沒辦法把另一張臉給成功拼湊出來。

丹尼男孩看第二張畫像，搖搖頭，遞了回來。阿傑卻說，「我看過他。」

「你看過？在哪裡？」

「就在這附近，說不上來在哪裡或哪時候，但有些臉孔就是會釘在你腦子裡。」

「非常有可能，」我說，「上星期在葛洛根我瞥了這個人一眼，當時我也有一種眼熟的感覺，很可能原因就像你說的那樣，我也在哪裡或某個時候見過他，而且你講得很對，他是那種你會記得的臉。」

「特徵有夠明顯，」丹尼男孩說，「真難以想像這些特徵全出現在一張臉上，不是嗎？那種鼻子居然跟那張嘴搭在一起。」

我給了阿傑一張攔我路那傢伙的畫像，並折了一張回我皮夾裡，想了想，我又加了一張酒吧那人的，然後把其餘的統統放回厚紙板裡。

我看了看錶，丹尼男孩說，「再一兩分鐘樂團就回來演奏了，你要聽聽下一曲嗎？」

「我想我最好走布魯克林一趟。」

「去看我們那位好朋友？也許他在家。」

「如果不在，我也會等到他回來。」

「可別丟下你的夥伴，」阿傑說，「如果他不在，你也好講故事給我聽好打發時間，我會裝出我從沒聽過的樣子。」

「打發你該睡覺的時間。」我說。

「你得有個人幫你留神背後，老大，尤其是在那種地方，你不是黑皮膚的就危險了；更何況，如果你想活逮這個叫奇利的傢伙，四隻手總比兩隻手強，」可能看到我臉上的表情，他又說，「嘿，我不會有事的，你全副武裝而且武藝高強，老大，你可以保護我啊。」

「嘿，記得小心停著的車子，」丹尼男孩說，我們兩個不解的瞪著他，「哦，這是我小時候大人警告我的話。」他說，「告訴過你我那份名單，有吧？呃，我小時候每年都有小孩被車子輾死，所以每年學期末警察那邊都會派個人來跟我們這些學童講交通安全。馬修，你以前幹警察時是不是也幹過這事？」

「我運氣好，逃過一劫，不用去幹那種無聊工作。」

「他們會放個幻燈片，一一講解被害人是怎麼找死的。『瑪莉．露薏絲，七歲，從停著的兩輛車之間跑過去。』這就是出事的原因，機率百分之五十甚至更高，你從兩輛停著的汽車中間穿過去，車道上的駕駛看不到你衝到車前來。」

「所以？」

「所以在我幼小的心靈裡，我以為停在路邊的車子才危險，我總刻意多走路繞過它們，就好像它們只是蟄伏在那、伺機而動一樣。要到很久很久以後，我才知道停好的車子其實是頂安全的，會撞死你的是跑動的車子。」

「停著的車子。」

「是的，完全是操他媽的恫嚇。」

我想了下，轉頭對阿傑，「如果你一定要跟去布魯克林，」我說，「那你得聽話做件事，現在就到廁所去，把這個塞你襯衫底下。」

他接過我裝畫像的厚紙板，在手中掂了掂。「好像不太公平，」他說，「你自己穿優良美國國貨的卡維拉防彈背心，我他媽是硬紙板，你真相信這擋得下子彈？」

「有沒有這種功能我不是太確定，」我說，「但這樣至少可以讓你兩隻手都空出來。記得塞在背部，別塞前面，這樣也就不會破壞你襯衫的線條。」

「不用你講我也曉得。」他說。

在阿傑走開之後，我說，「我一直在想你那張名單，丹尼男孩。」

「小心你別上這個名單。」

「你的身體狀況如何？」

他看了我一眼，「你聽到些什麼？」

「什麼也沒。」

「那你為什麼這麼問？我看起來很糟糕嗎？」

「你看起來很好，事實上，這個問題是伊蓮提出來的，我跟她講你這張小名單時，她直覺反應就是這樣。」

「她觀察力一向這麼敏銳，」他說，「你曉得，她才是你家真正的神探。」

「這我曉得。」

「呃，」他說，雙手交疊在桌上，「我動了個小手術。」

「哦？」

「結腸癌，」他說，「但他們清乾淨了，發現得早，所以弄得很乾淨。」

「好消息。」

「是好消息，」他點頭同意，「手術在癌細胞擴散之前就動了，為保險起見，他們還要求我手術後做化療，我聽他們的，我想，誰會在這種事擲骰子賭運氣，不是嗎？」

「沒錯。」

「但這種化療是不會讓你掉頭髮的，因此倒也不會那麼難以忍受，最要命的是人工肛門，但之後又有個手術要把腸子接回——老天，你不會想聽這個吧。」

「不，繼續講下去。」

「就這樣，真的，第二次手術之後，我對生活的感受反而好很多，弄個人工肛門當然妨礙男人的愛情生活，但也許有一些女性會覺得這玩意兒很性感，我只希望我不會正好碰上一個。」

「我都沒聽你提起，丹尼男孩。」

「沒人聽我提過。」

「你不想有人上門探病？」

「或郵寄的問候卡片，或電話致意，還有任何這一方面的狗屎，說來好玩，我這輩子一直靠資訊過活，但這件事我卻希望完全封閉起來，我相信你會幫我保密的，你告訴伊蓮沒問題，但到此為止。」

「一定。」

「當然也有復發的可能，」他說，「他們跟我講這機會應該很渺小，誰敢說我不能活到一百歲，『你就算要死，也會是死在其他的醫生手上。』我的主治醫生這麼跟我講，我覺得這種說法挺不錯。」他重新倒了點伏特加，但並未端起桌上的酒杯。「不過這會讓你開始意識到生老病死。」

「一定會的。」

「也的確如此，所以我才開始列這個名單。我早曉得沒人會永遠活下去，但我總以為這條規則不適用在我身上；但現在我不這麼以為了。」

「所以你寫下這一個個姓名。」

「每寫下一個名字，都代表一個活輸給我、先我一步死的人，我不曉得這真能證明什麼，不管你的單子有多長，遲早你一定是最後一個上名單的人。」

「如果我也弄一張，」我說，「那真的會滿長的。」

「名單總是愈來愈長，」他說，「直到寫的人無法繼續為止。阿傑回來了，我們該講點別的了，他是個好孩子，你小心別讓他上名單，好嗎？還有你自己也是。」

∞

雨停了，至少在我們出來這一刻停了，有幾輛計程車從阿姆斯特丹大道尋了過來，我招下一輛。「浪費時間，」阿傑說，「他不會要去布魯克林的。」

我跟司機講第九大道和五十七街交口，阿傑問，「大哥，我們拐回家幹什麼？」

「因為我皮包裡正好缺了兩千塊錢，」我說，「奇爾頓．波維斯也許很想看看兩千塊長什麼樣子。」

「拿錢給他看？意思是我們真的要付他這麼多錢？」

「我們是這樣告訴他沒錯。」

「喔，」他說，想了一下，「你把這麼一大筆錢就放家裡？我要早知道就把它全幹走。」

我們在北邊街角下了車，走向旅館大門。「我們一起上去，」我說，「我去打電話好確定沒警察等在家裡，你現在可以把那個厚紙板拿下來給我了，我待會兒順便放回家去。」

進入他房間時，他說，「如果你從頭到尾就準備把這厚紙板擺回家裡，那你幹嘛要叫我塞襯衫底下？」

「以免你忘在計程車裡。」

「你想和丹尼男孩私下講話。」

「你可以進前段班了。」

「我一直都是前段班的，用不著『進』前段班好嗎？你跟他說什麼呢？」

「如果我想讓你也曉得，」我說，「那我就不會騙你去廁所了。」

我打電話回對街家裡，對著答錄機照講不誤，直到伊蓮接了電話，說家裡沒有狀況。我和阿傑於是下了樓，讓他在旅館前面等一下，我過街進入凡登大廈，上樓從我們應急用的現金中抽了兩千塊錢，並告訴伊蓮別等門了。

連續三輛計程車全都拒絕我們加碼二十塊錢前往布魯克林的提議，本來是有規定的，在紐約市這五個區內任何地點，計程車都不得拒絕載客，但人家要真是不幹，你又能拿他怎樣？

「那傢伙肯跑的，」阿傑說，「他只是賭，加二十塊他不幹，加五十他一定肯。」

「如果是大眾運輸，只要一人一塊半就肯跑了。」我說。我們走去第八大道，搭地鐵。

20

可能還有一處地鐵站比我們下車的要近些，我們於是得在東紐約大道上走八到十個街區，這裡絕不是市裡頭最好的地帶，而我們選的時間同樣不是最好的時段——我們出地鐵站時午夜零時剛過，找到泰普史考特街時都快一點了。

一一七號是三層高的磚砌樓房，很顯然的，負責糊牆的工人錯過了此地，正因如此也明顯呈現了效果。就像眼前我們看到的，整幢房子外帶它兩側的牆完全是自暴自棄的光景，一樓的窗子釘上合板，此外不少窗子破了不修，罩在一片濕潮潮的空氣宛如陷身濃霧。

「棒呆了。」阿傑說。

前門敞著，門鎖早不見了，穿廊的燈沒開，但裡頭並非漆黑不可見，透過街上射入的矇矓光線，我可以看到門鈴和信箱，並據此知道每一樓都前後分為兩間公寓，所此，三樓後間應該不難找才是。

直等到眼睛稍微適應了微弱的光線之後，我們才順利找到樓梯爬上三樓。這樓看起來像是廢棄不用了，但並不代表這兒沒人住。光線從二樓的前門和後門縫裡洩出來，有人不是在弄義大利菜就是叫來了披薩，味道很強烈，但卻加雜了老鼠味和尿騷味；一開始我還以為聽到談話聲，但很快聲音一轉成為廣告，我才曉得是來自收音機或電視機。

三樓就亮得多了。前面那間鴉黑無聲，後頭這間則房門掗開著小縫，光線就從這吋寬的門縫射出來，跟著射出來的還有音量調得很小的音樂聲，某種節拍極強烈的音樂聲。

「雷鬼音樂，」阿傑小聲說，「這傢伙該不會是牙買加來的吧？」

我躡近門邊，仔細聽，除了音樂什麼也沒，我掂量了一下各種可能，敲了門，沒人應，我又敲了一次，這回加了兩分力。

「進來吧，」男人的聲音，「沒看到門開著嗎？」

我推開門走了進去，阿傑緊跟我身後。一名瘦削的黑膚男子從爛安樂椅中起身，他有個蛋形腦袋，上面鋪著短髮，圓圓的鼻子底下鉛筆畫出來般細的髭鬚，上身穿喬治城大學的套頭運動衫，下身是粉藍色兩褶式鬆垮垮長褲。

「我睡著了，」他解釋，「聽著音樂就盹過去了，你們是什麼倫？跑我家來幹什麼？」

他迎上來，好奇多於憤怒，這也許是他的口音使然，就算沒有背景音樂，光從講話也聽得出他是西印度群島人。

我說，「如果你就是奇爾頓．波維斯，那我就是你想找的人。」

「你講清楚一點，」他說，「還有你後頭那個黑同伴又是誰，該不會只是你的影子吧？」

「他是見證人，」我說，「他來是負責見證我是否做了我要做的事。」

「那你要做的又是什麼，老兄？」

「我要給你兩千塊錢。」

他臉一抬，牙齒被一盞電池小燈的光線照得森白發亮。「那你真的是我想找的倫沒錯！關上門，坐下來吧，隨便坐別客氣。」

這話說得比做得容易。這個房間髒到一種地步，灰泥牆上不是水漬就是剝落的裂痕，地上直接擺上一個床墊，床墊旁疊了兩個紅色的塑膠牛奶箱子，唯一的椅子就是他剛剛坐的那一張。阿傑把房門拉上，或者說盡可能的拉上，但我們還是站著。

「所以他們終於看出我所應得的。」奇爾頓．波維斯說，「這樣做才對嘛，我按照指示到那裡，按照指示做完事情，我有留那個倫活命嗎？沒有；我有被誰盯上嗎？沒有。我怎麼知道還會有另外一個倫呢？沒倫告訴我啊，沒倫告訴我餐廳裡還有另一個也穿這樣子。我完成我的任務，我把那個倫撂倒，這樣他們不該付我錢嗎？」

「你馬上會拿到錢。」我說。

「是啊，我說這真是好消息，天大的好消息。快把錢給我，我們再一起哈點草，如果你也喜歡來一下的話。但錢先來，錢最要緊。」

「你得先告訴我是誰雇你殺人。」

他看著我，就像伊蓮說麥可．莫里亞提的，你可以看得出他在思考。

「如果你不知道的話——」他開口了，但停了下來，繼續想。

「他們不付你錢，」我說，「我付。」

「你就是那個倫。」

「我不是警察，如果你在意的只是這個的話。」

「我知道你不是警察，」他說，好像這一點再明白不過了。有非常非常長一段時間，人們一看我就知道我是警察，現在，這個人一看我，居然就清楚我不是警察。「你，」他說，「就是他們要我殺的那個倫，」他忽然笑了，咧嘴大笑，「現在你居然送錢來給我！」

「這世界本來就很奇怪。」

「這世界很怪，老兄，愈來愈怪。你給我錢，要我把給我錢殺你的倫講出來，我才說這實在太怪了。」

「但這起碼不是壞主意，」我說，「你要的錢到手了。」

「這樣我會說這是個好主意，非常好的主意。」

「你只要講出來誰雇你，」我說，「還有哪裡可找到他，這樣錢就是你的了。」

「你帶了錢來嗎？」

「我帶了錢來。」

「喔，」他說，「我可以把這倫的姓名給你，這樣就行了嗎？」

「是的。」

「我記下來了，」他說，「抄在一張紙上，還有他的住址，你也要嘛對不對？他的住址？」

「住址對我很有用。」

「電話號碼一併寫給你。讓我想想我把紙塞哪裡去了，」他背對著我，在牛奶箱子裡一陣翻找。忽然一轉身，他手中出現了一把槍。他開的前兩槍打偏了，但第三槍和第四槍擊中了我，其一命中我背心正中央，另一稍稍偏右且低了兩吋。

我也已拉開了我的外套拉鏈。我想我一定察覺出不對勁，因為在他開槍同時，我也掏槍在手了，並在子彈擊中我時扣了扳機反擊，當然，我有卡維拉背心在身，而它的製造廠商一定以此刻為傲，彈頭沒能穿透過去，但這不是說像小紙團丟大象般沒事彈開來，而像被誰用非常非常小的拳頭大力擊中一般，感覺極不舒服，但你很清楚防彈背心有效，它真的替你擋下子彈，這又讓你感覺棒透了。

他顯然就沒穿背心，我開了兩槍，兩槍全數準確命中，彈著稍高那一槍在他右胸上，另一槍則在他肚臍上方兩吋的太陽叢。子彈打進去那一剎那，他雙手一拋，槍應聲飛了出去，然後，他腳步蹣跚起來，像美式足球達陣後球員常做的那種瘋癲小舞步，最終，他兩腳再無力支持下去，重重的一屁股坐地上。

「你開槍打我。」他說。

我深吸一口氣，走過去單膝跪他面前，「是你先開槍打我的。」

「這對我沒好處，防彈背心，是嗎？點二二穿不過去的，得打腦袋！穿背心你非這麼打不可，但情急之下開槍你還是會打……」

「你一開始幹嘛開槍打我？」

「那是我的工作！」他像是在解釋給小孩子聽一樣，「我做了，但失敗了，錯不在我，但還是算失敗了。然後你自己跑到我家來，給我另一次機會，如果我殺掉你，他們會付我那兩千塊的。」

「但我不是答應給你兩千塊嗎？」

「別傻了，老哥，我怎能曉得你會不會真給我錢？我唯一能做的就是殺你，這是我最保險的方法，我可以打死你再掏光你的錢，還可以去要回他們欠我的錢。」他縮了一下，好像劇痛攫住了他，他的傷口汩汩流出血來，「還有，你真以為我曉得他們姓名嗎？你雇個殺手，絕不會把你名字告訴他的，絕不會的，除非你頭殼壞了！」

「你也沒他們任何人的電話號碼？」

「你說呢？」他又縮了下，眼珠一轉，「我撐不住了，老哥，你得送我去醫院。」

我從皮夾中掏出畫像來，打開，給他看攔路的那個。「好好看一下，」我說，「你看過這個人嗎？他是不是其中一個？」

「是是，他是其中一個，我認得他，但不知道他名字。你現在該送我去醫院了。」

我很懷疑他是否真的看了畫像。我又給他看另一張，「那這個呢？」

「是！他也是！兩個都是，就是他們兩個雇我的，說我們叫你殺誰你就開槍。」

「你一點用處都沒有，」我告訴他，「就算我拿給你看的是百元大鈔，你也會發誓是富蘭克林雇你殺人的。」

我拿開畫像，他說：「老哥，我痛死了，你快送我去醫院吧！」

我看了他一會兒，然後站起身來。「不。」我說。

「不？你說什麼，老哥？」

「你這王八蛋，」我說，「你剛剛還想殺我，你現在還寄望我救你一命？你殺了我的好朋友，你這該死的王八蛋。」

「你到底要怎麼樣？」

「我要把你留在這裡，躺你自己的血裡。」

「但那樣我會死！」

「那好極了，」我說，「你就可以上名單了。」

「你要把我留這裡死掉？」

「有何不可？」

「幹你媽的，王八蛋！你聽到我講的沒有？我幹你媽，我還幹你！」

「好極了，記得也幹一下自己。」

「幹你媽！我幹你去死！」

「每個人都會死，」我說，「所以好好先幹自己吧。」

我聽到個聲音轉過身來，聲音像咳嗽，但不真是咳嗽。

阿傑垮在那裡，背抵著牆，皮膚一下子灰敗下來，臉孔痛得縮了起來，他兩手緊壓著自己左腿，血，在如此光線下幾呈黑色，從他指縫中緩緩滲出來。

21

「用這個緊壓住傷口，」我說。我把自己襯衫口袋扯了下來，然後讓他手指壓在我所做的克難紗布上，「你能持續壓這麼用力嗎？」

「應該可以。」

「你血流得並不嚴重，」我說，「表示沒傷到動脈，現在感覺怎樣？」

「痛死了。」

「撐住，」我說，「而且繼續壓著傷口。」

「了解。」

我快快環顧了房內一遍，用我外套衣袖擦拭我們可能留下指紋的每一處，但其實我們應該沒摸過什麼才是，這房內髒得不想讓人碰的。

奇爾頓．波維斯仍躺他該躺之處，粉紅色的血沫子從他嘴角冒出來，我想這是因為有一槍打中他的肺部所致，他的雙眼咒詛的盯著我，嘴巴動著但吐不出一個字來。

他的槍甩到牆上彈回來，掉到他的床墊上，我想，就是這把槍殺了吉姆，但當然這不是真的，那把槍被他留現場了。我讓那把小槍仍躺那裡，讓那個手提小收音機仍播放著它的雷鬼樂，讓所有東西就維持原樣，包括奇爾頓·波維斯。我跪下來，一手穿到阿傑腿下，另一手繞過他背部，以消防員救人的方式把他揹起來。

「繼續壓著傷口別放。」

「我們走人了嗎？」

「除非你捨不得這裡。」

「我們就把他丟這裡？」

「我一次只能帶一個人。」我說。

∞

我下了樓來到街上，仍有少許光線由其中一兩戶公寓門下透出來，但一扇門也沒開過，更遑論有哪個鬼會衝出來一看槍聲究竟。我想當你住在這樣一間廢建築裡，你早就學會克制自己所有的好奇心。

我沒寄望有計程車會繞進泰普史考特街上來，我逕自往東紐約大道走去，距離為一個半街區，但不意在蘇德街角瞥見一輛落單找客人的計程車，我叫停了它。

這是一輛老福特，司機是個孟加拉人，車子停過來時，阿傑歪在我身旁，把全身重量放他未受傷那隻腳，還是聽話壓著傷口。我一手環住他，另一手伸出拉開車門。

「他怎麼啦？」司機問，「他病了嗎？」

「我得帶他去看醫生，」我說，把阿傑弄進後座，自己也爬了進去。「我們去曼哈頓，五十七街和第七大道交口，我們最好走——」

「可是你看他！他受傷了，你看！他還流血欸！」

「是的，那你還在這裡浪費時間。」

「這不行的，」他說，「我不能讓這個人在我車子裡滴血，這會毀了我車子的內裝，這不行的。」

「我給你一百塊錢載我們去曼哈頓，」我說著，把槍掏出來，「要不我開你腦袋一槍，自己開過去，兩種由你選。」

我想他相信我說到做到，而就我所知他這判斷完全正確。他讓車子吃進檔，正式上路，我要他走曼哈頓橋。

車子走在穿越亞特蘭大的平林大道時，他問，「他怎麼弄傷的，我是說你這個朋友？」

「他刮鬍子時割傷自己。」

「我猜是槍傷，對不對？」

「如果他是呢？」

「那他應該趕快送醫院。」

「我們現在就這樣做。」

「那裡有醫院嗎？」

羅斯福醫院就在第十大道和五十八街交口，但我們不是去那裡。「有一家私人醫院。」我說。「先生，布魯克林那邊有醫院，叫衛理公會醫院，很近，我們現在是在布魯克林猶太人區。」

「照我講的地方開。」

「是，先生。先生，能不能請你想法子讓他血盡量不要流？這輛車是我大舅子的，可不是我的。」

我抽出一張百元鈔票，遞過去給他。「正因為這樣，你才拿到這個。」我說。

「喔，真謝謝你，先生，有些人啊，他們口中說會多付你一點，你曉得，他們根本講講而已，謝謝你啊，先生。」

「如果有血滴你車椅上，這夠你清洗費用了。」

「那當然那當然，先生。」

我伸手到阿傑傷口，替他壓住，就在我做此換手時，我感覺到他緊攫的手鬆了下來。他是休克過去了，這有可能和傷口本身一樣危險，我努力回想該怎麼正確對付休克的人，我恍惚記得，要把病人雙腿抬起來，並保持溫暖，但我想不出此時此景我可能做到哪一樣。

司機講得對，阿傑得快送進醫院，我很懷疑我是否有權力讓他不就近就醫。貝勒浮醫院可能是槍傷治療的最佳選擇，我們這會兒已來到橋頭了，往下很容易指示司機如何直奔第一大道和二十五街。

而一般而言，羅斯福醫院也絕對是一流的，而且離家甚近。我想這我還可以再仔細想想，等我們進了住宅區再做最後決定。

我一路猶豫到車子到達凡登大廈，司機停車在我們家大廈門口時，我又給了他一張百元鈔票。

「這個是用來讓你徹底忘記我們的。」我說。

「你真是慷慨，先生，我向你保證，這一切我現在就全忘光了，需要我幫忙把你朋友弄下車嗎？」

「我來就好，你只要幫我拉著車門。」

「沒問題，還有，先生，」我轉過身來。「這是我的名片，隨時叩我，白天黑夜盡量打別客氣，隨時哦，先生。」

∞

醫生是個瘦削端整的紳士，而且態度一流。他的髮鬚雖白，但眉毛仍是黑的。他從臥室出來，帶著他拋棄式的醫療用手套和其他醫療用品殘骸，伊蓮指給他垃圾桶在哪裡。

「等等，」他說，在垃圾桶裡一陣翻揀，才站了起來，拇指和食指捏了個小小鉛塊。「這個小夥子也許會要留著這個，」他說，「做紀念。」

伊蓮接過來，放手掌上掂掂。「不很大嘛。」她說。

「是啊，他一定很高興它不太大，要是子彈大一點就會造成更嚴重的傷害。如果你一定要挨槍，那一定要選子彈小而且出槍射速低的，那種空氣槍打的BB彈是最好的一種，但不知怎麼搞的BB彈總是在小孩的眼睛裡找到。」

不出我所料，伊蓮知道該打電話給誰。我們需要的是個不會堅持一定要送阿傑進醫院的醫生，是個可以無視於得將槍傷患者上報給相關單位這條規定的醫生。我曉得米基便擁有一位這樣聽話的外科醫生，如果說幾年前他替湯姆．希尼摘下子彈至今仍活得好好的話，還有如果說這些年來浸泡在酒精裡，他的雙手仍握得穩鑷子和手術刀的話。我需要就近在這城市裡找到一個這樣的人。

伊蓮打了電話給傑洛米．佛洛利奇醫生，這位醫生，我猜他在前羅伊．韋德主政時期，所做的可不只是幫人打胎的分內工作而已，同樣的，他所開藥單上瑪啡和中樞神經刺激劑的數量也必定遠超過正常醫生的本分。伊蓮打這通電話是在凌晨兩點左右，他咕噥了兩句，但還是趕來了。

她問醫生到底狀況有多嚴重。

「他睡得很熟，」他說，「我給了他鎮靜劑，也包紮了傷口，也許他應該住個院才是，但從另一個角度來說，也可能幸好他沒送去醫院。小朋友失了一點血，醫院他們可能會給他輸個一兩袋全血，但你曉得嗎？如果換成我，我才不要陌生人的血流我血管裡，謝了，但敬謝不敏。」

「是因為愛滋？」

「是因為有一堆天殺的鬼東西，包括一些他們想檢驗也無從檢驗起的，因為他們還完全不曉得是什麼玩意兒。近年來我對血液的來源實在稱不上有什麼信心，常常，你是別無選擇，但如果你只是少了個一品脫什麼的，我寧可讓身體自己來造血補充。說到這裡你曉得我要你們怎麼做嗎？」

「怎麼做？」

「出去弄個打果菜汁的設備回來，然後——」

「我們已經有了。」伊蓮告訴他。

「我講的不是擠橘子汁那種，我要的是打蔬菜汁那種機器，這你們有嗎？」

「有。」

「哦，那敢情好。」他說。

「我們不常用，但——」

「你應該常用才對，很多東西比等重的黃金還有價值。去買些甜菜和胡蘿蔔，有機栽培的最好，如果你找不到地方買——」

「我知道哪裡買得到。」

「甜菜汁是最好的造血材料，但別光給他這個，你一半甜菜一半胡蘿蔔，臨要給他喝時才打，這不像輸血那樣立竿見影，但也就不會讓你染上肝病。」

「我曉得甜菜汁被當成是造血材料，」她說，「但我不曉得這節骨眼上我會想到它，而且我也沒想到會得到醫生的親口證實。」

「絕大多數醫生連聽都沒聽過，也聽都不想聽，但親愛的，我可不像絕大多數的醫生。」

「你當然不是。」

「絕大多數的醫生也不會像我這樣保養自己的身子，絕大多數的醫生到我這歲數不會看起來或真的感覺像我這麼好，我都七十八了，我敢說我看起來不像。」

「的確不像。」

「你應該看我沒被半夜叫醒、睡場好覺之後的樣子，那可比現在氣色好多了，我索價較高，但我白天黑夜都出診，這整個費用得花你兩千塊錢。」

「沒問題。」

「你瞧她，她連眼睛都不眨一下，這價錢聽起來貴得荒謬，但有些事比這還荒謬。如果你把這小夥子送醫院去，但整個夯不啷噹下來，你付的一定不只這個數字才出得了醫院。」

我不必四處去找這個錢，事實上我原本就帶身上，打算給波維斯的。此刻我又掏了出來，雙手奉上給了佛洛利奇醫生。

「謝謝，」他說，「我沒法給你個收據，但我也不會報上去的，包括警方那邊和國稅局，這個錢包含了後續的治療作業，明天下午我還會來一趟，做個檢查並重新包紮。你們每兩個小時幫他量一次體溫，痛起來時就給他阿斯匹靈，如果熱度忽然高起來立刻打電話給我，萬一這樣的話，但我想應該不會，還有千萬別忘了甜菜汁，甜菜加胡蘿蔔，一半一半，只要給他吃這個就行了。再看到你真是開心，伊蓮，我常常想到你，想你現在變什麼樣子了，你還是美麗如昔啊。」

「更美麗了。」我說。

他抬起頭來，又看看她。「你曉得嗎？」他說，「我想你講得對。」

8

「我不曉得，」醫生走後我說，「也許我該直接送他去醫院。」

「你聽到佛洛利奇怎麼說了，阿傑留家裡可能還比較對，喝甜菜汁而不要去輸什麼血。」

「聽這麼講當然很舒服，」我說，「但問題在於我當時並不知道，我看到的是血流得並不多，他不認為他有任何致命的危險，如果說找了醫生來，醫生說必須盡快送醫院，那也還有時間到時再送。」

「有道理啊。」

「槍擊的傷必須上報，」我說，「而我不想發生這事，阿傑是沒任何警方記錄的黑人，這是沒有天大理由你不想破壞的某種身分。」

「我知道他一定很開心沒去醫院。」

「我可能也同時考慮到我自己這邊。這個慢吞吞的佛洛利奇從他身上挖出來的可能是個好紀念品，但如果由貝勒浮醫院或羅斯福醫院或布魯克林猶太醫院來挖，他們不會交給阿傑自己保存，他們得送到警方去，如此，通過彈道檢驗後可能就出現個有趣的比對結果了。」

「和射殺吉姆·法柏的彈頭一致？」

「不是，因為那把槍他棄在現場，但這把可能會在布魯克林某公寓裡找到，伴隨一具死屍和屍體裡另外兩個彈頭，從點三八左輪射出的彈頭。喔，這可提醒我了，我得盡快處理掉這把槍才對。」

「因為會直接牽連到布魯克林那個死人，所以你要我把槍帶出去，找個排水溝丟進去？」

「不，得等我找一把代替之後，我有想過把它留現場，帶走他那一把，但我要那把娃娃級的點二二幹什麼？」

「男人就是要用那種男人用的槍，」她懶洋洋的說，「我跟你說，有件東西你該馬上處理掉，那就是你身上穿的衣服，上頭還有彈孔呢，呃，不該說彈孔，因為子彈並沒穿透過去，該講彈痕，但這件外套怎麼辦好呢？不，子彈沒射到這件，可是上頭有血漬啊，還有你的長褲也有。你何不現在去洗個澡，我好把這些衣服丟洗衣機攪一下？還是說這樣只是浪費時間呢？我可以把血洗掉，但這樣不是照樣會被檢驗出來嗎？」

「有可能。」我說，「但如果這些血漬淡到一般肉眼看不出來，那就沒問題了。就算哪天弄到他們得把我衣櫃清理一空去做血液鑑定，他們就算弄得出某種結果也無關緊要，阿傑是流了點血在泰普史考特街那裡的地上，他們也可能會拿這個做為DNA比對的樣本，然而我大可不必擔心那種肉眼看不見的血漬問題。」

我沖了澡，換了乾淨衣服，去看了看阿傑，他正呼呼大睡，臉色看來也好多了，我伸手試試他額頭，有點溫度，但不怎麼熱。

起居室裡，伊蓮告訴我大可不必如此費事還穿衣服。「因為你也得睡了，」她說，「你可以在沙發床上歪個幾個鐘頭，讓我來陪他，然後等店開門之後你再接手，我去買甜菜和胡蘿蔔。剛剛佛洛利奇跟我講甜菜汁時，我險些一頭栽倒在地，」她停了好半晌，幽幽的說，「他幫我拿過一次孩子，在那之前他是我的顧客。」

「我不會追問這個的。」

「我曉得，但幹嘛讓你瞎猜呢？說到瞎猜不瞎猜，你說那人死了嗎？布魯克林那邊那個人？」

「我離開時他正上路，依我看現在可能死透了。」

「除非有人打電話叫救護車。」

「一樣不太可能，就算這樣，我猜他要嘛已死在現場，要嘛是到院前死亡。」

「這讓你困擾嗎？」

「你是說他死掉這事？」

「而且眼睜睜讓他死在那兒。」

「不會，」我說，「我不覺得，你曉得，殺吉姆的就是他。」

「我曉得。」

「你可能以為我站在他面前時，一定滿懷仇恨湧上來，但不是這樣，他只是我非解決不可的一個問題，他有我要的資訊，或至少我當時以為他有，但結果他什麼也不知道，他指認第一張畫時還讓我燃起希望，但等我給他看我和雷做試驗、而我根本只有模糊印象那一張時，他居然也點頭指認了。要是我給他看的是達賴喇嘛的照片，他也一樣會講就是這個人花錢要他殺我的。」

「他一心只想去醫院。」

「沒錯。但問題在於，我並非帶著復仇之心去的，我真的打算給他那兩千塊錢，並沒計畫要開槍打他，如果他不先開火，我的槍到現在還不會離開我肩帶一下。」

「但他開火了。」

「是啊他先開火了，所以我只好把這王八蛋給宰了，然後他要我送他去急救，真去他媽的，就算我起了這念頭，我想我也不會真做，幹嘛還搞這個呢？我是沒要殺死他，但我滿希望他死的。」

「他自找的。」

「這句話你也許可用在一堆人身上，但判這傢伙死刑是再適合不過了，他開槍射我完全是殺人不眨眼的架勢，他誰都殺，只要有人付錢，天知道他這輩子殺了多少人，吉姆極可能也不是最後一個，至少如果我不是穿了背心的話，他就絕對不會是本週最後一個。」

「我也一直這樣想，」她說，「但我決定不要讓自己再多想那些用『如果』開頭的事，這太多了，而且太讓人沮喪了，你活著，感謝上帝，阿傑也活著，這樣就夠了。」

22

我賺到幾小時小寐的時光，但睡得斷斷續續的，做了一大堆夢，但一睜開眼睛便全像一陣煙般飄掉了。阿傑一個人躺臥室裡，神情已放鬆下來睡得極沉，有那麼一陣子，他看起來像才十二歲。

伊蓮人在廚房裡看電視新聞，「沒有布朗斯維爾死了人的消息。」她說。

「不會有的，一個黑人持槍死在一幢荒廢的建築裡？這種題材那些跑電視新聞不會耐煩出機去拍的。」

「但他們還是會調查的。」

「警方是嗎？當然他們會，任何謀殺案來，你都會想查個清楚。這個可容易看懂了，地上躺了個死人，被點三八射中胸口兩槍，旁邊棄了另一把槍，點二二的，剛剛開過，此外房間裡還有幾個彈頭。」

「哦？」

「卡維拉背心擋下來的那兩顆，另外，沒擊中我的那兩顆其中之一，如果他們不怕麻煩的話可從牆上挖下來。至於血——死者的，還有另外一人的，推斷應該就是開槍殺人的人。」

「但我們知道這不對。」

「還有血跡問題，讓我們做個假設，血跡朝門外去，順著下樓，合理的劇本是，有兩個人起個爭執，可能是因為毒品要不就是女人——」

「因為男人會爭的就這兩樣。」

「——兩人相互開槍，沒死的那個落跑了。這當然是你會想弄清楚的案子，但你也不會想因此搞死自己，你會等，等哪裡冒出個人來說，你想不想我告訴你泰普史考街槍殺那開曼群島老兄的凶手是誰？我們做個交易，你可以換到個大案子破。」

「開曼群島？那個波維斯是開曼群島人？」

「只是隨便猜的，他穿一件喬治城大學運動衫。」

「所以呢？那是在華盛頓特區啊。」

「說下去。」

「開曼群島的首府也叫喬治城，」她認真想了會兒，說，「所以要是你是從那兒來的，那身上穿一件喬治城大學的衣服就變得很酷了。」

「很合理。」

「當然，蓋亞那的首都也一樣叫喬治城。」

「是嗎？」

「嗯哼，所以說他也可能是蓋亞那人。」

「很可能，」我說，「還有，也可能衣服是幹來的。」

「我以前很喜歡開曼群島，」她說，「那個年代皮膚曬成棕色是性感，而不是罹患皮膚癌的前兆。阿傑睡得非常沉，他醒過來一次，我幫他量了體溫，又給他喝了點水，他馬上又昏睡回去了，有一點點發燒，溫度高個一度出頭。」

「我想這是正常的。」

「是啊，我也這麼想，我們兩人得有一個出去買甜菜和胡蘿蔔。」

我說我去。她要我去的地點在第九大道上靠四十四街那裡，那是一家極大型的健康食品店，什麼都有，還包括所有你聽過沒聽過的藥草和維他命。此外，他們架上很可能還有某種東西，可以讓阿傑一夜痊癒並且不留任何疤痕，只是我完全不曉得那會是什麼或在哪裡可以找到，我買了足足兩大購物袋的甜菜和胡蘿蔔，叫了計程車回家。

我回到家時她已準備好全套製作果汁的配備等著，我看著她把甜菜和胡蘿蔔洗乾淨，切好，再用機器打成汁。出來的果汁可能有一半的成分是胡蘿蔔，但你能看到的卻完全是甜菜的顏色，黝黑，帶點紫，像靜脈流出來的血。

她倒好一個大玻璃杯端進臥房裡，我跟進去看阿傑怎麼和這玩意兒搏鬥一番。「這是甜菜汁，」她說，「混了胡蘿蔔，醫生講你得喝這個，好補充流失的血。」

他看著她，「像輸血那樣？」

「只差沒有針頭和管子。」

「醫生講的嗎？先前也在這裡那一個嗎？」伊蓮說是。於是阿傑接過來兩口就一飲而盡。「還不難喝，」他說，聽起來頗驚訝的樣子，「有一種甜味，你剛剛講裡面有什麼？甜菜和胡蘿蔔是嗎？」

「是啊，你還能再喝一點嗎？」

「我想沒問題。」他說：「我渴得不得了。」

伊蓮去倒甜菜汁這空檔，我扶阿傑上了趟廁所，再回來重新躺好。他完全不敢相信自己這麼虛弱，就連來回廁所這幾步路也會讓他筋疲力竭。「那只是皮肉傷而已，」他說，「他們不是都這樣講嗎？然後他們就起來又跑又跳，像啥事也沒發生過一樣。」

「那是電影。」

「不管怎樣，」他說，「反正都一樣是皮肉傷，也都是同一種玩意兒造成的。你曉得醫生開給我什麼東西嗎？這東西可以拿到街上賣好價錢。」

「千萬別跟醫生講，」我說，「他可能會自己拿出去賣。」

8

我們一整天待家裡看護他。伊蓮輪空上床補點眠，我值勤看著他睡覺，並在他醒來時陪他聊天。下午他熱度又升了起來，到一〇二度時伊蓮打了電話給佛洛利奇醫生，醫生說兩個鐘頭後會過來，但萬一在這期間高到一〇四度時一定要立刻通知他。但溫度最後降了下來，當醫生抵達後，再量就已經降到正常溫度了。

佛洛利奇醫生替他換了包紮，說傷口癒合的狀況極佳，還跟阿傑說他應該覺得自己命大才是。

「如果子彈擊中了動脈，」他說，「你可能失血過多而死，如果擊中了骨頭，你少說也要躺一整個月。」

「如果子彈完全沒打到我，」阿傑說，「我現在就可以出去打籃球了。」

「打籃球你嫌太矮了，」佛洛利奇說，「現在打球的全是巨人一樣。這幾天就按你現在做的這樣保持下去，繼續喝甜菜汁，順便講一下，喝這個會讓你的尿液變色。」

「是啊，呃，我自己發現了，開始我還以為我要尿血致死了，但我馬上想起來我好像看過這顏色，我才喝了一桶又一桶。」

醫生走後他又睡了，我也坐到電視機前打了個突如其來的盹兒。我醒來時伊蓮告訴我，阿傑開始不耐煩的小小抱怨起來，但她以為這正是痊癒的前兆。「他說如果他待在他自己房裡，意思是對街那邊，他就可以檢查他的什麼電子信箱，看看留言板有什麼新訊息之類的。」

「他說的是電腦的玩意兒，」我說，「你不會懂的。」

∞

我們在家裡度過了個平靜的晚上。阿傑胃口來了，掃光了整整兩人份千層麵，還起了念頭要試試看自己上浴室。他問伊蓮春天時她扭了腳踝所用的拐杖還在不在，伊蓮找了出來，阿傑試著蹣跚撐了兩步，發現根本不行，他的傷才剛收口，腳還撐不住任何一點重量。

電話間歇的響，我們放由答錄機去接，其中有半數根本沒留話就直接掛掉了，可能有好些通是電話推銷想說服我們買些東西，也可能某人不想把他的死亡威脅之言對著機器講，我不願花腦筋去擔憂這種事。

然後，半夜十二點前後電話又響了，在答錄機講完話之後，對方不掛不答僵在那裡，感覺好像要一直持續下去，但其實只是個五六秒而已，最終，一個我熟悉的聲音響起，「喔，是我，你在家嗎？」

我立刻接了電話，和他談了一會兒，放下話筒後我找到伊蓮，「是米基打來的，」我說，「他開著車，就在我們附近，他過來接我出去一下。」

「你答應了嗎？」

「我還沒回答他。」

「阿傑好多了，」她說，「這裡我一個人就行了，事情還沒完，對不對？阿傑挨了槍，殺吉姆的人也已經死了，但這一切一定要有個清楚結果才算完，他們是不是這麼講的？」

「他們是這麼講的。是的，事情還沒完。」

「那你最好還是去吧。」她說。

23

我走到大廈門廊，看著外頭街道，負責零點到八點的門房滔滔不絕跟我講述全球溫室效應的問題，我記不得他議論的推演過程，只曉得他堅信這是全球共產主義崩潰的直接效應之一。

然後，安迪．巴克利那輛老雪佛蘭在門口停了下來，我一鑽進車內便立即重新上路。夜裡很乾很涼，我瞥一眼月亮，是所謂的凸月，形狀和我們掘墳坑那晚幾乎一模一樣，只是當晚是走向月圓，而今晚是走向月缺。

「安迪一直想跟你聯絡，」我想起來告訴他，「他跟我要你的電話號碼，我只跟他說我也沒有。」

「這是哪時候的事？」

「昨天，天黑不久之後，這之後你沒有和他講過話嗎？」

「昨天今天都有，他開那輛凱迪拉克，一直想跟我換車。」

「他也跟我講過。」

「我跟他說這個交易他上算多了，但他很擔心那玩意兒停路邊會被人刮或被人砸，這是我最不擔心的小事，我這麼告訴他。但怎麼說他都沒辦法，他還是把車開回車庫，現在他開的是他老表一輛破銅爛鐵。」

「他也講了要這樣。」

我們轉上百老匯，向鬧區而去。「我們去哪裡好？」他想著，「隨便去個地方幹個什麼都好。就這種無所事事最讓人快瘋掉，只知道對方還會出招，不管這對方是誰，卻不曉得出什麼招，也不曉得該怎麼先做預備。我昨晚一瓶酒一個酒杯坐了一整夜，我不介意喝酒，也不介意一個人喝酒，但我不是為了尋求快樂而喝酒，只是想逃離無聊沉悶，這樣的飲酒只會讓人的靈魂死去。」

「我懂你的意思。」

「你那時候也做過差不多的事，不是嗎？而且還活著回來告訴我們這些故事。你的調查工作有沒有好運氣？我們有沒有在弄清對方是誰一事上有所斬獲？」

「我們知道的比我們花的心力所應有的成果要來得豐碩，」我說，「阿傑追出了一些，包括死在酒吧那名越南人的種種，我們也循此線追向他那名逃掉的同夥。」

「丟炸彈那個，是吧。」

「沒錯，此外我還弄來襲擊我那兩個其中一人的畫像。」

「事情發展到最後，變成是你去襲擊人家才對吧。」

我沒理他。「我還有另一個人的畫像，」我說，「但截至目前為止還沒人曉得他是誰，今天我本來可以做完一堆事的，但我一直在家照顧阿傑。」

「看老天爺份上，這是為啥啊？他不是這麼些年來都一直把自己照顧得好好的嗎？」

「喔，對喔，我們從那之後還沒說過話，你怎麼可能會曉得？」

「我怎麼可能會曉得什麼？」

「他昨天晚上挨槍了。」我說。

「我操他媽的B，」他說，猛一踩煞車，我們後頭那一輛車也跟著緊急一煞，該車駕駛狠命壓著喇叭。「操，回去幹自己吧。」米基對他大吼，回頭要我仔細告訴他怎麼回事。

我把事情經過源源本本告訴他，車到麥克金利暨卡迪柯克大樓時我暫停下來，等他把車子停妥在停車處，我們拾級而下並穿過那條窄窄的走道到達他辦公室，他給自己倒好一杯酒，又從嵌入書桌的小冰箱裡拿出一罐沛綠雅礦泉水。

「那家店沒瓶裝的，」他說，「都是罐裝的，應該沒差別才對，你可以喝嗎？」

「當然沒問題，這麼些年下來，我一直是那種必要時直接從水龍頭接生水喝的人。」

「太不衛生了，」他說，「你根本不曉得那些水從哪來。來吧，老友，繼續講下去，你說你把他丟那裡等死，那個黑王八蛋？」

「他已經一腳踩進鬼門關了，絕不可能再挺多久。這一刻我回想起來，覺得真像一齣黑色喜劇，我們兩個一站一躺，在那裡我幹你一句你幹我一句，我是不敢指天立誓，但我想『幹你』是他這輩子所吐出的最後兩個字。」

「我絕不懷疑，這是不少人臨終時吐出的最後兩個字。」

我告訴他我怎麼發現阿傑中槍，以及怎麼把他弄回家去。「我掏出槍一直指著計程車司機腦袋，」我說，「但下車後他給我他的名片，要我打電話叫他的車，白天晚上隨時隨刻，我真是愛死紐約了。」

「再沒一個地方能這樣子。」

我講完後，他靠向椅背，瞪著手中酒杯，「在你轉過身去，發現這孩子中了槍時，老天，當時你一定非常非常難受。」

「整個感覺很詭異，」我說，「我自己連著被射中兩槍，而且還能親眼看著子彈彈開來，然後我射回去，子彈卻順利穿了進去，那一剎那我覺得自己好像立在頂峯主宰著整個世界一般，我一轉身過來，底部當場整個垮了，從前一秒鐘那個全宇宙主宰的位子摔下來。血從阿傑指縫裡冒了出來，我完全不曉得發生了什麼事了。」

「對你而言，他就是個兒子，不是嗎？」

「是嗎？我不曉得。我老早有兒子了，而且還兩個，他們成長時我並不常陪他們身邊，現在也沒多少機會看到他們。麥可跑加州去了。安迪則每次我聽到他消息都在不同地方。我不曉得我是否把阿傑擺到我第三個兒子的位置，但我想他的確像是乾兒子之類，至少對伊蓮來說是這樣，她像個媽媽一樣照料他，而他好像也不介意這樣。」

「幹嘛他要介意？」

「我真的不曉得我是不是以父親的態度對待他，大概更像個怪脾氣的老叔叔吧，我們的關係型態好像一直是這樣，我們彼此開玩笑，沒惡意的你修理我我作弄你。」

「他愛你。」

「我想是的。」

「你也愛他。」

「我想這也對。」

「我從來沒有過兒子，很久以前我讓個女孩有了這個麻煩，她走掉了，把孩子生下來，然後交給別人領養，我連小孩是男的女的都不曉得，我也從不在意。」他喝了口威士忌，「那時我還那麼年輕，我怎會管什麼小孩不小孩的？我要的是自由自在沒人管沒人囉嗦，她跑掉了，生下小孩並且把他送走，之後我就完全不知道，說真的我所關心也僅僅是這樣而已。」

「對小孩而言這樣也許是最好的。」

「喔，那當然，而且對那個女孩，對我而言這樣都是最好的。但我卻發現自己常常會忍不住想著這件事，不是說懷疑當時不這樣還能怎樣，而是很好奇這個小鬼到底怎麼樣了，現在過什麼樣的生活。夜晚的念頭這是，你曉得我意思，人在大白天不會冒出來的那些念頭。」

「你說得對。」

「如果真要深究的話，」他說，「這個小孩我都不敢講百分之百是我的小孩，她是那種比較放的女孩，如果你懂這個字的意思的話。」

「意思是比較隨便？」

「我想這是相等的字眼沒錯，但你說一個女孩比較放，意思比較柔和點，一個比較放的女孩，她發誓小孩是我下的種，但她怎麼可能確定？我又怎麼可能確定？」他看一眼我的罐裝沛綠雅，問我要不要找個杯子來。「你不應該直接從罐頭喝。」他說，在杯盤裡拿來一個乾淨杯子，倒了礦泉水遞給我，並一再說這樣喝才對。

「謝啦。」我說。

「幾年之後，」他說，「我又和個女孩有了諸如此類的相處關係，但我一直不知道有這樣的事，直到她自己跟我講，她把它處理掉了，她去墮掉了，老天，你曉得，這是罪啊，我這麼跟她講。我才不信這一套，她回答我，如果說那算罪，那罪也該算我頭上。你為什麼事先不講，我說。米基啊，她說，告不告訴你有何差別！你又不會因此跟我結婚。是啊，她這一點講得再對不過了。你除了想說服我那就生下來吧還會有什麼，她說，這我已做好決定了。那你現在幹嘛又要跟我說呢，我說。這個嘛，她說，我覺得你說不定想知道啊。老天，女人真是上帝所造這世界最最奇怪的東西。」

「阿們。」我說。

「有句諺語，還是一首歌的歌詞，說一個男人的一生中有三件事是一定得做的。種一棵樹，娶一個女人，撫養一個小孩。呃，樹我種了，還不只一棵，我果園裡的樹，然後我又種了好一排長青樹當防風林，再來則是夾車道兩旁的西洋栗，我算不清我到底種過多少樹，只能姑且稱之為一海票，」他垂下眼睛，「我沒遇見到一個會想娶她的女人，更沒撫養過小孩，包括那個女人所生的我的小孩，讓一個男人成為貨真價實的父親可不能只是讓人家生孩子而已，所以我只好繼續種樹，種更多樹。」

「得講一句，你的這一生還沒結束。」

「是啊，」他說，「是還沒結束。」

∞

稍後，他說，「你宰了殺你朋友的人，這對你真是好事一樁。」

「我不曉得這對我算不算好事，我只能說，對我一定比對他要好一些。」

「換我就不會放他在那邊嘶著氣，就算多那麼一口氣我也不幹，我一定多賞他一顆子彈大家確認一番。」

「我根本沒想到這麼做，我甚至沒打算殺他。」

「你怎麼可以沒有？他殺了你朋友。」

「好吧，我現在是殺了他了，但吉姆還是一樣死了，所以說這有什麼差別可言？」

「有差別。」

「我很懷疑。」

「那你他媽覺得該怎麼才對？付他兩千塊錢還跟他握握手道謝？」

「我絕不會和他握手，我也不會真讓他把錢拿走，我只是要套出他的話來。」

「然後呢？轉身過來，走出門去？你真寄望他會接受這樣？」

我閉了好一陣子的嘴，陷入沉思，最後我說，「你曉得，也許我是設了個局，也在我身上設了個局。我沒意識到我是有意殺掉他。在我走進屋裡看到他時，我甚至沒法子恨他，那有點像去恨一隻蠍子螫了你，但是蠍子本來就會螫人，不然你想要牠怎樣？」

「一樣啊，你可以把這隻蠍子踩得稀巴爛啊。」

「也許這並不是好的類比，當然也可能是啦，我不知道，我懷疑的是，我是不是自始至終都存著殺他的念頭，以及我是否只是在安排一個殺他的藉口，一旦他先動手，我就有十足的理由了，我不是謀殺他，不是私自定他死罪，我只是正當防衛。」

「是正當防衛沒錯啊。」

「如果我不引他先動手就不算。」

「你沒引他先動手，看老天爺份上，你是拿錢給他耶！」

「我告訴他錢就帶在我身上，我還讓他知道我就是他原來要殺的人，這樣還不算設陷嗎？如果我不要引他先動手，那我只要走進去，槍握在手上就行了，我有他媽的各種各樣的方法先發制人，但我就是沒這麼做。」

「你沒料想到他會鋌而走險。」

「但我該料見的不是，要不我能寄望他怎麼回應？事實真相是我的確預見了這樣的發展，一定的，最明顯的一點是他才開槍的同時，我也伸手拔槍了，若非冥冥中我預見了他的反應，否則我的反擊不會來得這麼快。他一開槍，我的藉口就來了，我立刻將他擊倒。」

「你講的我都聽進去了。」

「所以呢?」

「所以天曉得我們何以這麼做不那麼做的全部理由?我堅持要說的只是,如果因為宰了一個這樣的王八蛋讓你有罪惡感的話,那你真的頭殼壞掉了。」

「讓阿傑挨那一槍我有罪惡感。」

「喔,這點我倒沒考慮到,一樣,誰又敢說這樣不是最好的呢?」我瞪著他,不懂。

「這是軍人所說的價值百萬美元的傷疤,」他解釋,「他現在沒事了,不是嗎?活著回來告訴我們這個故事了。」

∞

半晌之後,他又想起來說,「所以是那件背心救了你一命,對不對?」

「我的上衣完全毀了,」我說,「但那件背心兩顆都擋下來了。」

「有人說那個擋不了刀尖。」

「這我知道,它是用某種纖維織的,所以刀子當然可以穿透,我猜改用冰錐的話也一樣可以奏效。」

「重嗎?像鎖子甲那樣?」

「當然不是輕如鴻毛，」我打開襯衣釦子，讓他摸摸弄弄研究這件背心，再把釦子扣好。「算是加了一層襯裡，」我說，「也許天冷時滿好的，但熱天時你恨它恨得想扔在家裡。」

「真了不起，科學這玩意兒，他們發明這種背心來擋子彈，接下來，他們又發明另一種子彈來穿透背心，就跟那種無止無休的軍備競賽完全一個樣。但就一個比較個人的立場而言，昨晚你是穿了個好東西。」

「你要不要也來一件？很容易就買得到，而且不用誰來教你怎麼用，只要穿上就行了。」

「這一件你哪裡弄來的？」

「從警察用品店買的，我為此跑了趟商業區。其實第二大道靠學校那裡就有一家，其他區也都有賣，怎麼啦？」

「我只是想到我走進了一家警察用品店，他們可能就不肯讓我走出來了。」

「如果你要，我幫你弄一件來。」

「他們會有我的尺碼嗎？」

「我保證一定有。」

他想了想，化為一聲歎息。「我不想穿。」他說。

「為什麼？」

「因為我絕不穿，因為我是個蠢蛋，我想，但我就是這樣的人，我會這麼想，這樣好像僭越了上帝，祂會讓我瞧瞧誰才是老大。結果不是讓我腦袋挨一槍，就是被刀子或冰錐幹掉」

「就像阿基里斯那樣。」

「是啊，腳踝是他唯一的致命之處，所以他就是腳踝中箭死掉的。」

「這樣不是種迷信嗎？」

「剛剛我沒說過我是個蠢蛋嗎？而且還是個迷信的蠢蛋，喔，老友，這正是我們兩個最大的不同所在，就像你一坐上車總先繫好安全帶一樣。」

「繫安全帶也是好習慣啊，尤其碰上像今晚你那樣子煞車時。」

「還不是你害我的，忽然跟我說那小鬼挨了槍？重點是：你是繫安全帶的人，而我總是不肯，我受不了那種被拘束著的感覺。」

「一件背心不會比你平常一件襯衫多拘束你多少，差別只是它幫你擋子彈。」

「我表達得不好。」

「沒的事，我想我聽懂你的意思。」

「我就是不去做我應該做的，」他說，「我是一個彆扭的王八蛋，就是這樣。」

∞

「我們這邊只有四個人，」他說，「湯姆、安迪、你還有我。」

「你沒其他誰還叫得動。」

「我有些替我做事的人，還有跑腿打雜的，現在戰爭開打，他們全都落跑了，就他們來說這有什麼不對？他們橫豎又不是軍人，他們只是所謂的上班族。因此就我們四個人。可是誰曉得對方有多少人馬。」

「比之前少了些。」

「我們各幹掉一個，不是嗎？儘管你幹掉的那個是花錢雇來的幫手，說來那個越南佬也不排除有此可能，他還真是個嗜血的小王八蛋不是嗎？」他搖搖頭，「我很好奇其他還剩多少，我猜，比四個多吧。」

「你可能猜得對。」

「也就是說我們人數居於劣勢，而且火力居於劣勢，如果說那挺自動步槍只是他們正常配備的話。」

「只除了那挺步槍你拿了不是？所以說那已是我方火力了。」

「但用處有限，因為子彈幾乎被他掃光了，我當時應該搜他口袋好看看他有沒有備份的彈匣，雖然說我印象裡當時時間很急迫。」

「那天晚上你救了我一命。」

「喔，少在那邊扯了。」

「只是陳述個事實而已。」

「我們還是孩子那時是怎麼說的？『今天我救了你一命耶，因為我把一條癩痢狗給宰了。』真高興人的童年時光是在一生的最早期，因為現在這把年紀我實在受不了這些了。告訴我一件事，你覺得那部電影到底如何？」

「完全是轉移話題。」

「轉移一下又沒關係，你喜歡那部嗎？」

「你說的是哪部？」

「《豪情本色》，你不是跟我講你租了這支帶子嗎？」

「我覺得很好看。」

「是嗎？故事是貨真價實的，你曉得。」

「我想是這樣子。」

「他們拍得很草率很隨便。你記得克洛可公園那一幕有沒有，就英軍對群眾開槍掃射那一幕？事實上，當時他們使用的是機關槍，而不是裝甲車上那種旋轉式連發槍。你會有個根深柢固的印象，就是他們這樣的拍片方式簡直是惡搞，但那一幕真實發生的事還是讓人夠毛骨悚然的。」

「實在很難相信真有這樣的事發生。」

「喔，如假包換。另外他們惡搞的還有，他們讓他的好友哈瑞．波蘭德死在四宮庭一役中，有沒有？柯林斯的好友，他偷偷潛入里菲，結果被一個士兵開槍射殺有沒有？」

「我記得。」

「他其實是很久以後才死的，那在柯林斯死後多年之後，事實上，他還活著幹到了戴文夏郡的郡長，這傢伙是個外表忠厚內心狡詐的王八蛋，那個演他的傢伙可不只長得像他而已，還真把他演得入木透裡。」他喝了一口，「但他還是他們之中最棒的，我指的是柯林斯，他是個他媽的大天才。」

「他徹底掃蕩英國密探，」我說，「這部分合於史實嗎？真在同一天把他們全殺了嗎？」

「那簡直是神來之筆！沒錯，他是讓密探滲透進都柏林堡去，但是他一直不動聲色在蒐集情報，然後，忽然一個星期天早晨就把這些雜碎給宰個乾乾淨淨，漂亮吧，在所有人反應過來之前事情已經解決了，」他又搖著頭，「聽聽我說的，講得好像我真的認識他一樣，早在我出生前，他就足足在墳裡躺了十五年，但你曉得，我一直研究他，找他的事蹟，聽老人家講，還翻書來看。你曉得，你常常有一堆你崇拜的英雄人物，然而等你多了解他們一點之後，他們就什麼都不是了。但我對柯林斯的崇拜從沒消褪過，我甚至希望——哦不，你一定認為這太可笑了。」

「什麼啦？」

「我真希望我是他。」

「如果由伊蓮來回答，那她會說很可能你就是。」

「前世今生，你的意思是這樣對吧？喔，這聽來真是動人，但實在很難教人相信，不是嗎？」

「你居然會說這種話？『聖餐變體』你都能毫不保留的信了。」（譯註：天主教認為聖餐中的麵包與酒會在聖餐儀式中變換為耶穌的身體跟血）

「但這不一樣的，」他不表苟同，「要是當年那些修女曾經把這類輪迴轉世的想法灌入我的小小腦袋之中，也許我還真會以為有這種事。」他往旁一移目光，「相信我自己曾經是麥可．柯林斯當然是很過癮的，但對他來說這是多他媽的不堪墮落，啊，曾經是大傢伙，是柯林斯，倒頭來卻成了米基．巴魯。」

他說，「之前我們談過槍的事，你現在帶的還是原先那一把嗎？」

我點頭。他伸手過來，我給了他，他把槍放手中翻轉著看，低下頭去嗅了一下。

「打了之後清過了。」他說。

「是的，還重新裝滿子彈，至少如果被警察拿走時，他不會曉得這槍近日內發射過，但其實我還是該把它給處理掉才對。」

「彈道學的問題。」

「是，他們一般不會這麼費事，除非他們是蓄意找尋這把槍。說來他們有可能認真在找這把搶，我該盡早把它扔了，可是我又不想空著手在大街上走。」

「不，不可以不帶槍，這點我可幫個小忙，」他打開葛洛根帶出來那個皮包，把裡頭的槍都給拿出來，擺桌子上。「這些自動手槍都是好貨色，」他說，「還是你比較偏愛左輪？」

「我是比較習慣用左輪，而且自動手槍不是常常卡彈嗎？」

「他們是這麼說沒錯，但我從沒發生過這種事。這裡頭隨便哪一把都比你帶的火力強。」

「我不曉得我的肩帶適不適合。」我試了一把，不行，只好放回去，然後我拿起一把和我手中那把很像的左輪，這也是史密斯的，但裝的是（點三五七的）麥格農彈，我試著插進肩帶的套子中，正正好。

「這把我沒多餘的子彈。」他說，「在保險箱裡原來還有一整盒，現在全都扔在那裡了。你有去老地方看一眼嗎？」

「酒吧，你是說？只在電視上。」

「我開車經過一次，看它成了這樣子實在很難過，」他搖頭甩去回憶，「我該想個法子多搞些彈藥裝備進來。」

「明天我就去買一盒。」

「老天，這就對了，你橫豎有攜槍執照，要買什麼他們都會給的。」

「呃，他們可不賣火箭砲給我。」

「真希望他們肯。我一定買一具，如果我曉得該瞄準哪裡的話，你什麼都看不見，這仗還真不好打。把這個也一併帶著吧。」

他又遞給我一把小巧的鍍鎳自動手槍，躺他大手掌裡活像玩具一般。

「拿去，」他說，「就放口袋裡，這玩意兒幾乎沒重量，裡頭只裝一顆子彈，但這不是那種你會要重新裝彈的東西。」

「你哪兒弄來的？」

「幾年前從某人那邊拿過來的，我可以保證他不會再用得到，拿去吧，放你口袋裡。」

「雙槍俠史卡德。」我說。

這很像昔日在葛洛根我們的長夜漫漫，門關了，只剩我們兩個人，外頭人們死去，包圍我們的世界愈發形容難辨，但終究這是個輕鬆的夜晚，我甚至該說一切放鬆的夜晚，我們讓交談隨意漂流，往往在不知何所適時，就會成了長長的靜默。

「當你死去時，」他沉思著說，「有人講你會看到你整個一生，但你看到的不是一分鐘接著一分鐘、快速前進的影片，而是你全部歲月裡所做的每一件事像那種一筆畫成的畫一般，你在那一剎那整個看到一整張畫。」

「很難以想像。」

「是啊，這會是什麼一種畫面！非得看這樣的畫面可能比死還要命。」

∞

我好像忘了什麼事了，我努力想到底忘了什麼並想起來該回家了時，米基說，「所以他對你一無幫助。」

「你是講誰？」

「那個你讓他自己死的傢伙，你跟我講過他名字嗎？我不記得有沒有。」

「奇爾頓．波維斯。」

「喔對，你講過，我想起來了，他什麼也沒告訴你？」

「他們沒給他任何名字，也沒任何電話號碼。」

「或他們有，但他不肯說。」

「當時要他說什麼他都會說，」我說，「他只想要我趕快送他去醫院，我給他看畫像，還沒打開來他就先指認了，要是他認為我要他指認的是暗殺約翰．甘迺迪的凶手，他也會發誓沒錯就是這個人。」

「你提過畫像，」他說，「在你講到小鬼中槍之前。」

「也就正好是你用力一踩煞車，然後回頭給我們後面那輛車震天一吼之時。」

「喔，他應該好好學一下如何邊操他媽邊開車子。但你說畫像，剛剛你沒提到這布魯克林的老兄看過什麼畫像。」

「我不曉得他真的見過或沒有，『是是，老兄，是他沒錯。』——但他根本連看都沒看；我又給他看了另一張出自同樣畫家手中的畫像，一個他根本不可能見過的人，但還是，是是，老兄，是他沒錯。到底哪一個是，我問他。兩個都是，他說。不管誰他都說是，好要我送他媽的去急診。」

「他現在看另一幅畫像了，」他說，「他的整個一生全攤開在他眼前了，他也一定同樣立刻就指證他看到過。你說的畫你有帶身上嗎？」

「哦，老天。」

「沒帶也無傷，下次也行。」

「我帶了，」我說，「我應該幾個鐘頭前就給你看才對。這個應該也是雇來的，但我猜他比奇爾頓．波維斯或越南人要接近他們頭頭，也許你會認得他。」

我掏出皮夾，找出揍我一拳那傢伙的畫像，拿給米基。畫得很好，他認真看著，你完全抓住這個人的神韻。但說歸說他並不認得。

「換另一張吧。」他說。

「這只是一張臉，」我說，「某個我想我見過的人，但拼不起來。我根本無法從心裡叫出這張臉來，是我那個畫家朋友硬給拉出來的。」

他接過畫像一看，當時臉上血色全無。他抬眼盯住我，綠眼珠精芒暴射。「這是開玩笑吧？」他問，「是個操他媽的玩笑吧？」

「我不懂你這話什麼意思。」

「你看過這個人，真的嗎？」

「在葛洛根啊，就我們埋肯尼和麥卡尼那晚，我只掃到他一眼，但他的臉不容易忘。」

「的確不容易忘，我就永遠也忘不掉。」

「你認識？」

他沒回答我的問題，「而且你之前還見過。」

「他看來有點眼熟，可我就是怎麼也想不起來，阿傑也說他應該就在這附近一帶看過這個人。」

「那你可能在哪裡見的？一樣這附近嗎？」

「我不曉得，我幾乎認為……」

「啊？」

「這是一張來自過去的臉，如果說我曾經見過的話，那一定在很多很多年之前了。」

「很多很多年。」

「但他到底是誰？很明顯，你認得他，我從沒看過你這樣的反應，幾乎可以說是……」

「可以說是看到鬼，」他伸出手指，觸了下畫像，「你想這會是怎麼回事？如果不是個鬼的話那是什麼？」

「我聽不懂。」

「我才完全不懂，」他說，「不懂我怎麼會和一個鬼鬥上了？對抗一個三十年前就死掉的人，我有幾分勝算呢？」

「三十年前？」

「三十多年了，」他雙手捧起這張畫，拿近些，保持在伸著手臂的距離。「只有頭部，」他說，「你這張畫像就只有頭部不是嗎？我最後看到他時也是這樣，我在我心裡看到的也是這樣，只有頭部。」

他放下畫，轉向我。「老友，你還不懂嗎？這是佩第，佩第．操他媽的費樂里。」

24

「他幾歲了？你看到的這個人？」

「我不曉得，三十來歲吧。」

「那正是費樂里死的時候的年紀，你曉得，是我宰了他的。」

「這事我一直知道。」

「上帝明鑑，我敢說他完全是自找的。他是個惡劣的王八蛋，此其一也；打從還在學校裡我們就不對眼，他比我大個幾歲，專門欺壓比他小的人，非常非常惡劣的欺壓弱小者，這一直到我長大，並照他先前所作所為一樣一樣討回來之後才告一段落。但他不願就此善罷甘休，這個骯髒的雜種。

「這是個大城市，大紐約市，但老地獄廚房可沒這麼大，我們所泡進去的這個池子更沒這麼大。我們兩個永遠道不同且不對眼，我們兩個什麼事都一定是死對頭，所有人都知道這早晚得有個清楚了斷。上天垂憐，我想，如果一定要有一個死，那必定不是我，我隨時等著他，隨時準備動手宰了他。

「這你聽過太多故事了，其中有真實的也有傳聞的，但至少這一點確實無誤：我把他那顆醜腦袋瓜子摘離他的肩膀。做完這事，我心想，你和此人的恩恩怨怨到此算了結了，畢竟這世界最好的醫生也沒辦法再替他把腦袋縫回去。

「但我沒想到拿根木樁往他心臟釘下去。」

∞

「讓我們把真相給找出來。」

「這是鬼神之事，」他說，「如果你是在教堂裡長大，你就會知道鬼神之事沒有所謂的找出真相這回事，你只能仰賴沉思。」

我們坐在布魯克林一家他所熟知的夜間餐館裡，在往霍華海灘去的路上，離甘迺迪機場不遠之處。他想遠離麥克金利暨卡迪柯克大樓，好像佩第．費樂里的鬼魂已占領那個地方似的。我不了解他用什麼方式來決定吃飯的餐廳，或應該說一開始是如何認定這家餐廳可以，但我想這裡非常安全，這家餐廳偏僻得像在蒙大拿州。

對一個剛剛才見鬼的人而言，他的胃口可真叫好，整個掃光一整盤的培根、蛋和炸薯條，我也一樣，這玩意兒味道真的非常好。我其實可以成為伊蓮那樣的素食者，只要他們肯認定培根是蔬菜的一種。

「一樁鬼神之事，」我說，「呃，這我沒有天主教教育可依靠，但我以為鬼神之事還是有辦法查查清楚。我們是不是能同意我看到的並不是一隻鬼？」

「那就是死人復活，」他說，「佩第極可能是這樣子的惡人。」

「我想這應該是他兒子吧。」

「他沒結婚。」

「他喜歡女人嗎？」

「喜歡過了頭了，」他說，「他是那種管你對方樂不樂意他照上的那種人。」

「強暴，你的意思是？」

「字眼在時間中意思會改變，」他說，「我們年輕那會兒，只要大家彼此認識，那就不稱之為強暴，除非是大人對個小孩，或某個人硬上已婚婦女。但如果一個女生自願和人家走，好吧，那她認為往下會發生什麼事呢？」

「現在他們稱之為約會強暴。」

「是這樣，」他說，「而且講得再對不過了。呃，一個女孩若跟佩第出去，那她就已經清楚知道下面會怎麼收場。曾有個女的想提起告訴，但佩第去找她哥談了一下，然後她哥就說服她作罷了。毫無疑問，佩第是去威脅要殺她全家，而且她哥也毫無疑問的信了他。」

「真是光明磊落的傢伙。」

「如果哪天我被打入地獄，」他說，「這是一定會的，但絕不會因為我手裡染了他的血，讓我去到那裡。但話說回來你也會曉得，還是有夠多女生用不著他出這一招，就是有些女生會被像他這樣的人所吸引，男人愈惡劣，就愈有魅力。」

「我了解。」

「是那種暴力形成的吸引力。我自己也因此吸來好一些這種女人，但這永遠不會是我喜歡的女人，」他想了一陣子，才又說，「如果他有個小孩，這小孩對我不會有好感的。」

「佩第到底是哪時候死的？」

「喔老天，這可真難記得清楚，我不敢確定一定是哪一年，我只記得是在甘迺迪被殺之後，但相隔並沒太久，要我說，那應該是之後一年。」

「一九六四。」

「夏天。」

「三十三年前。」

「喔，你真是個數學天才。」

「這完全吻合，你知道，我看到的這個人就差不多是三十幾歲光景。」

「從沒任何傳聞說佩第有兒子。」

「也許那女的祕而不宣，不管這女的是何許人。」

「只告訴小男孩一個。」

「告訴他親生老子是誰，可能連被誰宰的一起講了。」

「所以他是恨著我長大的，好吧，在貝爾法斯特長大你會不恨英國佬嗎？普羅迪的小孩長大不會恨教皇嗎？『幹他媽的女王！』『不是不是，是幹他媽的教宗！』我會說，那就兩個都幹吧，或乾脆讓他們倆自己幹一堆。」他掏出他口袋的扁酒瓶，加進咖啡裡，「如果你教得早，那他們的確會長成個滿心仇恨的人，但這麼多年來他媽的這小子都在哪個鬼地方啊？他完全是他老子的翻版，我只要看過他一眼，包管立刻曉得他是誰。」

「我看到你對畫像的反應了。」

「只要一眼我就知道了，而且不只我這樣，任何認識他老子的人都可以認出他來。」

「也可能他不在紐約長大。」

「甘心讓仇恨啃噬這麼多年？他幹嘛要等這麼久？」

「我不曉得。」

「要是他年輕一點來找我算帳，這我能夠想像，」他說，「〈兒時的怒火燃在我血液裡〉——你知道這首歌嗎？」

「聽起來很熟。」

「你會覺得他應該在還年輕的時候來找我算帳，因為他兒時的怒火還在血液裡，但他好好的活過三十歲了，他不可能不到三十，這團兒時的怒火早燒成灰燼了，他跑哪個鬼地方去了？」

「這我可能有點概念了。」

「真的有？」

「一些，」我說，「我來看看明天從哪裡可以弄到，」我看了看錶，「喔不，是今天稍晚。」

「偵探作業，是嗎？」

「其中之一，」我說，「就像在煤坑裡找一隻不存在的黑貓，但我不曉得還能怎麼做。」

25

日出前我回家上了床，快正午時我起來並且沖澡刮鬍子。阿傑這一夜下來狀況極佳，已安坐在電視機前面了，身著海軍藍絲光斜紋褲和淡藍丁尼布襯衫。他跟伊蓮講，他房裡有乾淨衣服可換，但伊蓮堅持跑一趟 Gap 幫他弄來一身裝備。「說她不想侵犯我的隱私空間。」阿傑說，做了個鬼臉。

我立刻切入重點，讓他再看一次那個人。我想該稱他為佩第二世，不管他實際上叫什麼名字，我真希望這會兒有條電腦捷徑可證實對不對。

「港家兄弟大概就弄得到，」他說，「如果我們曉得這兩個小子在哪兒的話，而且如果他們仍改不了吃屎四下當駭客的話，還有如果你要的記錄有進電腦的話。」

「這是紐約市政府的記錄，」我說，「而且已超過三十年了。」

「但也得他們當回事做，也得老實找些人坐下來把檔案給一字一字敲進去，那倒很省空間，因為一張軟碟就能裝進一整箱子的資料。」

「聽起來好像不該寄以厚望，」我說，「但如果人口動態統計有在電腦裡建了所有的老檔案，那我其實不用費事去侵入他們系統，有個容易的路可走。」

「賂賄？」

「如果你非得這麼講的話，」我說，「我比較喜歡當做是大家好來好去，禮尚往來。」

∞

我找到的工作人員是個母愛型的女性，名愛莉諾．荷瓦絲，她打開始就笑臉迎人，而且在我遞給她兩張鈔票之後，就更笑不可遏了。只要我想查詢的這份記錄有在電腦裡建檔，她不費什麼手腳就能找到給我，這一點阿傑跟我解釋過了，她要做的只是奉主聖名進入到正確的資料庫中，然後到F這個部分，就可以看到檔案裡所有冠著費樂里這個姓氏的人。

「我們所有的新記錄全輸入電腦，」她跟我說，「老的部分則開始一點一點追回去，但進行起來很慢，事實上，我應該說還沒真正當回事在做，從上回預算被砍掉後就停擺了，我恐怕我們這裡不算是排名在前的優先行政區，而對我們來說，這些老記錄又不是我們優先考慮的部分。」

這話意味著此事恐怕得用老時代的方法來，那就得要荷瓦絲太太丟入超過她所能配合的時間了，不管我是多善意多討人喜歡的一個人。我給她的錢讓我得以安坐於後頭一個小房間裡，裡頭有她提供給我整個紐約市的人口出生登記檔案，從一九五七年一月到現在。我不相信他會超過四十歲，不只是從我掃過他的那匆匆一眼來判斷，同時我也實在無法想像佩第被大卸八塊時已經有了個七歲大的孩子。根據我對這位父親的理解，如果當時小孩超過七歲，那他一定會對這樣的爸爸生出足夠的冷淡或痛惡之心，更可能兩者兼具，這會一把澆滅他為父復仇的熱情。

如此想法給了我開始的日期，我先決定順此一路搏鬥到一九六五年六月三十為止。宰掉佩第·費樂里，依米基記憶所及是當年夏季的事，最遲應該不會遲過九月底，而就我所知，這位親愛的小男孩當然有可能是在那節骨眼裡才懷的，這儘管怎麼想怎麼不像，但難說有時偏偏事情就會這麼來。

這是得安步當車的工作，如果你不耐煩起來，便有錯過你所找尋目標的危險。檔案是依時間順序排定的，而且沒其他方式的分類或索引，我每個都得看，先找上頭的嬰兒姓名，再找下半邊父親的名字，兩處都得看看有沒有費樂里這個字。

我想，我多少有些走運，因為起碼這不是個太普通的姓氏，要是換個典型些的爸爸，比方說羅勃·史密斯或威廉·威爾森，那我可就有得混了。但從另一頭來說，如果我要找的是史密斯或威爾森，那至少我會屢屢生出快找到了或很接近了的錯覺，我一直沒看到任何一個費樂里，不管是爸爸或小孩，這讓我懷疑自己到底瞎忙些什麼。

這是不必動腦的勞力活兒，任何一個先天智力不足的人都可以做得跟我一樣好，或甚至更好。我的心思總攔不住漂流出去。時時這樣，這很容易造成某種心智上的雪盲，看不到你兩眼緊盯住的東西。

有個發現真嚇到我了，涉著這片廣漠的姓名之海時，居然會有比例這麼多的小孩，不是姓氏和父親不同，就是父親一欄完全空白，我想著這些媽媽決定讓這一欄空著是什麼意思，是她嫌惡這名字不肯寫下來呢？還是她根本不曉得該選哪個名字？

就在我接近崩解邊緣，親愛的荷瓦絲太太推門帶來一杯咖啡和一小碟納德奶油餅乾，以及接下去的檔案，她在我謝字才要出口時就又飄然出門而去，我喝了咖啡，吃了餅乾，一小時之後我找到了我苦苦尋求的東西了。

小孩為蓋瑞．艾倫．杜林，生於一九六〇年三月十七日凌晨四時十分，母親伊莉莎白．安．杜林，布朗克斯區凡倫亭大道一一〇四號。

父親名派屈克．費樂里，沒有中間名，不是他本來就沒有，就是她根本不知道。

∞

在神話或童話故事裡，只要破解了對手的名字，就會得到支配的力量，不信你看看胡貝斯提斯金的故事。（譯註：Rumpelstilskin，德國童話故事中一名侏儒妖的名字。侏儒妖幫助一名少女完成國王交付的艱鉅任務，三度將整倉庫的稻草紡為金線，少女為報恩以身上的珍貴物品相贈，最後一天無物可贈，侏儒妖遂提議要少女將婚後的第一個小孩送給他。後來少女成為皇后並生下小孩，侏儒妖出現要求皇后履約。在皇后哀求之下，侏儒妖表示，三天之後，若皇后可以猜到他的名字，便可留下嬰兒。皇后派所有的手下四處探訪，無意間在夜晚的森林深處發現侏儒妖邊唱邊跳，甚至得意忘形的唱出自己的名字。結局是皇后猜出侏儒妖的怪異名字，侏儒妖當場羞憤自殺）

因此，在我筆記本中夾著蓋瑞．艾倫．杜林的出生證明影本走在街上時，便有某種睥睨的無敵氣勢，但其實我所有的只是尋寶之旅的第一道線索而已，是比剛開始那鬼樣子強多了，但離走到家還有漫漫一條路。

我在市政大樓兩街區遠一處報攤買了一份黑格斯妥姆的布朗克斯地圖，找個午餐吧邊喝咖啡邊研究，心裡直念著有那種納德奶油餅乾可配咖啡那該多好。我找到了凡倫亭大道，在佛德漢路段北邊，離班橋大道不遠。

我想我大概可以省一小段奔波了，一念至此我投資了一枚兩毛五硬幣掛電話給安迪·巴克利，他母親接的電話，說他不在，我謝了她，沒留姓名把電話給掛了，掛了電話我傻眼了一兩分鐘，因為這下子我得搭好長一段地鐵，再加上正逢上下班最尖峰時刻。但如果安迪在家呢？那我可以請他就近跑一趟凡倫亭大道，花個幾分鐘就能證實我按理已可確立的事——那就是，伊莉莎白·安·杜林已不住那裡了，就算她當年真住過那裡的話，還有她那找麻煩的寶貝兒子也是。但他不會問我想問的問題，不會四下敲門找個有遙遠記憶又管不住舌頭的人。

房子是依然挺立如昔，如果說我覺得它還是當年那幢沒錯的話。這不屬於六〇年代到七〇年代布朗克斯燒掉或廢棄掉的那部分，也不屬於整個拆除重建的那部分。瓦倫亭大道一一〇四號是一幢窄窄的六層公寓房子，每層各分割成四家，郵箱上的姓名幾乎都是愛爾蘭人，間雜幾個拉丁名字，我沒找到杜林或費樂里，如果真找到了那才奇怪。

底層的其中一間住著管理人，一位卡雷太太，她有鐵灰色短髮，乾淨昂然的藍眼睛，我可以從那裡讀到很多訊息，但合作絕不是其中一樣。

「我不想拿別的話來愚弄你，」我說，「所以開門見山自我介紹，我是一名私家偵探。我和任何保險公司都沒關係，而且也不怎麼尊敬他們，我對你們這裡唯一有興趣的住戶是三十幾年前住過的一位。」

「那在我之前了，」她說，「但早我沒多少。沒錯你說得對，保險公司的確是我第一個念頭，而且我敢保證我對他們的好感比你還少。你要問的人是誰？」

「伊莉莎白．安．杜林。她也可能用費樂里這個姓。」

「貝蒂．安．杜林，我來時她還住這裡，她和她那小王八蛋，但你別問我那小王八蛋叫什麼名字。」

「蓋瑞。」我說。

「是嗎？我的記憶真是大不如前了，雖然我也說不上我幹嘛非得記住不可。」

「你記得他們何時搬走嗎？」

「我得想想。我是一九六八年春天到這兒來的，老天垂憐，都快三十年了。」

我隨口應了諸如真不曉得時間是怎麼消逝之類的話。不管它是怎麼消逝，她說，那都是從你整個生命中流出去的。

「但我養了個女兒，」她說，「我那個喬死後就我一個人帶大的，我保有這間公寓，還外帶管理這幢樓的補貼，而且我還有保險金。我女兒現在有一幢自己的漂亮房子，在約克市那兒，她嫁的那男的很會賺錢，雖然我非常不喜歡他對待我女兒那調調，但這不干我的事，」她收攏了下自己，看看我，「也不干你的事，對不對？喔，進來吧，你應該可以喝杯茶吧？」

她的公寓房間非常乾淨非常明朗，可以說是一塵不染、井井有條，這倒是一點也不意外。喝著茶，她說，「她也是個寡婦，這是她說的。我忍著不講，但我曉得她根本沒結婚，這種事情你就是看得出來。她也有一堆她丈夫的種種幻想故事，像他是中情局的一員，因為去達拉斯調查當年的事情真相而不幸殉職等等，你曉得，那時甘迺迪遇刺。」

「是。」

「她那小孩耳朵裡裝滿諸如此類的老爸故事。你是想知道她在這裡住到什麼時候對吧？這很重要嗎？」

「可能很重要。」

「她搬走後由李歐登一家接手她的公寓，不，等等，不是他們，先是個老頭搬進來，而且就死在裡面，可憐的老傢伙，你應該一猜就猜到是誰運氣好發現了屍體。」她閉眼睛跌入回憶之中，「真可怕，這樣孤伶伶死了，但這也是我的結局不是嗎？除非我活得夠久到住進安養院，上帝見證，我不會那樣的。李歐登先生現在還住樓上，他太太三年前一月過世了，但他應該是沒見過貝蒂·安的。」

「李歐登先生是什麼時候住進來的？」

「這樣你起碼知道她當時已經搬走了，對不對？」她想了想，忽然出乎我意料的說，「不如我們直接問他吧。」隨即起身走向電話。她從一本皮面本子裡找出電話號碼，撥通，不耐煩的瞪著天花板等人接電話，然後大聲而且誇張的咬著字講話。

「對這個可憐的老傢伙，你得扯開喉嚨叫，」她說，「但他用電話比面對面聽得清楚，他講他和他太太是一九七三年搬來的。這樣我們再來看那個死在這裡的老先生，他姓麥米納敏，這是愛爾蘭北邊多尼加那兒的古老姓氏，如果我沒記錯的話。麥米納敏先生可能在這兒住有一年，但絕對不超過兩年，他們兩家前後有一小段空檔，不是太長一段空檔，這裡的公寓從來不會空太久，這樣算起來，我猜你那位貝蒂・安小姐和他兒子應該是一九七一年離開的，意思是我和他重疊三年之久，我想差不多就這麼久。」

「我想，也夠久了，對吧。」

「這你也一定猜得到，看她和她孩子離開的背影，並不會讓我難過。」

「你知道她為什麼搬走嗎？」

「她不講，我也沒問。我猜大概跟哪個男的走吧，另一位中情局幹員，毫無疑問。她也沒留新家住址給我，就算有我也老早搞掉了。」我問她這大樓裡可還住有當年的住戶。「珍妮特・希金絲，」她脫口而出，「樓上4C。但我很懷疑你能從她那裡問出什麼，她連自己名字都快弄不清了。」

她講得對，我從珍妮特・希金絲那兒什麼鬼也問不到，其他公寓房間連帶對街都一樣，我當然可以再多敲兩個門，但門後面不會有貝蒂・安・杜林和她兒子，我宣告放棄，回家了事。

∞

到家時，佛洛利奇醫生已來過又走了，給阿傑換過包紮，並宣稱他可以動身去旅行了。他告訴阿傑盡可能把腿抬高一點。「但走路時千萬不要，」他說，「因為那樣很難走路，而且樣子看起來很神經，所以說正確答案你知道了對不對？讓你的腳好好休息，給它時間修理好自己。」

伊蓮又多弄來一根拐杖，阿傑撐著這兩根可以過街到旅館去。我陪著他去，他開了電腦，檢查他的電子信箱時，我就坐扶手椅上一旁參觀。在養傷這段期間，他累積了成打的信件，其中絕大多數是垃圾信，他說，不是要賣些黃色照片，就是要誘你加入什麼大發財大彩金之類的金錢冒險遊戲。但阿傑現在的通信對象已可稱之為遍及全球，他有六個不同國家的電子筆友隨時互相交換笑話和八卦。

他沒花多少時間便重新進入狀況了。我告訴他有關蓋瑞・杜林和他老媽兩人的事，我所找到最近的住址是整整二十五年前的，他們也可能在名字最後頭冠上費樂里這個姓。

「是F－A－R－L－E－Y嗎？」我搖搖頭，把正確的拼給他，他扮個鬼臉，「去掉一個Y，就成了Farrell，和barrel（桶子）一個韻；加回一個Y，就又是Farrelly，和Charlie一個韻。這沒什麼道理吧。」

「沒太多事有道理的。」

「如果她有登記電話，我能找到她，只要一下下，你看來了，就是這個網站，有整個美國的登記電話，你覺得會在紐約嗎？」

「我想總是得先試這裡。」

塞拉克斯有一個伊莉莎白．杜林，另外還有一些E．杜林的，其中一個在布朗克斯。布朗克斯這個實在是太簡單太明顯到叫人不敢相信了，果然，打電話詢問結果，那個E是艾德華，他從未聽過什麼伊莉莎白或貝蒂．杜林的，而且聲音聽起來好像並不怎麼喜歡我這通電話。

下一個我們試紐澤西的，再來康乃狄克，然後直接跳到加州和佛羅里達，因為大家老是喜歡搬去這兩個地方。我負責的部分我十足是老手一個，撥了阿傑印出來單子上的電話號碼，說，「哈囉，我們想找一位伊莉莎白．杜林，一九六〇年代曾設籍布朗克斯凡倫亭大道。」只消一句最多兩句話就完全知道對方幫不上忙，我會立刻掛掉，馬上再試下一個號碼。

「我們電話不用錢真是太帥了，」阿傑說，「否則我們就得花一大把銀子了。」

他那邊的速度遙遙領先——電腦找姓杜林的比我撥電話要快多了——這讓他可以爬上床去抬抬他的腿。在我兩通電話的空檔，他說，「老實告訴你，今天下午我打了通電話給那女孩了。」

「哪個女孩？」

「天殺幫的小甜心有沒有？黑爸爸加越南媽媽那個啊？她說她正納悶我怎麼沒跟她聯絡。」

「所以你就告訴她你挨了一槍。」

「告訴她我感冒了。吃維他命，她說。是，夫人，我說，那你有沒有找到月亮臉那傢伙的什麼消息呢？只找到他在道上的綽號。大哥，你要不要猜上一猜呢？」

「月亮。」我說。

「月亮，古在亞提加監獄的朋友，大家知道的就只有這麼一點。我說謝啦，等你那些痘子消了，記得打個電話給我。」

「你不會真這麼講吧。」

「當然不會，」他抬起頭來，看著我，「你打電話一定打煩了，不是嗎？找個其他事做吧，電話交給我來打，我一邊打還可以一邊抬高我這條該死的腿。」

∞

我從旅館出來，朝住宅區走去，從瓦荷絲太太那幾塊好心的納德奶油餅乾之後，我就再沒吃任何東西了。我停步在一家中餐館門前，在百老匯上，林肯中心後頭一到兩個街區。從十天前我和吉姆的最後晚餐以來，我就再也沒辦法吃中國食物了。我再不可能和吉姆一塊兒用餐了，可能我也再沒吃中菜的心情了。

哦，讓它過去吧。一個聲音如此說，是吉姆的聲音，但這不是什麼靈異經驗，僅僅只是我憑空想像，想像他會給我什麼樣的回答和諫言。當然，他講得對，不是食物，也不是餐廳的錯，只是那傢伙帶了一把槍走進來，而他再也不可能這樣了。

但我仍然不可能吃著中菜不想到吉姆，我吃了酸辣湯和甘藍牛肉，我記起來他告訴我，一定要在死前再吃一次素鱔糊那般光景。

東西還可以，不是好到哪裡，但也不難吃。我灌下了一整壺茶下菜，然後吃了幾角柳橙，最後掰開幸運餅。

「你將迎向一段旅程。」幸運籤上這麼說。我結了帳，留了小費，繼續我剩下的普根酒吧之旅。

∞

「打你那傢伙是杜尼．史卡若，」丹尼男孩說，「我正想我這一次要掛零終場了，馬修，但跟著馬上有個看了畫像的傢伙跳了出來，說他認識這個人。史卡若是布魯克林小孩，而且我猜他這輩子沒過橋出布魯克林多少次，但跟我講的這個人成長於本森丘，離史卡若家很近，而且我想，他們是被同一家文法學校給當出來的。」

「我希望這發生在他們學會斷句之後。」

「他們現在還教這個嗎？我還記得我八年級的老師站黑板前畫著線，把句子給拆開，再重新組合起來，這樣，一個附屬子句就被幹掉了，改由一個介詞什麼的來撐住整個句子，你們在學校有學這個嗎？」

「有，但我永遠不懂那到底搞什麼鬼。」

「我也不懂，但我敢打賭現在他們再不這樣教學生了，這也算又一樣失傳的技藝，對杜尼來說，這其實是一門很有用的學問，因為他才剛從監牢裡給放出來，他的刑期（譯註：Sentence，同時也是句型的意思）是五到十年，那他一定有空好好溫習他的老文法了。這傢伙罪名是暴力傷害，因此我猜你一定不是唯一一個吃他老拳的人。」

「你該不會正巧知道他在哪裡吃的公家飯吧？」

「我差點就想起來了，在北邊，但不是丹摩拉監獄，不是綠天監獄，幫我一起想想？」

「亞提加？」

「答對了，亞提加。」

∞

我回到家，打電話給阿傑。「亞提加，」他說，「我們名單上有不少這個地方的電話，但太晚了，不好打。」

「光打電話可能不行，」我說，「我想我得跑一趟，實際找人問問談談。」

「亞提加，」他又重複一次，讓這個字在他舌頭上打轉，好像又想找一個跟它同韻的字，「不過，要怎樣才能去到那兒？」

「全世界最簡單的事，」我說，「只要去搶一間酒店就行。」

8

米基打電話過來，想知道我有沒有湯姆．希尼的消息，他怎麼都聯絡不到湯姆。我說我沒有，但每個打電話給我的人都得先面對答錄機，湯姆這個人，我說，連真人他都不怎麼講話了。我也跟米基說我查出來的事——月亮的，杜尼．史卡若的，以及，蓋瑞．艾倫．杜林的。

當晚我早早上床，次日早上九點正我人已到達菲麗絲．賓罕的旅行社裡。菲麗絲坐在她辦公桌後頭，我跟她說我得馬上跑一趟水牛城，她對著電腦查詢時問我，伊蓮這次的採購之旅是否順利，當然啦，她是看到了伊蓮店裡窗戶上掛的那個牌子，就在旅行社朝北走沒幾步路。但我一下子沒轉過來她講什麼，只含糊的隨口應聲不錯。她講，十點正紐沃克機場大陸航空的班機，她可幫我弄上去，但這樣我可能就沒法子回家打行李。我說，沒有行李。她於是幫我要了機位，並預訂今天下午三點半的班機回程，如果沒趕上，兩小時之後還有一班。

「我想你是來不及去參觀瀑布了。」她說。

我出了旅行社，馬上就叫到一輛計程車，我甚至不需要花時間說服司機載我去紐沃克機場，他開開心心的就載我去了。於是我還提前了幾分鐘登機，一小時之後我就在水牛城著陸了。我租了輛車開去亞提加，但莫名其妙又讓我花了一整個小時，原因是我錯過一個轉彎，多跑了來回一段寃枉路。我中午進了監獄，兩個小時後就出來了，比蓋瑞．艾倫．杜林快得多了，更別說古、月亮和唐尼了。回頭趕回水牛城機場這次只花了我四十分鐘時間，因此我有充裕的時間先去還了車，外帶吃頓飯，才安安心心搭機回紐約。

紐沃克機場外頭有很長一排等計程車的人，因此我決定省兩個錢，先搭乘巴士到賓州車站，再轉地鐵回家。我走進門時，伊蓮說，「你說你會趕回家吃晚飯，我原先還不信，但可能你還是沒法待家裡等飯了。」

喬治・韋斯特這回親自上門，她告訴我，但她只回答我不在，拒絕放他進來；他不死心又帶了個夥伴連同一張搜索令，但她先聯絡了雷蒙・古魯留，韋斯特再次現身時，古魯留先一步趕到陪她候著，這回她放他們進門，韋斯特搜了半天證實我的確不在，跟古魯留兩個一陣惡言恫嚇相向後離去。

「他們在找一把槍，」她說，「我曉得你不會帶槍弄得機場的金屬偵測器哇哇響，我找遍全屋子才發現在你放襪子的抽屜裡面，我把槍帶到地下室去，鎖進我們的雜物箱裡，等他們走了，我才又下樓去拿回來，連同肩帶，所以現在仍放你的襪子抽屜裡。」

「另外還有一把槍，」我說，「還有一把很小的，一定還在我外套口袋裡，就我前幾天穿的那件。」

我看了下衣櫥，果然沒錯還在那裡，這回我放到我身上的外套口袋，又從襪子抽屜拿出大槍和肩帶佩上。這一整天我一直有種莫名的脆弱感，沒帶傢伙四處走著。更莫名其妙的是，帶槍也不過才帶不到一星期就這樣，過去我一直是這樣赤手空拳的。

她說搜索令上的罪名是妨礙公務，雷蒙宣稱這是狗屁，只意味著韋斯特有個聽話的法官在手罷了，他準備提出撤收還是撤銷什麼的。

我說我打電話給他，才向電話跨出一步，伊蓮伸手拉住我膀子。「先別打電話，」她說，「有個留言你得聽一下。」

我們進房間，她按開答錄機，留言的聲音我沒聽過，他說，「史卡德嗎？我跟你無冤無仇，你立刻退出此事，包管你無病無傷。」

她又重放一遍，我仔細聽著。「這通電話差不多在六點半左右，」她說，「接到之後，我就把話機拿起來了。」

「不讓他再打進來。」

「不，是因為這樣你可以打回去，只要按星號六九——」

「那就可以打回最後一通電話的號碼，你想確保他是最後一通電話。」

我拿起話機，按了斷線的按紐，再按＊69，足足響了十二聲，我放棄，掛斷電話。

「操。」她說。

我按了重撥鍵，又讓它響十二次。「響得腦漿都被響出來了，」我說，「要是能找出這支電話的地點就好了。」

「不能嗎？不是所有的電話都會自動記錄嗎？」

「只有接過的電話才會。」

「那可不可以從我們收到的留言來追？我們的答錄機接了啊？」

「那樣要有個好朋友在電話公司做事，我們才能弄到這個資料。港家兄弟那次幫我的便接近這個，但我沒他們那種本事，更何況現在電話公司的電腦比當時還難侵入，而且就算找到了，你曉得結果如何嗎？」

「結果如何？」

「他們打的會是公共電話，這對我們有什麼用？」

「真掃興，」她說，「我還以為我很機靈呢。」

「你處理得很好，只是追下去是死路一條而已，但事情仍可能有可為，我們稍後再想辦法。」

「那要讓電話一直拿起來嗎？」

「不用，只要我們先不打出去就行了，這樣你隨時按重撥鍵都會重新接到這個號碼。但如果你真要用電話，那就打吧，別擔心這些，因為我對使用這條途徑追到他們這件事並不抱厚望。」

「討厭，」她又按開答錄機，再聽一遍留言。「你曉得嗎？」她說，「他騙人。」

「我曉得。」

「他要你別再追下去，這是個好訊息，不是嗎？代表你很接近了；他只是要你放鬆戒備，他還是想殺你的。」

「聰明。」我說。

26

我並沒要在家吃晚餐，我才在水牛城吃過東西；我也不想待在家裡，以免韋斯特發神經又跑來一次，不管他帶或不帶那張狗屎搜捕令。伊蓮很擔心他們會不會派人盯在大樓外頭，我是不相信他們會這麼浪費人力，但我還是繼續用我的送貨口，剛剛我回來時就是這樣，可能也成了習慣了，但這習慣我很樂於維持下去。

我喝了杯咖啡，告訴她我在亞提加小城所找出來的，這個小城的主要特產是州立監獄。蓋瑞・艾倫・杜林，偶然也用蓋瑞・費樂里或佩第・費樂里這樣的別名，因二級謀殺二十年到終身監禁的本刑，入獄蹲了超過十二年時間，在六月初才被放出來。他是和他的同夥在艾連第奎搶了家便利商店，艾連第奎是羅契斯特郊區的一個小鎮。根據這位同夥的證詞，是杜林把兩名店員押到店內後面小房間裡，要他們臉朝地上趴好，然後在每個人腦袋各賞了兩顆子彈——蓋瑞這名同夥把他給出賣了，從而在搶劫殺人罪名下得到減刑。

我記得這案子。我並沒太留心這個案子，主要因為它發生在北方兩百英哩之外，再加上紐約本身已經有足夠的犯罪把我的心思給占滿了。但我的確從報上看過這消息，這件案子當時還被阿爾巴尼做為推銷新政策的材料，他由州長辦公室發動試圖制定死刑法案，但結果是，人民決定換個新州長。

杜林開槍時年僅二十四，進監服刑時二十五，那他現在就是三十七歲了。

他被發配亞提加，他那名背叛的同夥則去了歐辛尼的新新監獄，但才沒幾個月，這名同夥卻死在獄中的操場上，當時他正在做仰臥挺舉，試舉的槓鈴重量超過五百磅，他的胸部被壓碎，沒人曉得事情發生的真正經過，也沒人曉得是否有隻手參與了此事。

杜林讓亞提加的每個人曉得，這事是他主使的。復仇的滋味真是甜蜜，他說，如果說當時他有幸人在現場觀賞事情發生經過，那滋味當然可就更甜蜜了，不過不管怎麼說這已經夠了。

同年稍後，一名和他有過口角的獄友挨刀死在牢裡，監獄中一向不缺謀殺，你曉得是誰幹的，但你就是沒法證明。事後，杜林首次被關入單獨監禁室中，當然，你要把個人丟進那個小格子間裡也同樣無需證據。

他母親是唯一來探過監的人，固定每個月一次從羅契斯特自己開車下來看他，最後這幾年由於生病，她前來的次數明顯少了，就算來也得找人開車送她來。她母親是罹癌，死於他服刑最後一個冬天裡，本來他是可以請假出席他母親的喪禮，但正好當時他又被單獨監禁，這事說起來有意思，有相當長一段時間他似乎已學會怎麼當個標準囚犯了，但他母親過世的消息傳到之後，他忽然又失控了，在好不容易被制伏拉開之前，他差點掐死一名守衛。對一個驚聞如此噩耗的人而言，通常會特許他外出參加告別式，但偏偏這行為本身實在不能等閒視之，所以說，她母親躺入專屬於她的小坑洞那一刻，她這兒子同樣也獨坐在自己的小坑洞中。

次年六月五日他們正式放他出來，這倒不奇怪，真的，他的確乖了很長一段時日。至此，如果說當時的法律仍有死刑判決的話，那他這條命顯然一定保不住了，而就算沒有，你也會要這個人為他的罪愆終身監禁不得假釋才對，但事情不這樣子來。

和我談話的這名官員，對他自己所服務的系統實在談不上有什麼太大信心，他似乎很懷疑究竟有多少所謂改過自新這種好事。當然，對某些個一生沒做什麼惡事、只是忽然哪天喝醉酒失手殺了老婆或他最好朋友的人而言，絕大部分出獄之後便重新做人，但他認為這不能歸功於司法體系。另外還有那些性攻擊犯罪者，與其相信這些禽獸會改過自新，不如相信童話故事還比較實際。至於講到你所說的這種重刑犯，呃，有些是因為被關老了再也殺不動人了，但你能說這叫改過自新重新做人嗎？你唯一做的只是把他們隔離起來，直到他們服完刑期為止。

只有一件事他再確定不過了，他告訴我，蓋瑞．艾倫．杜林鐵定會再回籠，若不是亞提加，那也必然是另一處監獄。這一點他敢打包票。

我希望他是錯的。

∞

這是我從亞提加查到的，但我想我並沒跟伊蓮講這般詳盡，不可能的，只一杯咖啡的光景。我跟伊蓮只是擇要說明而已，源源本本聽完的是稍後的米基。

電話鈴響起時，我正陷入天人交戰到底還要不要續杯咖啡，我從答錄機聽出是米基的聲音，接了起來。「老天，」他說，「你是不是整個晚上都在講電話？」

「現在說整個晚上，時間還太早，」我說，「還有我根本沒用過電話，是伊蓮把話筒拿起來，原因有空再跟你講。」

「我都快瘋掉了，」他說，「我一個人都聯絡不上，你有任何安迪或湯姆的消息嗎？」

「沒有，但因為電話一直沒掛上，因此──」

「所以就算他們打了也接不進來，而他們如果想聯絡我又沒電話號碼。我打安迪兩次，兩次他老媽都講他不在，不知道人跑去哪裡，湯姆家則根本連接電話的人都沒。」

「也許他們只是跑哪兒去灌杯啤酒。」

「是可能，」他說，「你這邊晚上有事嗎？」

今天是星期五，通常星期五晚上我會去聖保羅教堂聚會，會後，我通常和吉姆喝杯咖啡去，我想，第一件事我可能會做，至於第二件我想做也不可能。

但我有太多事得跟米基講，我愣了好久才回答。

「沒事。」我說。

「那我來接你，十五分鐘後。」

「二十分好了，」我說，「別開到正門，這樣，你何不停魯夫餐廳門口，五十六街，第九大道那裡？」

我親了伊蓮，跟她講不知道得搞到幾點才回得了家。「還有，要打電話儘管打沒關係。」

「我在想，」她說，「如果我從另一支分機打出去，那應該就不會改變電話的重撥裝置，還是我想得不對？」

「不，」我說，「我想你是對的，我應該早想到這點才是。」

「要是你自己能想得到，就不需要我啦。」

「不，當然需要，不過我想在走之前再試一遍。」

我按了重撥鍵，電話機的小視窗上出現了＊69，跟著，某處的電話鈴響起，我正想著這回要讓它響多久，然而，在第四響或第五響時有人接了電話，一開始沒出聲，然後一個柔和的聲音響起，男的，說，「喂？」

聲音異常耳熟，我期待他多講兩句，但他再出聲時，話語變得更不清楚，好像他是和另外的人講話，而不是對著話筒。「對方沒聲音。」他說。之後又沉默了半晌，最終掛斷了。

「賓果。」我告訴伊蓮。

「成功了，嗯？」

「帥呆了，真是漂亮，把話機拿起來，你真是個大天才。」

「這是我老爸常講的，」她說，「但我老媽總是對他說你瘋了。」

我把時間記下來，等明天一早想辦法到電話公司找到個人，把我的電話通話記錄給弄一張出來，就可以知道剛剛接我電話的究竟何許人也，因為這下我確信不會是支公共電話了。而且要是被我找出電話的所在地點，我就可以在他們滿心以為我們不可能找到他們的情況下，給他們一個大大的驚喜。

我相信，電話用戶本人有權要自己電話的通話記錄，只要你能找到正確的對象要這東西。我很清楚警察隨時可以調得到這份資料，而我如果沒辦法找到個警察幫我這個忙，我總是直接就讓自己扮演警察，這是犯法的，但近日來好像我做的每件事無一不犯法。

我下到地下室，仍從送貨口溜出去，韋斯特是可能派出兩組人馬看這幢樓，一在前一在後，但我就是不信他真會這麼做。我看看四周，只是確認一下而已，然後我快步走去，站魯夫旁的暗巷子裡。米基不會讓我久等的。

27

「有個兒子為他復仇，」米基說，「這完完全全超過佩第．費樂里這種人所應得的。」

「不過這個兒子在他年輕的生命時光裡也並未讓自己身上覆蓋著榮光。」

「真是有其父必有其子。好吧，再說一遍媽媽叫什麼名字。」

「伊莉莎白．杜林。」

「這些年來我認得一大排姓杜林的，但想不起有叫伊莉莎白的。」

「布朗克斯那位女士叫她貝蒂．安，小孩出生時她住那裡，之前她可能也住那兒，或那附近。」

「我很好奇佩第是怎麼搭上她的，可能是某個舞會吧，這是典型結交愛爾蘭女孩的方式，週六晚上的舞會。」他眼裡一抹恍惚，「我不認識她，我也不信她認識我，但她一定知道我這個人，而且知道是我把佩第從她跟他兩人的生命中給弄走的，如果這頭母牛還有點腦子的話，她應該因我賜給她的恩惠合掌感謝上帝，但她卻把佩第搞成個英雄，把我講成個惡魔，然後養大小孩來殺我。」

「我想殺人一直是他的嗜好，」我說，「他根本沒非必要不可的理由殺便利商店裡那些人，這只能歸結為一種狂熱，殺那些人可得花時間，這相當程度提高了他被逮的機率。他殺這些人，只因他好殺成性。」

「殺肯尼和麥卡尼也是這樣。」

「一樣的還有他監獄裡結交的那個越南佬在你酒吧裡開槍掃射，以及他另一名獄中好友這樣扔炸彈。月亮的真名是柏吉爾．蓋夫特，因兩樁殺人重罪被通緝過，他之所以被送去亞提加原因就在此。」

「從監獄裡真可以學到不少。」

「人人如此個個有獎，」我說，「某些人學到如何在法律之下過生活，其他人則學到違反法律好處多多。」

8

「我相信，警方已經知道在中菜館子開槍的就是奇爾頓．波維斯，」我說，「他們發現的途徑跟我差不多，傳聞滿街都是，最後某個有警徽的人從他某個線民那裡接聽到了。還有我相信他們也去找了波維斯，發現他陳屍在泰普史考特街自家房間裡，除非誰先一步發現他的屍體，警方在太平間找到他。」

「這是他們找上你的原因？」

「正是，」我說，「若說他們還不曉得波維斯就是凶手，那他死只是普通一件殺人案而已，黑人之間的衝突，可能涉及毒品，兩個人彼此開槍，活著的溜走了等等。但現在他們找到一個有殺波維斯動機的人。」

「就是你吧。」

「他們還發現了一道血跡，」我說，「因此推論是我和波維斯開槍相向，我蹺離了現場。我敢打賭他們一定清查過醫院。我還敢打賭韋斯特秀出他那張搜捕令時，一定以為我就躺床上手到擒來，這一招不成，他轉而希望找出那把點三八，能符合他們從波維斯身上挖出來的彈頭。」

「他們真追到你時會怎樣？」

「現在我還沒工夫擔心這些，有趣的是，現場那些血跡反倒有可能讓我脫罪，因為我和波維斯開槍對幹時，我連個地方擦破皮也沒有，更不可能他們找出來的DNA既是阿傑的又和我相符。當然，如果他們比對血液的對象是阿傑，呃，那又另當別論了。但他們也得先想得到這點才行，我認為是不至於。」

∞

「我想我們是開往布朗克斯。」

「你這一身偵探技藝似乎也有不靈光的時候，」他說，「我們都快開到了。」

「到底是去哪裡？」

「派瑞街。」

「湯姆家。」

他點頭，「你還記得我們讓他在這裡下車吧，葛洛根出了傷腦筋事情之後。」

這裡所謂的傷腦筋事情，完全是愛爾蘭式的。在美國，傷腦筋是小孩學代數時發生的事，但在愛爾蘭，那就比較戲劇性了。

我說，「是因為你打電話找不到他？」

「他是關在老太太家足不出戶的人，有間房間外加廚房夠了，晚上還可以到客廳看電視，吃飯也在這裡，早餐和晚餐，如果他有吃的話。」

「所以呢？」

「電話是房東老太太的，」他說，「她總是待在家裡接電話，但今天我每一次打來都沒人接。」

「她會不會外出？」

「從不會，她有關節炎，而且非常嚴重，因此她哪裡也不去。」

「那她想到市場買點東西時呢？」

「她打電話給街角小店，他們會送過來，或者湯姆替她跑腿。」

「總得有個原因吧。」

「我擔心有，」他說，「而且我擔心我曉得原因何在。」

我沒作聲，他在一處紅燈前停車，看看左右兩邊，啟動闖了過去，我努力不去想像，如果不巧被警察攔下來會發生什麼事。

他說，「我有個預感。」

「我也是。」

「我一定跟你講過我老媽講的。」

「說你有第六感。」

「她的講法是第三隻眼，但第六感也好，第三隻眼也好，我想大概指的是一樣的東西吧。我就是從她那兒遺傳來的，我老弟丹尼斯被派去越南時，我們兩個都曉得這是我們看他的最後一面了。」

「這就是你們的第三隻眼？」

「我還沒講完呢。」

「抱歉。」

「有一天她喊我過去。米基，她說，我昨天夜裡看到你弟弟了，穿一身白衣。我一聽臉色整個白了，因為那天早上我也聽見丹尼斯的聲音。我很好，米基，他這麼說。你不必擔心我，他又說。不是那天，是第二天，我媽就接到電報了。」

我聽得全身一陣冷。我也會出現預感，我的工作經驗讓我學會得相信它，只是我不會因為這樣而不出門去敲人家大門。我相信直覺，同時相當程度而言，我也知道有些事情不是我的心智可知的，但這樣的故事仍讓我全身發冷。

「在我打電話到他家，我就有某種預感，在第一響而沒人接電話之前。」

「我想這個感覺現在還沒消失。」

「是的。」

「但你還是忍著先聯絡到我，才到這裡來。」

「先聯絡你或者安迪。你是我第一個找到的人，但你一定很奇怪我幹嘛不自己直接過來算了，」

他沉默了半晌，「說起來有點丟人，」他說，「我很怕我會發現什麼，或者應該講，我很怕我曉得我會發現的，我不要一個人過來。」

∞

「你帶了槍嗎？」

「你給了我兩把，」我說，「我全帶身上。」

「她把槍藏到警察找不到的地方，真是太機靈了，是地下室嗎？」

「我們有個雜物箱擺那裡，就算他們曉得有此物存在，我也不認為他們的搜索令有權打開放那裡的箱子。」

「喔，她真是個聰明的女士，」他說，「腦筋動得可真快。」

「你知道的還不到一半。」我說，把她有關＊69之事源源本本告訴他。

「原來如此她才把電話給拿起來。他們在答錄機留了話是嗎？是老佩第的兒子親口留的嗎？」

「我不認為如此，聲音聽來很熟悉，我猜是被我搶了槍的那個人，杜尼．史卡若，應該是。」

「從班森赫斯特來的，是嗎？又一個只聽說、沒去過的國家。」

「但我很可能聽過杜林的聲音，」我說，並告訴他我出來之前打的一通電話。對方的聲音很輕柔，他還跟旁邊某人講話，說電話裡沒人出聲。

「你想不到他居然聲音很柔和。」

「的確想不到。怪的是，他的聲音我覺得很熟，我不曉得為什麼會這樣。」

「你到底是哪時聽過他講話？」

「我甚至懷疑我到底有沒有聽過。我真希望這個聲音能多說個兩句話，因為裡頭有某種我說不出來的熟悉之感，完全不曉得是什麼或為什麼，除了只是聽起來像愛爾蘭人這部分。」

「愛爾蘭人。」他說。

「說話帶著點愛爾蘭土腔。」

「呃，費樂里和杜林，不管從哪個名字看都是愛爾蘭，所以你絕對可以講他的確如此出身，然而佩第就完全沒你所說的這種土腔，我自己是有些愛爾蘭人的說話方式，但這是我母親那裡來的，保留了一些，流失了一些，但土腔我可從沒有過，」他眼睛瞇了起來，「愛爾蘭土腔，某種熟悉的聲音，愛爾蘭土腔。」

「明天我會追這個電話，」我說，「好清理清理某些迷霧。」

8

派瑞街上的房子是獨幢式的，小地基上蓋兩層樓的小方型房子，前面的草地有好幾處枯黃了，但才割過，我猜是附近哪個小鬼幫老太太割的，也可能就是湯姆每星期用割草機來回推個一兩次，這用不了他多少工夫的，然後他回屋子裡，喝罐啤酒，而老太太很開心他如此勤快。

我們停在隔兩家之處，消防栓旁邊，我指指它，米基說這個時間這裡不會有人開我們罰單，更遑論把車吊走，再說我們也不可能在湯姆家弄太久。

我們是沒有。我們順著走道到大門，揿了門鈴又敲了門。門是木板門，門上有個四方格窗櫺的窗子，米基不夾纏的很快從他腰帶抽出槍來，用槍托擊破窗子其中一格，從破口伸手進去，轉開門鈕，我們就這樣長驅而入。

從窗子破口我便聞到了死亡的氣味，一走進門更立刻看到了如此景象。老太太，銀髮很稀疏了，但雙腿腫得很厲害，她坐在前面房間的輪椅上，腦袋垂向一側，喉嚨被切開了，整個身體正面吸滿了血，蒼蠅嗡嗡叮在上面。

米基一見，發出了聲痛苦的呻吟，畫了個十字，我從沒見過他這樣。

然後我們在廚房裡找到湯姆，躺地上，胸口和太陽穴各有一槍，他臉上還有個腳跟印子，似乎還被踹過或踩過，眼睛怒睜著。

冰箱門也是大開著。我可以想像那畫面，湯姆站在開著的冰箱前，想拿罐啤酒或來個三明治。

也可能凶手殺完人之後，其中某個忽然胃口大發，因此打開冰箱抓個小點心才揚長而去。

米基彎下腰去，幫湯姆闔上眼，然後他站直起來，閉上眼睛好半晌，對我微微一頷首，我們就離開了。

28

「喔，還是我，巴克利太太，再打擾你一次，他還沒回家是嗎？喔，好極了，」他用手捂一下行動電話的話筒。「她去喊安迪。」他說。

我們人在車裡，車停在班橋大道上巴克利家對街。我們走了道迂迴的路到這兒來，米基轉這條街繞那條街幾乎是隨興的，老雪佛蘭穿過布朗克斯如同一頭老象跋涉過長草地帶一般。他開車時我們兩人都一語不發，這個靜默在這輛老車子裡顯得很沉重，沉重且濃厚的像個實體，有太多的死亡了，感覺好像就一直跟著我們一樣，這些死亡都是通過謀殺來的，屍體像堆在後座上，陰魂則充塞於車內的空氣之中。

半晌，他又開口了，「安迪啊，好傢伙，你的寶貝車子就停在你家對面路邊，我們就在車內等著你。」

他收起行動電話，放回口袋裡。「他馬上來，」他說，「發現他好好在家可真讓人鬆口氣。」

「是啊。」

「我說啊，」他說，「其實她接起電話那一剎那我已經如釋重負了，我是說他老媽，這些王八蛋現在就連老太太也不放過。」

我看著對街的門，沒多會兒安迪便打開由那兒出來，格子呢襯衫，折著褲腳的牛仔褲，還帶著他的皮夾克，他在門口停了好半晌穿上這件皮夾克，才小跑步過街。米基下車，讓安迪坐進駕駛座，我一樣也換到後座去，米基從車頭繞過來，坐上前座安迪身旁。

「快瘋掉的一天。」安迪說，「我誰也聯絡不上，你的電話我所知道的每一支都打了，米基，還打了好幾家酒吧看看你有沒有去，我當然知道你應該不會去，但只能死馬當活馬醫找找看。」

「我也找了你，但你不在家。」

「我曉得，我老娘說你打過，今天我一整天在外頭，開我老表車子四處跑，我快繞瘋掉了，你曉得？我甚至還去了曼哈頓，經過我們店一趟，你大概看過它現在的樣子了，只剩合板和黃塑膠繩子。」

「前天晚上我也繞了那邊一趟。」

「我也打了電話給你，馬修，但一聽是答錄機我就掛了，後來我又試了兩次，都是忙線中，我猜一定你和米基兩人在講話，難怪我這邊也不通那邊也不通。」

他吃進檔，等後頭沒車過來，就一扭方向盤上路。他問我們有沒想好去哪兒，米基要他高興哪裡就開哪裡，好像去哪裡都沒差別。

他四下繞著，紅燈一定乖乖停車，時速控制在速限之下，幾個街區之後，他問我們有沒和湯姆聯絡。「我也打過電話給他，但沒人接，你也曉得他房東太太大門一步不邁的，我能猜的只有湯姆可能善心大發，帶她去看場電影，或她忽然病發什麼的，湯姆只好送她進醫院。當然也可能電話哪裡故障了，所以我跑了一趟，還撳了門鈴。」
「你什麼時候去的？」
「不曉得，我沒注意時間，可能一小時前吧？我撳了鈴，敲了門，之後又繞到後頭，撳了後門門鈴，也一樣敲了門，看實在沒反應，我就回車上了。你要不要再打個電話給他看看？還是乾脆再去一趟，老實說，我承認我有點毛毛的。」
「我們才從他那兒來。」米基說，講了我們所看到的。
「老天。」安迪說，踩了煞車，但沒像米基聽到阿傑挨槍時那麼突然，安迪看看後照鏡，很平順的讓車停住，拉起手煞車。「我應該進去一下才對。」他沉沉的說，「給我個一分鐘，嗯？」
「多久都無妨，小子。」
「兩個都死了？湯姆和老太太？」
「湯姆挨槍，老太被割了喉嚨。」
「老天爺，我所想到的是，他們也可以這樣簡簡單單就進到我們家裡，而且簡簡單單就把我和我老娘給宰了。」
「所以剛剛你老媽說你在家時我有多開心，」米基說，「其實更早之前我聽到她聲音時就夠開心了，因為我也有你一樣的擔憂。」
安迪仍呆坐著，自個兒點著頭，半天才說：「呃，那現在更加得這樣了，不是嗎？得提高戰力。」

「怎麼說？」

「我急著聯絡大家就是這個原因，」他說，「我一直認真在想。」

「想什麼？」

「想說他們一直用這種方法對付我們，等我們落單，一次吃一個，我於是有個想法。」

「說來聽聽。」

「我們只剩三個人了，我想我們應該合在一起，而且我認為我們該找個安全的地點為基地。我一個人在布朗克斯，如果他們要動我，只要一腳踢開我家大門就成了。馬修，你住有管理員的大樓，也許情況不可同日而語，但你也沒辦法永遠鎖起門躲在裡面不出來，就算你能這樣，你又怎麼阻止他們開槍殺掉大廈管理員，就像殺其他人那樣，然後上樓來破門而入呢？」

「說得沒錯。」

「至於米基你呢，你躲起來，不讓任何人曉得你在哪裡，這招很屌，但你做的只是不斷移來移去，就像現在這樣，讓車載著你四處跑。但你是很容易被認出的人，只要不巧有哪個人看見你，而這傢伙又四下散播消息的話，呃，你懂我說什麼是吧？」

「所以你的辦法是？」

「農莊。」

「農莊。」米基複誦了一遍，很認真的考慮起來，良久，他說：「我跟馬修講他應該去愛爾蘭，他回答我應該一道去當個嚮導，這意思是一樣嗎？」

「不盡然一樣。」

「只是我躲起來的另一條路罷了。」

「你這樣並不是躲起來，米基，這是我要說的真正重點，你先占住一個好位置，等他們自己送上門來。」

「這下你引起我興趣了。」米基說。

「我們今晚就過去，先做好布置，這事不宜遲，別給這些雜碎再有機會開我們冷槍，我們先弄好防禦工事。農莊那邊只有一處入口，不是嗎？就是我們上回去走的那條很長的車道？」

「兩旁是西洋栗那條。」

「樹你種的，你說了算，反正我知道的只有聖誕樹和非聖誕樹兩種。他們一來，我們一定會先一步知道他們來了，就像甕中捉鱉一樣，不是嗎？」

「繼續。」

「除了我們三個之外，我是不曉得還有誰知道有這座農莊存在，但可能多少還是有幾個吧，我是這麼想，你們應該記得，我剛剛說過我一整天沒其他事做，只拚命想這些……」

「你表現良好，老弟。」

「呃，這樣，我們人進到那邊，然後我們選個大嘴巴廣播站告訴他。我們已經知道對方的特點之一就是，他們有著很靈光的資訊來源，一旦他們接收到我們傳出街上的流言，而流言內容是我們三個躲在這裡，很有把握不會再有第四個人知道這地方，我們整天喝得茫酥酥的，白天晚上狂歡個不停，我還需要再講下去嗎？說到這裡你就全懂了不是嗎米基？」

「讓他們覺得我們沒有防備放鬆戒心，其實我們是等著他們上門找死。」

「挖個大陷阱請他們自動跳進來，米基。」

「在農莊一次了帳，」他說，「這意思是說我們又將挖坑了不是嗎？這回我們需要的土坑顯然比上次的大多了。」米基只嘴角一揚，「但我不介意多幹點活兒，我會說，我們三個都需要多多運動。」

∞

說做就做說走就走，我們如此決定。我們什麼也不需要，農莊那邊的食物夠我們吃到冬天，包括園子裡長的以及歐馬拉太太所豢養的。附近艾倫市有家大商店，如果我們住那裡久到衣服得換季，這家店就買得到。

還有，米基那個皮質包包就躺在車後座，裡頭是槍、彈藥和現金，他把他爸爸留給他的圍裙也放裡頭，另外還有他爸爸的切肉刀。除此而外，農莊那邊還另有武器，包括歐馬拉的一枝散彈獵槍和一枝附瞄準器的獵鹿槍。

「還有一件事，」安迪說，「我得回家一趟，跟我老娘講可能有好幾天時間不回家了。」

「打電話給她，」米基說，「用我的大哥大，或到農莊之後再打。」

「我還是回去一趟跟她講好了，」他說，「順便回去拿盒子彈，我身上這把用的，放我房間裡，我很快的，而且這樣也有機會讓我抽根菸。這一趟農莊路可長哪，得很久不抽菸。」

「反正車子由你開，」米基說，「而且我想你若是菸癮上來，在自己車裡抽根菸又有什麼問題。」

「你們兩個不抽菸的在車上不好吧，」安迪說，「在密閉的車裡這樣人口密度太高了，就算開了車窗也一樣。我可以走之前在家抽根菸，另外我還有件事得做，我要叫我老娘到波士頓北邊那裡我舅舅康尼家住幾天，她常講有好久沒看到她這個弟弟了，那還有哪個時間比現在更對勁呢？因為他們也有可能找上我家，米基，不管屆時我人在家或不在家，我都不要我老娘出什麼事。」

「老天，不可以再出事了。」

「天曉得她肯不肯聽話去舅舅家，但提個議對她總無傷吧，我只要一想到湯姆跟他房東老太太……」

「夠了，別說了。」

繞回班橋大道並沒花我們多少時間，我們這回停在他家這一岸，安迪下了車，仍然小跑步過人行道，掏出鑰匙開了門，就進去了。沒隔多會兒，米基掏出大哥大，按了個號碼，然後，幾乎是同時，他把電話給按掉。「我想我還是得聯絡歐馬拉一下，」他說，「但我不想用這玩意兒打擾他，我怕會不小心被哪個鬼截聽到。」

「用他牙齒裡的填塞物截聽到。找個公共電話並不困難。」

「我們直接撲去也行，」他說，「時間還不算晚，還不必先預告。」他沉默下來好半晌，重重歎了口氣，「跟我換個位子吧，」他說，「我坐後頭可以把腳蹺起來，也許打個盹補點眠，這一段路可長了。」

我下車，依言和他換了座位，他繞到另一邊，坐進駕駛座後頭，側過身子好把腿放到椅子上。

幾分鐘之後安迪出來了，嘴裡含了根菸，停步在人行道上深深的吸了一大口，來到開著的車門旁時，他吸了最後一口，把菸頭往街道上一彈，菸頭落地時濺起一小團火花。

他進了車，一扭鑰匙，啟動了引擎。他咧嘴一笑，拍了方向盤兩次。「我們走人了，」他說，「大家留神啦。」

29

安迪取道大廣場接布朗克斯穿越道，之後直奔向西。我們過喬治．華盛頓橋進入紐澤西，然後轉上帕勒沙林蔭大道。米基一路沒開口，我以為他真睡過去了，但這會兒他開口了，「我想來想去，安迪，你這招真是高啊。」

「好說好說，我有時間胡思亂想嘛，手邊又沒什麼嘮什子讓我分神。」

「你是個戰術專家。」米基說，「你真是麥可．柯林斯再世。」

「喔，少來了。」

「你當之無愧的。」

「我是他的俄羅斯表弟，」安迪說，「伏特加．柯林斯。」

「我們弄個大陷阱讓他們走進來，」米基說，「然後我們一收口，他們就束手就擒了。喔，我真想看看，當他搞清楚著了我們道時，他臉上什麼個表情。他是個布朗克斯男孩，安迪，你曉得嗎？」

「不曉得。」

「他就是佩第．費樂里失散多年的那個小雜種，我會送他到他那個骯髒王八蛋爸爸那邊去，讓他們父子相認。沒錯，他是個布朗克斯男孩，儘管他很早前就搬走了，他搬哪裡去了？馬修？北邊是嗎？」

「他從凡倫亭大道搬走時才十歲十一歲左右，」我說，「但確實年紀不知道。」

「他住凡倫亭大道？那好像離班橋只兩個街區遠。」

「他住一千一百街區，」我說，「所以他看來不會正好在你們家隔壁。十一歲時他搬家了，犯罪被打入大牢時是住羅契斯特，但我不清楚在這期間他母親有沒有換過幾次房子。」

「那他小學時是在布朗克斯裡囉，」米基說，這話在他舌上翻滾著，「他讀小學時，因此我們叫他布朗克斯男孩是說得過去的，呃，我們派個布朗克斯男孩去逮另一個布朗克斯男孩，嗯？我們車子還在哪兒繞的時候，我發現我自己忽然覺得布朗克斯是多精采一個區啊，它一直是個被取笑的地方，不是嗎？但還是有它美好的一面。」

「我也這麼認為。」

「馬修也是布朗克斯來的，還是我記得不對？」

「你的記憶沒問題，但我們家只住過很短一段時日。」

「所以不應該稱你為布朗克斯男孩。」

「我應該不算。」

「你爸爸開過一家店，」米基說，「他賣童鞋。」

「老天，你怎麼會記得這個。」

「我也不曉得，」他說，「不曉得你怎會記得這些不記得那些？這當然無關乎哪些有用才記得沒用就忘記，有太多太多對我有用、可以救我命的東西我一個也不記得，但我卻記得你爸爸開過一家鞋店。」

∞

稍停，他又說：「安迪，你媽好嗎？」

「很好啊，真是感謝上帝。」

「真是感謝上帝，」他複誦如回聲，「你回去找她談那件事時，她一定正在廚房裡吧。」

「老實講，她是杵在電視機前面。」

「看電視。是嗎？」

「同時也看報紙，幹嘛，米基？」

「喔，只是想到隨便問問，看報紙，看《愛爾蘭回聲報》嗎？」

「我沒注意，可能就是回聲報。」

「安迪，你也看過這份報紙嗎？」

「給年紀大的人讀的，不是嗎？或那些才下了船的新移民。」

「下了飛機，現在應該這麼說。呃，你們是個古老的大家族，你曉得，巴克利家族，我記得是。也就是所謂的住城堡的愛爾蘭人，你曉得這個說法嗎？意思是他們全是住都柏林的城堡的，是大英帝國在愛爾蘭的代表人。但巴克利家族還有另一支則是共和軍，你們不曉得是哪一支，我實在很好奇？」

安迪笑起來，「曾經有人問我，你跟那些傢伙到底有沒有關係，你知道我講的，就是在電視上發表重要言論那些傢伙？但你是第一個問我，我們家在那個老國家裡到底站哪一邊。」

「你母親回去過嗎？」

「沒，她來的時候還是個小女孩，她根本沒興趣回去，要她去麻薩諸塞找她兄弟都夠困難了。」

「你舅舅康尼，是吧？」

「是。」

「那你自己呢？你有沒有回去那個老國家呢？」

「你開玩笑是吧，我根本哪裡也沒去過，米基。」

「喔，其實你應該去，這並不是那種什麼讓你開拓視野看看世界的旅行，儘管說起來我自己也很少跑，愛爾蘭，當然啦，還有法國，馬修也去過法國，還有義大利，是不是？」

「很短期的。」

「我沒去過義大利，但最後一次回愛爾蘭時，我也順道跑了趟英國，只是去看看從我還在我媽膝蓋邊玩時就聽說的這些惡魔，到底是怎麼一副德性。」

「是什麼德性？」

「什麼德性也沒，」他說，「他們人好得不得了，我去到哪裡人家都彬彬有禮待你，儘管他們和愛爾蘭有這麼多不共戴天之仇，但他們還是讓我賓至如歸。」

「也許他們並不曉得你是愛爾蘭人。」安迪猜。

「你說得對，」米基說，「絕大多數時間，他們根本把我看成個中國人。」

8

我們上了二〇九號公路時，他又說，「這是個好計策，安迪，過去這幾哩路我還一直在想，其中最難的部分是，怎麼把話順利傳到他們耳中，而不讓他們起疑，如果我們能曉得誰一直在幫他們，事情就好辦了，老弟，這方面你有任何想法嗎？」

安迪想了想，搖搖頭。「葛洛根有太多人進人出的了。」他說。

「現在沒了。」

「呃，以前有啊，那些替你跑腿的，或西瓜靠大邊自己湊過來的，我得想想，我猜他們挑中其中某一個，請他喝酒什麼的，套出他話來。」

「你認為是這樣嗎？」

「我猜的。」

「愛爾蘭人的傳統是極端痛恨這種報馬仔兩面人。」米基說，「有這麼一部電影，就像我一直記得你老爸開了家鞋店一樣，偏偏我怎麼也想不起男主角的名字，我清清楚楚記得他的臉，就是名字想不起來。」

「你是說維克托．馬克拉蘭吧。」我說。

「就是他，喔，愛爾蘭人最恨之入骨的就是這種賣消息的傢伙，〈愛國者之母〉，你曉得這首歌嗎？」

我們兩個沒人知道。以一種令人訝異的輕柔嗓音，米基唱起來。

啊孩子，恥辱的黯影
從未落在你的姓氏之上
啊，但願你從我胸膛吸食的乳汁
當你背叛時在你血管之中化為毒液

「這是母親唱的，」他解釋，「她要自己的兒子就是死在絞刑台上，也勝過出賣祕密給敵人。」

啊孩子，親愛的，啊孩子，親愛的
當然，你永遠不可以是叛徒，是賣國賊

「喔，這是一首可怕的老歌，但你可以因此知道我們國家的人對此事的看法，仇視通敵者的了不起傳統，當然，你也清楚知道，另一面這代表了什麼。」

「什麼？」

「代表我們有通敵的了不起傳統，」他說，「你怎麼可能只有這面而沒有另一面？」

∞

老雪佛蘭跑起來不像凱迪拉克那般平順，也不像凱迪拉克那樣，把路上的噪音或遠遠車後的嘎嘎之聲化為極其安寧的輕柔耳語。但車子還是夠舒適的了，安迪和我坐前座，米基一個人坐後座，車前大燈切開我們前方的濃稠黑暗，我很希望我們的車子就這樣一直開下去。

我們轉入了那條沒編號碼的路，米基說，「我們就是在這兒看到那頭鹿的。」

「我記得，」安迪說，「我差點撞到牠。」

「沒有，你很遠就減速停車了。」

「漂亮的傢伙，好大一隻，如果還有機會，我真想算清是有幾個叉。」

「什麼叉？」

「牠的角啊，米基，那些獵人偷獵這些公鹿，就是為了這個叉角，我來不及算。」

「獵人，歐馬拉一直護衛著這片產業，不讓那些偷獵者進來。我不要有人非法侵入，你曉得，我也不要我的土地上有鹿被打死。這些可惡的掠奪者，你實在沒有辦法不讓他們侵入果園裡，但我也不想弄些人來開槍打死他們，我真搞不懂我這是為什麼。」

「年紀大了，心腸變軟了。」

「可能是吧，」他同意，「慢下來吧，安迪。」

「慢下來？」

「這一帶有鹿出沒，像那頭大公鹿便站在路的正中央，而且往往牠們會一下子跳到你車前，完全沒預警的。」

我想起丹尼男孩和他那張名單，想像一頭鹿從兩輛停著的車子之間猛然竄出。

安迪鬆開了油門，車速減了下來。

「乾脆，」米基說，「你幹嘛不停下算了？」

「停車？」

「是啊，我們又不急不是？我們可以伸伸腿，你也可以抽根菸。」

「說真格的，我一時半會兒還忍得了，我們都快到了。」

「停車。」米基說。

「好吧，沒問題，」安迪說，「讓我在路邊找個好位置停，前面應該就有好停車的地方才對。」

米基深吸一口氣，探身向前，手臂勾住安迪喉嚨。他說，「馬修，你伸個手控制好方向盤，嗯對，好傢伙。安迪，慢慢踩煞車，慢慢的，小子，要不然我扭斷你脖子。慢慢讓車離開馬路，馬修，嗯，好極了，現在把引擎熄了，把他的槍拿走，腰帶上插著一把，看看身上哪裡還有沒有另一把。」

「你們瘋啦，」安迪說，「米基，快別這樣。」

槍有兩把，一把插前面腰帶，另一把小的插後頭，我兩把都到手了，米基示意我放儀表板那兒。

「下車，」米基說，「現在都下車，馬修，這位就是我們的間諜，我們的告密者。站好，安迪，想都不要想跑，你走不出十碼的，我會把你這雙腳射爛掉，你知道我說到做到。」

「我哪裡都不跑。」安迪說，「你統統搞錯了。馬修，你跟他講，拜託你，他根本統統搞錯了。」

「這我不是這麼確定。」我說。

對著我，米基說，「你也曉得，不是嗎？」

「沒像你那麼早，我知道你在做什麼，但我一開始以為你只是套話而已，然後他講他母親在看電視的時候，我就有譜了。」

「還一邊讀報。」

「沒錯。」

「你們兩個發神經啦？我媽看電視就代表我是間諜？」

「你打的那通電話，」我說，「安迪進屋子時的一到兩分鐘內那通，你假稱那是打給歐馬拉的，而且不等他接你就掛斷，但你其實不是打到農莊，對不對？你按的是安迪家的電話號碼。」

「沒錯。」

「你聽到的是通話中的訊號，」我說，「因此你曉得他正在打電話，打給杜林，告訴他我們正出發過去。」

安迪說，「我們弄清楚這個，你打到我家是嗎，米基？就在我跟我老媽講話時？」

「但你不是跟你媽講話，」米基說，「你是跟佩第．費樂里的兒子講話。真可惜你的講話對象不是你媽，要不然她也許會唱那首歌裡的一兩段給你聽，〈愛國者之母〉，我想你也還記得歌詞說什麼，因為我實在沒那心情再唱一遍給你聽了。」

「通話中，」安迪說，「你只這樣就說我背叛？只是通話中？」

「是的。」

「老天，我上了個廁所，可能我正尿尿時我老娘她打了個電話，你為什麼不現在就打個電話問她有沒有？」

米基讓一口氣歎出來，他伸手按著安迪肩膀。「安迪，」他溫柔的說，「你以為這幾世紀來為什麼有那麼多人找神父告解？告解後他們會覺得好過些，你別告訴我你沒什麼可告解，安迪，你看看我，安迪，我知道是你。」

「哦，老天，米基。」

「提議我們去農莊，我們三個全部，弄個陷阱給他們跳，這你就按開警鈴了。你其實應該做得更精緻一點，想辦法讓我自己想到這個做法，用點暗示什麼的把我引到這方向去。

「你不會明白，在提到農莊那一剎那我猛然覺醒，你曉得，你那個該死的朋友掉到了自己所挖的陷阱裡面了，他打電話到馬修家，馬修則按了回撥鍵，接電話的人沒講什麼話，但你不是說他聽起來像愛爾蘭人嗎？說他的聲音聽起來很柔軟？」

我點頭。

「歐馬拉，一定是他。他們留他活命，以防我萬一打電話過去可以仍然由他來接電話。『對方沒聲音。』他這麼告訴他們，他們就掛斷了電話，你認為歐馬拉老兩口子現在還活著嗎？或者他們知道我們出發，就可以放心殺掉他們了事了？」

「老天，米基。」

「安迪，他們殺湯姆時你也在場嗎？殺坐輪椅的老太太時你也在場嗎？」

「他們沒講會這麼做的。」

「那你認為他們會怎麼料理老太太呢？送她上巴士坐到亞特蘭大，還給她一大袋銅板好賭吃角子老虎嗎？」

「喔，我的天。」他說，臉埋進了雙手裡面，肩膀開始抽搐起來。

很溫柔，米基說：「他是如何找上你的，安迪？他是在學校時認得你的嗎？」

「他是聖伊納修斯小學小我一屆的。」

「你和他很熟，是嗎？」

「不很熟，但他出現時我馬上認出來了，他的樣子和小時候沒變多少。」

「他策動了你，策動你來對付我。」

安迪兩隻臂膀無力掛在身子兩側，下巴垮下來，兩眼淚水。他說，「我不曉得事情怎麼搞的，我發誓我不曉得，大概是威逼利誘都有吧，他說我只是從你這兒撿些碎屑吃，如果我靠他那邊，我會拿到一大筆錢，他同時也說，如果我不，那我就死定了，我和她都死定了。」

「你母親。」

「是。」

「你應該直接來找我的，安迪。」

「我知道，老天，我知道，我沒想到——」

「想到什麼？」

「我不知道，」他說，「我不知道我是怎麼想的，但這還有什麼差？反正你要把我殺了，好吧，操，動手吧，也只能說這是我活該。」

「喔，安迪，」他說，「我幹嘛要殺你？」

「我們彼此心知肚明，上帝知道這算我自找的。」

「我不是講我們有個了不起的通敵傳統嗎？你鋪好床，但如果你馬上要睡，那幹嘛那麼費事急著鋪床呢？」

「你的意思我不懂。」

米基拍拍安迪肩膀。「你之前靠到對方去，」他說，「現在，你又靠回來了，回到你原初的地方。他們設個陷阱給我們，不是嗎？我們可以其人之道還治其人，我們三個，看他們在他們的陷阱抓到什麼。」

「你肯讓我回來？」

「為什麼不呢？老天，你跟我這麼多年，背叛我才這麼幾天，我們需要彼此的，安迪。」

「米基，我是個王八蛋，你是大好人，我什麼都不是，只是個該死的王八蛋。」

「忘了這些吧。」

「米基，我們會贏的，他們預期我們會大搖大擺開進去，然後我會把車停到老位置，然後我故意落在後頭，點根菸，讓你和馬修先進屋裡去，他們拿著槍等好在屋子裡。」

「好計，那你想他們會不會有人放哨？我們進了車道就盯住我們？」

「可能。」

「我會的，」他說，「如果我是他們的話，我會弄個人躲在可以看到車燈之處。歐馬拉怎樣啦？他們還沒殺他嗎？」

「我不曉得，他們沒跟我講太多，像湯姆．希尼的房東太太，我聽他們這樣真嚇了一跳，我不相信他們會這樣，我真的不相信。」

「這個會讓你內疚，那殺死可憐的湯姆就沒關係嗎？喔，算了吧，說什麼都不可能讓他活回來，也不會讓其他人活回來，約翰．肯尼和貝瑞．麥卡尼，你知道他們要去庫房拿酒，是你和杜林一起去的吧？」

「我候在外頭，」他說，「所以他們沒看到我，本來講好就是綁人搶劫，送貨的卡車由我開走，然後我聽到了槍聲，」他吸了口氣，「我不曉得他們居然會動手殺人，米基，事情原本只是從你這邊幹點東西而已，他們搶了酒，拿去賣掉，我可以分到點錢。」

「不會有人受到傷害是吧？」

「我聽到的是這樣，但結果貝瑞和約翰都被殺了，我發現我陷在裡頭了，然後事情他媽的愈來愈嚴重。」

「失控了，」米基說，「像野火燎原。」

「比這還嚴重。」

「是更嚴重沒錯，彼得·洛尼，還有柏克，以及死在葛洛根的所有人，接著是馬修的好朋友，就是那個打禪七的佛教徒，然後把我留到最後，他們沒要你動手嗎，安迪？由你動手很容易成功的，當我臉向另一邊，後腦袋一槍就了結了，比在農莊搞這麼麻煩還誑我去簡單得多了。」

「我絕不會這樣做的，米基。」

「不會的，我也相信你不會。」

「而且他要親自動手，他很恨你。」

「的確如此。」

「他說你殺了他老爸，我不曉得他有沒有見過他老爸，但這有什麼差別？這是他媽的古早古早的歷史往事了，看老天爺份上。」

「博因河戰役也是啊，」米基說，「幾百年前的事了，但是到現在還有人在記恨。喔，安迪，這事不是你就是湯姆，湯姆死了，就剩下你了。真是叫我心碎，叛徒居然是你。」

「米基……」

「但你回來了，這比什麼都重要，你肯回來真好，安迪。」

「老天，米基，你再不用擔心我了，我對著上帝起誓，米基。」

「喔，難道我會不曉得嗎？」他說，伸過一隻大手到安迪腦後，另一手到安迪下巴下頭，兩手同時一扭，扭斷了安迪的脖子。

30

「我還有什麼選擇？除此之外我還能怎樣？」

我沒答案，他拔下車鑰匙，走到後車廂，打開來，他又走回來，毫不費力的抱起安迪屍身，扛自己肩上，然後溫柔的放進後車廂內，再用力壓上廂門。後車廂鎖上那一剎那的咔嚓一聲，在黝黯且靜寂無邊的鄉間車道上聽來很尖利。

「毫無選擇餘地，」他說，「我發誓我不想這麼做的。」

「我也沒想到你會這麼做，」我說，「至少就當時來說，我嚇了一跳。」

「他也是，我絕不懷疑這一點。我得給他一點希望，你知道，讓他完全放鬆下來，恐懼是最讓人難受的，我就是想為他先除掉這個。是這樣沒錯，當他曉得發生什麼事，那一定只是那麼一瞬間，然後就過去了，喔，老天，這是個糟糕透頂的老世界。」

「是的，是這樣。」

「糟糕透頂老世界的艱難人生，他幾乎可以算是我的兒子了。佩第·費樂里也有個兒子，似乎並不是強暴杜林那婊子得來的，他這兒子卻為了替他毫無記憶的老子復仇，不惜讓血灑滿整個城市，而我的兒子居然會幫他兒子這麼搞，」他吸口氣，穩住自己，「只不過他不真的是我兒子，從來不是，只是一個不惹什麼麻煩的聰明小夥子，有一雙穩定的手，會射鏢、會把住方向盤，你覺得我是不是該留他一命？」

「這我沒辦法回答。」

「換你的話你會怎麼做？這樣你能回答了，是不是？」

「我再不可能信任他。」我說。

「是不可能了。」

「或說放鬆戒心，在曉得他做了這些事之後。這麼多人，流這麼多血，以你這樣一個人，我實在不曉得你能有其他的處置方式。」

「以我這樣一個人。」

「呃，你從來不是個會原諒或會忘記的人。」

「沒錯，」他說，「我從來不是，而且我得說，太老了，再學不會新把戲了。」他彎身下去，撿起安迪掉落的一包萬寶路，「一條線索，」他嘲諷的說，「現在又印了我的指紋上去，但誰他媽屌這個呢？」他劈手把菸扔到路邊去，又再次彎腰，撿起安迪的ZIPPO打火機、我以為他也一樣會扔掉，但他皺著眉盯著它好半晌，默默收進自己口袋裡，最後，他又伸手抓起一大把碎石碎沙，像剛剛扔香菸般用力扔出去。

我靜靜等在一旁，他靠著車子，讓怒氣緩緩由他身上流走，良久，以一種完全不同的聲音，他沉靜的說，「他們不知道的是，有另一條路通往農莊，那得穿過北邊的州有地，你知道，那裡有條路一直伸入州有地裡，然後，你可以步行穿過大約占地有幾畝大的一片林子，出來就是果園後頭我的私人土地範圍了。他們只知道看守正面的車道，他們等的是三個坐車來的人，而不是兩個步行來的人。」

「這讓我們有著小小的優勢。」

「而我們非常需要這點優勢，因為我們才兩個人，天知道他們有多少，我剛剛應該問他對方到底有幾個人的，但他可能知道嗎？」

「攔我路的有兩個，杜尼．史卡若以及另一個我連臉孔都沒看見的。越南佬死了，但他的夥伴月亮蓋夫特還好好的，他極可能也等在那兒準備參與這最後一幕，這就三個了，加上杜林自己四個，但可能還有我們不曉得的第五個第六個。」

「四個是下限，」他說，「五個最像，可能會到六個，全都盛裝打扮準備歡迎我們，他們防禦我們攻擊，這上頭他們占了便宜，但我們比他們了解地形地物，這裡我們又多了相當程度的主場優勢。」

「還有出其不意這部分。」

「還有這部分，」他同意，「但是你知道，我預設了一些狀況，而我並沒權利這麼做，因為你其實不必幹這一場的，你應該回家去。」

我只搖了下頭。「這未免太遲了點吧，」我說，「除非我們說好一起回去。他們設了陷阱，你看穿了，成功繞開來，並解決了設陷的人，你也可以先避開，讓他們傷腦筋接下來怎麼辦。」

「我寧可現在大家把帳算清，我要大家就此分個勝負。」

「我同意，而且我跟你一起。」

我們上了車，他把車子重新啟動。我發現自己想的是，這下車子是不是載重輕了點，其實完全沒有，安迪仍跟著我們，所以馬上我就曉得我們的重量完全沒變。剛剛他坐的是駕駛座，此刻他躺的是後車廂。

∞

「我有預感的，你曉得。」

「關於安迪。」

「從更早，一定是這樣。在酒吧出事之後吧，我決定讓他回去，自己保留這輛車，我不讓他知道我待在哪裡，我也不給他我的手機號碼。」

「我不曉得第三隻眼之類的，」我說，「但我認為你有第一流的直覺。」

「也許就只是你講的這樣，」他說，「我自己也不曉得。喔，現在我得專心點開車，前面得轉彎了，這很容易一晃而過，喔，你看這什麼！」

我們前方，一群鹿一頭接著一頭躍過路面，我算算有八隻之多，而且我極可能還少算了一隻。

「它們會把農作和灌木弄得一團糟，又他媽的老是妨礙交通，但可真是漂亮啊，操他媽怎麼會有人想開槍打牠們？」

「我有個朋友在俄亥俄州，幹警察的，叫哈利哲，他一直想拐我到他那兒，陪他一起獵鹿，他永遠搞不懂我怎麼會毫無興趣，我則永遠搞不懂他有何樂趣可言。」

「要殺一堆人已經夠受的了，」他說，「我可沒工夫花在殺鹿上頭。」

他找到那條他要找的彎道，我們於是轉了進去，半哩左右有鏈子把路圈起來，上面掛個牌子，言明閒人勿入，除非經過特許。我下車，二話不說把鐵鏈的鉤子打開，米基開了進去，我把鏈子復原，重新回到車上。

我們順這條無法回頭的單向道穿進林子裡，說不上來走了多遠，車行速度極緩，很少超過時速十英哩，我一直注意是不是還有鹿會忽然竄到我們車前，天曉得這片林子裡藏著多少頭，儘管我們現在一頭也看不到。

很顯然，這道路最後終結於一小方空地，此處有幢小木屋，不遠停了一輛帆布頂四輪傳動多用途車。米基探身到老雪佛蘭後座，抓過來他的寶貝皮包包，拿出其中幾樣，擺進一個暗灰帆布袋裡。他所取出的幾乎是裡頭的所有槍枝和全部子彈，錢和文件則留在原處未動。此外，他原本就從手套盒子裡尋出一管塑膠紅手電筒，在他挑選裝備這空檔，我檢查了下另外那輛車子，沒鎖，一如我預料的，在駕駛座另一頭的車門邊，有支手電筒赫然置於一堆雜物之上，墨黑橡皮外觀，亮度足足有老雪佛蘭拿出來那支的兩倍強。

「好樣的。」米基說。

除了來時路，我並未看到還有另外的路，但米基轉向左側，手電筒的光束照出一道小徑，他一手提帆布袋，一手持手電筒，我則一手手電筒，另一手空空如也。他給我的那把左輪還插我肩帶裡，點二二一樣擺口袋中，我還留了一把安迪身上搜出的槍，是九〇口徑的自動手槍，我學他原本放槍的地方，插背後的腰帶上。

空氣很涼，我很欣慰我的卡維拉背心幫我保暖，腳底下踩起來軟綿綿的，這是一條很窄的小步道，我們輕悄的足聲是我此刻唯一聽到的聲響，因此你會錯覺我們好像搞出天大的聲音一般，但其實真的大聲些也無妨，農莊裡那些人離我們還遠，聽不見的。

一長段步行的沉默之後，他說：「他沒有個神父在旁，但我想這倒也無妨，過往我們總覺得非要有不可，但這年頭事情變了許多，我很懷疑他是否介意有沒有神父。反正有神父沒神父，他現在都看到了。」

「看到……」

「看到他一生那幅畫，如果真是那樣的話，不過誰知道呢？雖然我想我馬上也就會知道答案了。」

「我們或許都快知道了。」

「不，」他說，「你不會有事的。」

「這算是個允諾嗎？」

「這是接下來必然發生的，」他說，「你很快就會安然回到家，和你那個好太太坐厨房喝著咖啡，我有強烈的預感，我看到這個景象。」

「另一種視覺。」

「這同時伴隨著另一個預感，」他說，「有關我自己的。」

我沒接話。

「『你有第三隻眼，』我老媽說，『這時候聽來好像是天大的好事，米基，但你很快會發現，它是禮物但同時更是個詛咒，因為它終會讓你看到你將來看不到的事。』看上帝份上，她這輩子有很多話講的不對，但這段話卻再正確不過了，老友，我不信我還能活著看到日出。」

「如果你真相信是這種結果，」我說，「那幹嘛我們不掉頭就走回家去。」

「我們得走下去。」

「為什麼？」

「只因為我們必須這樣，只因為我沒別的路可選擇，只因為要是我不怕那些人和他們手上的槍，那我幹嘛要怕我自己的想法？而且我得告訴你這個，我倒真不在乎會死掉。」

「哦？」

「有哪個人想到我會活到現在這麼久呢？仔細想想你會認為，我一定老早被哪個鬼給宰了，或老早死在自己的衝動魯莽之下。喔，我有好一段還不賴的老日子，有些事我做了，但很後悔希望自己沒做，也有些事我沒能做，但頗懊惱希望自己做了，然而終歸來說，就算可以改變這一生，我也不要，更何況話說回來，畢竟你也真的不能，不是嗎？」

你所有的淚水亦不能洗去任何一字……

「是，」我說，「是真的不能。」

「我很走運擁有我所有的這一切，如果這一切得告終，那就讓它告終，我看過太多人死去，不會再懼怕死去的過程，若說會痛，呃，生活裡會痛的可多了，我不怕這些。」

「當時你人在愛爾蘭，」我想著說，「我曾提一整箱錢去跟綁匪交換個小女孩回來，我得走向好幾把上膛待發的槍去完成這件事，面對面持槍那傢伙是個極不穩定的人，另外一個更隨時抓狂得簡直像個瘋子，我相信我有極高的機率被打死在當場，但說實在我居然也不怕，我曉得我一定跟你講過這一段，但我有跟你講為什麼嗎？」

「講吧。」

「這是我當時湧上心頭的想法，我知道自己活得夠久了，已稱不上英年早逝，我搞不清他媽的我怎麼會覺得這想法能讓自己安心，但我的確如此，而我也就不害怕了。」

「這是好幾年前的事了，」他說，「我又比你老了兩歲。」他清了清喉嚨，「我自己也沒準備好神父，」他說，「你曉得，說實話這還真有點困擾我。」

「是嗎？」

「倒不是欠個奶白臉豎領子的老傢伙碰碰我額頭，送我劈哩啪啦拍著翅膀去找耶穌，」他說，「我不在乎這些，但我內心底下最深處真有個想法，我希望能有機會在死前做一次告解，這樣，我相信我會卸下我這一身罪惡的重擔，死得輕快一點。」

「我了解。」

「是嗎？你可能不盡了解，你不是在信仰中長大的，跟非天主教徒你很難正確解釋告解的真意，它是什麼，還有它為你做什麼。」

「我們在戒酒聚會也有類似的做法。」

「是嗎？」他不覺停住了腳，「但我沒聽說過有啊，你們真有個告解的儀式？你們走到神父面前，敞開自己的靈魂？」

「不全然這樣，」我說，「但我想大體上來說是相同的，這是我們進階步驟之一。」

「共十二個步驟，是嗎？」

「是的，並不是所有人都會把注意力擺這上頭，尤其是剛開始，那時候想不開戒再喝杯酒都夠難的了，但那些肯走上這些步驟的人好像比較能長時間維護得住清醒，因此，絕大部分的人遲早會走上這條路。」

「告解是其中一部分？」

「第五步驟，」我說，「這是正式的稱謂——你真想聽我細說從頭嗎？」

「我很想。」

「你要做的便是向上帝，向你自己，也向其他人承認你自己的錯誤。」

「你的罪，」他說，「但你怎麼界定何者是罪呢？」

「這你得自己去判斷，」我說，「戒酒無名會沒有上級指導員，不會有人負責審理你。」

「收容所總是由瘋子負責掌理。」

「沒錯，差不多就這意思。而走向這步驟的方法就是向眾人敞開你自己，我聽到的勸告是，把我這輩子所做過所有困擾我的事都寫下來。」

「老天，等你寫完你的手不就廢了嗎？」

「事實正是如此。所以我坐下來，面對著筆記本，用的方式卻是對著另外一個人把我要講的全說出來。」

「神父嗎？」

「有些人是跟神職人員，早些時候這是最常見的方式，但現在絕大多數走這一步的人都是跟輔導員。」

「你也是這樣嗎？」

「是的。」

「也就是那個佛教徒囉？怎麼搞的我老記不住這可憐傢伙的名字？」

「吉姆．法柏。」

「你跟他講了你做過的所有壞事。」

「雖不是全部，也不遠了。有一些事我一直到最近幾天才想起來要講，應該說當時我所能記得的我都說了。」

「然後呢？他給了你赦免了？」

「不，他就是聽而已。」

「喔。」

「然後他總會說，『好吧，事情就是這樣，你現在感覺如何？』我會回答感覺和原先沒什麼兩樣，然後他會說我們為什麼不喝杯咖啡去，我們就一起去了，就這樣。但最後我感覺……」

「釋放開來？」

「我想是這樣，沒錯。」

他點點頭。「我不曉得你們那票人這麼做，」他說，「這的確就像是告解，但我們的方式有更多的儀式行為，不意外吧，嗯？我們做的所有事都包含著更多的儀式行為，你從沒試過我們的方式，是吧？」

「沒有，當然沒有。」

「『沒有，當然沒有。』對你來講哪會有『當然』這回事？你跟我一起望過彌撒，不只這樣，你還領了聖餐，你都不記得啦？」

「我好像忘也忘不掉。」

「我也是！老天，還在操他媽一個怪節骨眼上，我們兩個才染一手血從馬帕斯回來，然後直奔聖本納德的屠夫彌撒，本來像平常一樣，人家領聖餐我們乖乖坐位子上，媽的突然間你來啦，站起來頭也不回走到祭壇欄杆前，我他媽也緊跟你後頭，我身上有一堆罪未告解，而你根本就是個沒受洗的異教徒，我們居然領了聖餐！」

「我不曉得自己怎麼會這樣。」

「我也不曉得自己為什麼還跟你去！但之後我覺得非常好，我說不上來為什麼，但絕對是這樣。」

「我也是，之後我再也沒這麼做了。」

「我希望是沒有，」他說，「我也沒有，我敢跟你打包票。」

之後，我們安靜的走了一小段路，接著，他說，「儀式行為，就像我剛講的。『憐憫我，因為我犯了罪。』這是我開頭會說的話，『自從我上一回告解至今，已然超過四十年了。』老天，都四十年啦！」

我沒講話。

「再下來我就不曉得該講什麼了，我想不出還有哪條誡律我沒違犯的。喔，我一直遠離聖壇的神父，而且時間長到誰也不相信的地步，但我不以為這就代表了我不需要他們，我想我還是從頭到尾認罪，一條誡律一條誡律來。」

「有些人是坦承自己所犯的每一條重罪來完成這第五步驟，你曉得，有驕傲、貪婪、暴怒、貪食等等。」

「你們的可能容易一些，只有七種罪，比我們的誡律整整少了三條。但我喜歡你們的方式，只是講罪惡壓得你們的靈魂不得紓解。呃，這方面我可多了，我一直過著罪惡的生活，而且壞事做盡。」

腳下忽然咔嚓一聲脆響，跟著我聽到有什麼竄入灌木叢裡，大概是某種被我們驚嚇的小動物吧。遠遠的，我還聽到的咕咕聲音一定是隻貓頭鷹發出的，這之前我從未親耳聽到過。米基停了下來，背抵著樹幹。

「有一回，」他說，「我一直逼著個傢伙吐出實話來，他把錢藏起來，怎麼都不肯講在哪裡，動刑好像只會更堅定他打死不講的意志，因此我伸手挖出他一隻眼睛，硬生生從他臉上摳下來，我把這顆眼睛放我手掌上，擺到他面前。『你的眼睛看著你，』我說，『它可以直接看穿你的靈魂，現在，要不要我也把另一顆拿下來？』他這就老實招了，我們也順利拿到錢，我把槍管插入他空眼窩裡，一扣扳機，腦漿都被我轟了出來。」

他只講到這裡，這些話懸浮在我們周遭的空氣中，直到一陣微風吹走。

「還有另外一次，」他說……

8

他所講的我差不多全忘了。

我說不上來為什麼會這樣，並非我當時心有旁騖，當時難道我還能做什麼別的？婚宴裡的賓客要不留意到現場闖入的老水手，都比我機率大些。

然而儘管如此，他所說的話彷彿無掛無礙的穿過我的意識，漂流到無何有之鄉去了。彷彿說我只是個水道，一條他告解流過的管子，也許那些慣聽別人自我揭露的神父或心理學家正是這樣子，也許不一樣，這我不敢說準。

我們繼續前行，他也繼續講著，有些相當長，有些則很簡潔，其間我們還走到一個小空地，我們坐下來休息，但他繼續講，我仍繼續聽。

最後我們來到了他終於講完的地方。

∞

「這條路比我印象中要遠，」他說，「大概是因為晚上走速度慢了一些，再加上我們一路上走走停停的，不是嗎？這條小溪是我土地的天然分界，夏天最熱時只是條乾溝，但初春雪融時則水流滾滾。我們待會兒找個地方涉過去，希望不會把腳弄溼掉。」

稍後我們便照計行事，找處溪中有石頭浮現的地方隔島躍進。

「他聽你告白之後，我是說你那佛教徒好朋友，」他又開口了，猛地想起來，「也就是吉姆．法柏。」

「你記住他名字了。」

「可見我還有救。他聽你講完後，事情是不是就這樣告一段落？他有沒有就你的罪給點諫言，或至少兩句安慰什麼的話？隨便什麼動聽的話？或像一般神父說的那些？」

「沒有。」

「他就這麼擺著？」

「接下來一切仍看我自己，要走下去，我們得懂得寬恕自己。」

「看上帝份上，這怎麼做啊？」

「呃，有一些路可走。這不完全是罪過從此洗清這回事，但也許效用和這個類似，針對你已然造成的傷害做些修正。」

「說是這樣說，但誰曉得這要從何開始啊？」

「某種自省吧，」我說，「這是其中最要緊的部分，但別問我你要怎麼做，這可不那麼巧正好是我的專業領域範疇。」

他認真想著，微微頷首，嘴角也微微的上揚。「所以說你也不保證我告解完就清除了罪愆了。」他說。

「如果我能的話，我當然希望那樣。」

「喔，你這算哪門子神父啊？從頭到尾整個規格都不對，真是的，人家耶穌把水變成酒，你大概是那種把酒變成水的。」

「完全顛倒過來的神蹟。」我說。

「把酒變成沛綠雅吧，」他說，「變得滿是小氣泡。」

31

從涉過小溪之後這一剎那開始，我們便正式踏上米基的土地了。我們繼續在林子裡走了個五分鐘，來到一小塊乾淨的空地，側邊稍高那一塊就是果園，也就是肯尼和麥卡尼的埋骨之地。果園後頭是菜圃，然後才是豬舍和養雞場，再過去便是我們的老農莊了。

「現在開始我們得閉嘴了，」他低聲說，「我們發出的聲音，他們還太遠了不可能聽到，但動物會警覺到，事實上，要想順利繞過豬舍和雞場而不讓那些動物曉得，可得有魔鬼般的伎倆才可能。就算我們什麼聲音也沒，牠們照樣能聞出我們的氣味，但牠們自己一身臭味怎麼還可能聞出其他味道來，這對我永遠是個大謎題。」

雞場裡還養有好幾隻珠雞，他說，漂亮極了的東西，牠們喜歡棲樹上，你一靠近牠們就一陣嘰哩呱啦亂叫。歐馬拉喜歡養珠雞，喜歡牠們的長相，而且他擔保在最豪華的盛宴上珠雞也是最精緻最奢華的一道菜，可是吃過後他發現珠雞肉遠比尋常雞肉的纖維粗，而且味道也不及。但牠們在示警一事上表現非常精采，真可稱之為長著翅膀的看門狗，因此不管我們經過時如何小心翼翼，珠雞一定會喧鬧起來，另一邊的豬也會跟著叫。然而我們對付的是城市來的人，他們聽到這一場雞飛豬叫會有怎樣的反應？

我們熄了手電筒，走這段空地，月光足夠幫我們照路了。我們前進得很慢，每一次提腳都極小心，每踩下一步都極輕悄，出果園時，我看見了農莊裡的燈火，我唯一聽到的是自已的呼吸聲。

我們繼續向前，接下來是一段碎石子小徑，但我們選擇小徑邊緣走，邊緣的雜草踩上去遠比滑動的碎石子無聲無息。農莊那扇透著燈光的窗子一直吸住我的眼睛，我可以想像裡頭那些人的景象，一堆人圍在圓桌前，海吃海喝那個大型老冰箱裡的食物，老歐馬拉先生的藏酒，以及歐馬拉太太所醃漬的水果蜜餞。我並不想做此想像，我想專注於我現在做的事，但想像自動找上我腦子。

米基忽然停下來，抓著我膀子。

「你聽。」他悄聲說。

「聽什麼？」

「什麼聲音都沒有，」他說，「我們靠這麼近了，應該可以聽到聲音才對。」

「屋子裡的動靜嗎？」

「那些動物，」他說，「牠們聽得出我們，牠們應該會騷動起來才對，所以我們也應該聽得到牠們聲音啊。」

「我什麼也沒聽到，」我小聲回答，「但我確定可聞出牠們來。」

他點點頭，迎風嗅著，又嗅了一遍。「我不喜歡這樣。」他說。

「誰會喜歡？」

他眉頭皺了起來。他再次努力的想從夜晚的空氣中抓住某個我並不曉得的東西。我猜，他已習慣於此地豬和雞的氣味，這氣味跟原先稍有不同，他馬上就察覺出來了。

他伸根食指到唇上，靜靜的領著路，我們愈接近那個圈著欄柵的豬舍，氣味也就愈發的強烈。他直接走到欄柵前，兩手抓著最頂上的橫欄探身進去，裡頭鴉雀無聲。此時，我也清楚聞出來了，在動物的糞便臭味上還浮著一層明顯的腐味。

他開了手電筒，朝豬舍裡掃射，光束裡出現一頭死豬時，他定在那裡，這隻豬側躺在自身的血泊之中，白色的腹部布滿彈孔。米基手電筒又四處掃了下，我又看到了其他死豬。

他關了手電筒，自個兒點著頭，又開步走向雞場，那邊的情況完全一樣，只是更凌亂些，血和羽毛到處都是。米基立在那裡，看著如此大屠殺場面，深深呼吸著，一次，兩次，然後他啪再次熄了手電筒，轉過身來，回到我們剛剛彎進來察看的地點。

我第一個浮上來的念頭是，他要轉頭走開，從這一切走開來，我們會回頭再涉過小溪，穿過林子，回我們停老雪佛蘭之地。但我曉得事實絕不可能這樣，並也馬上明白他是走向那個小工具屋子，也就是上回看過那個倉庫般小屋子。我曉得裡頭放了把鏟子，想到鏟子我當場又起了愚蠢的念頭，他是打算埋掉這些被集體屠殺的動物。但事實也絕不可能這樣。

他說，「如果有一隻狐狸或一隻鼬鼠鑽進雞窩裡，呃，牠就會屠殺成這副樣子，你會發現每隻都死了，但沒有一隻被吃掉，毫無道理的凶殘，你可以稱牠這樣，然而，難道你沒看出來，鼬鼠至少有個理由，牠需要血，牠喝了每隻雞的血，把肉給留下來，因此你若說牠嗜血，呃，你只是陳述個簡單的事實而已，牠的確是喜歡喝這些血。」

他轉身向我。「他們要的，」他說，「只是練槍的靶子，試試自己的槍，並相互炫耀罷了。還有就是射殺動物的樂趣，看著牠們四下逃命，血一邊不斷的噴出來，然後再開槍，又再開槍。」

我想著他的話，點點頭。

「如此，」他說，「事情就更容易了。」

「你這話我沒聽懂。」

「我一直努力想著要怎麼把老歐馬拉夫婦給救出來，有極小的機率他們仍然活著，但現在我曉得了，他們毫無活命的機會，你打電話時不是歐馬拉接的嗎？」

「我不敢百分之百確定，但我猜極可能是他沒錯。」

「這是他們暫時留他活命的原因，」他說，「不是等你打電話，因為他們絕不會想到你有辦法打回來，而是防止萬一我打過來，我要過來這裡前可能會先打電話，他們留他接電話，只要一把槍對著他腦袋，另一把槍對著他老婆，他除了照他們說的做之外，半點辦法也沒有。」

「難道他們就不可能還活著？」

「不可能，」他說，「這你可以怪我頭上，你可以想想看，是安迪那通電話宣告了他們死刑，如果說我當時阻止安迪回家，他也就沒機會偷打這個電話，那他們也就會繼續留著歐馬拉活命，他，還有他老婆兩個，意思是，到現在為止他們還會活著。我想清楚這個了，你曉得，但想清楚得太遲了，我想清楚這個，是在我打了安迪家電話、聽到忙線訊號那一刻。現在，他們曉得我們出發了，當時我想，跟著馬上我想到這最直接的後果，我知道我犯了錯了。」
「你不能因為這樣怪罪自己。」
「我能，」他說，「但我不會浪費一大堆感情在上頭，電話打或不打。他們到這一刻也可能殺掉歐馬拉夫婦，比如他們無聊得發慌，比如他們已找不到活物可開槍。就算他們夫妻倆現在還活著，從現在算起一小時後，他們活下去的機會也小得可憐了，不必說從屋子裡救出兩個活生生的人，光是放開手打這場仗對我們兩個已經夠困難了，」他歎口氣，「他們這一生這樣也夠了，兩夫妻都是，他們在幾小時前出發上天堂，現在應該到了吧，不是嗎？而我們此時此刻還準備下地獄呢。」

32

「我們還有另外一個優勢，」他說，「他們太蠢了。」

他一腳跨進工具小屋裡一腳留在門外，進行他的備戰作業，從五加侖的油桶抽出汽油灌入酒瓶中，再搓碎片到瓶口塞起來，我蹲過去，替他執手電筒照明。這間工具小屋在果園後頭近處，因此，距我們挖的雙人墳坑亦不遠。經過這段時日，該處比我們當時覆土上去要平緩了些，但還是可看出表面稍稍凸起。

農莊在兩百碼之外，這個距離他們不可能聽見我們交談，儘管如此，米基還是盡可能壓著嗓子。

「蠢啊，」他又說了一次，「這些王八蛋沒事屠殺豬和雞，真是蠢蛋還要加三級，總之從頭到尾就是個蠢字。你想想如果我們把車直接開到這裡停呢？想想如果我一定要安迪把車開到後面這裡，想先看一眼他們兩個的墳墓，或先查看一下我的豬或我的雞，或操他媽隨隨便便什麼個原因？安迪不敢不開過來，我也就看到這些個動物了，那他們準備了半天要給我們的大驚喜當場就不驚喜了。這是個好訊息，愚蠢，如果他們會在這件事上頭這麼蠢，那他們在其他事上頭一定也這麼蠢。幫個手拿一些，但以能帶得動為原則，千萬別貪，你不會要掉個瓶子在地上，或走起來匡噹匡噹響，最好我們分兩趟拿。」

結果我們分了三趟，第一趟純粹是這些灌了汽油的酒瓶；第二趟是汽油桶，只剩半桶了；第三趟才是裝槍和子彈的帆布袋。我們把這些全藏入雞場旁邊的長草堆裡，大功告成之後，米基背抵著一根圍欄柱子，調勻了呼吸，取出他後口袋裡的小銀扁瓶，他拿手上，看了會兒，沒打開來又放了回去。

他把頭靠向我，輕悄的說：「以這些人的蠢蛋程度來看，」他說，「他們可能連個哨兵都沒放，但我們得弄清楚這點，而我還真希望他們有，這樣我們可先把他摸掉，幹掉一個少一個。」

我們把手電筒連酒瓶和備份的槍枝留一起。米基伸手進帆布袋拿出個滅音器，試試可以裝他手槍上沒問題，這才拔下來放入口袋，槍則插回腰帶後頭。

我們往農莊潛過去，注意腳步不發任何聲響，並保持在暗影的掩護之下，我們往往前進兩步，立刻停下，細聽周遭的可能動靜，然後才再向前邁步，等我們順利通過屋邊時，我可以從一扇敞著的窗子聽見屋裡的動靜，我聽到人的談話聲音，其中一個聲音頻率較高顯然是女性，當下我以為是歐馬拉太太，但馬上我懂了那是來自某個電視節目。他們占領了農莊，殺了所有的人和所有的動物，又布好陷阱等我們跳，而現在他們居然看起電視來了。

繞到距離屋子二十碼左右以後，我呼出一口大氣，這才察覺我原來半屏著氣已好一段時間，小心翼翼讓呼氣吸氣的量減至最低，好像怕驚擾了周遭的空氣一般，直到此時，我才狠狠的吸它幾口空氣。這裡，我們已然通過他們最可能聽到我們聲音之處，馬上我們面臨的考驗是他們的可能陷阱，我們得很快找出他們哨兵來，在完全不曉得放哨地點何在的情況下，甚至該說也完全不曉得到底有沒有的情況下。

米基先行，他走的是碎石子車道的左側，我則是右側，保持跟他五碼光景的距離，他前進我就前進，他停我也停。車道很長，順著我們走的方向微微向左彎，且隨著自然的地形成為緩和的下坡。車道隱蔽性極佳，整個罩在兩旁的樹和灌木的陰影裡頭，事實上，我兩腳一路踩過來，都沒法完全看清楚腳下踩的到底是什麼，我的步伐無聲，但還不到我想要的那種全然無聲 純粹理想狀態。

我前頭的米基忽然又停了，我正覺得奇怪，馬上我也就聽到了，很微弱，但絕錯不了，死亡在我們面前，輕柔的樂音響著。

米基警戒的向前，我跟上，隨著我們的接近，這音樂聲量也就逐步增大起來，沒多會兒米基伸手示意我停下來，並豎根食指在嘴唇上。他單手插進口袋中，另一手則抽出腰帶上插著的槍，我敢說他一定是找放口袋裡那個滅音器。

然後，他又前行，溜入到陰影深處，我都無法清楚看見他，我也從我肩帶抽出左輪來，持在手上，我聚精會神聆聽，唯一聽到的是收音機的聲音，放著一首西部鄉村歌曲。歌很熟，但聽不出歌詞講些什麼。

空氣中，我抓住了一縷氣味，我聞起來是菸味，有人抽菸的菸味。

跟著我所聽到的就一定是槍聲了，要不是我豎起耳朵聽，否則我一定不會聽見；要不是我預期會有槍聲，否則我也一定辨識不出來。它是極低極輕微的啵啵之聲，好像你按破氣泡紙會有的那種聲音。

米基從陰影中現身出來，揮手要我也過去，我仍保持著腳步無聲走過去，這裡，其實我們又離開他們相當一段距離了，理論上他們絕不可能聽到我們腳步聲才是，但還是沒必要冒險弄出沒必要的聲音出來。

車道一旁，一名男子攤開在一張帆布便椅上，他穿芝加哥公牛的運動夾克和李維牛仔褲，腳上則是馬汀大夫鞋加白運動長襪，膝上擺一管槍，是大型九〇口徑可裝彈十或十二發的自動手槍，但他再沒機會用到了，因為做為一名槍手的日子至此已然告終。他被開了兩槍，一槍正中胸膛，另一槍準準穿入額頭，如果丹尼男孩認識他，那張名單上又會多出一個名字。

一具攜帶型小收音機仍兀自奏著背景音樂，小收音機旁是一壺半加侖裝的酒，還三分之二滿，此外，地上還丟了個手機，幾碼外則是他抽過的香菸，米基伸出一腳踩熄掉，接著遲疑了下，又一踹手機把它給毀了。

安迪的 ZIPPO 打火機出現在他手上，他點了火，拿近到死者的臉部，我好好看了一眼，搖搖頭，這個人我從未見過。

「我想他有可能是擱我路的一個，」我小聲說，「不是那個史卡若，是另一個我沒看到他長相的，當然啦，那天晚上他穿的是雙軟鞋，不是馬汀大夫鞋。」

「也許是那晚之後他學乖了。」

「你給他上的課，比我的要重要多了。麻煩你再點一下打火機好嗎？一槍頭部一槍心臟，全是不大流得出血的一槍斃命型槍傷，不管先中的哪一槍，一定當下就掛掉大吉了。」

「老天，」他說，「你也省省力氣別查這操他媽的謀殺案了，我們都曉得凶手是誰。」他熄了打火機，收好，又拔下槍口的滅音器，放回口袋裡，並退下彈匣，重新補充了兩顆子彈。然後，他撿起剛剛他開槍時彈出的彈殼，原來想也放口袋裡，旋即變了主意，用襯衫衣角揩了下，扔到死者的膝上。

我們把他留在那兒，連他的槍和殺他的彈殼，音樂也仍然播放著。

33

我站在屋子後頭，牆上有個大金屬盒子，盒子門此刻被我打開來了，我抓著主電流斷電器的把手，身子盡可能的往左傾，好看到米基所站的屋子一角。他已穿上他父親的圍裙，我努力想說服他別這樣，這讓他成為一個太醒目的槍靶子，但他不聽。這時，他做了個手勢過來，我一傢伙拉下把手，切斷整座農莊的全部電力。

屋子瞬間黑掉，當然，也靜掉，只靜了一或兩秒，但米基已展開行動了，他點燃了汽油彈酒瓶上的碎布芯子，丟擲過去，又衝到右手邊十碼處，點燃另一瓶，同樣扔了出去。

屋子裡，聲音瞬間爆開來，人聲喊著，呼叫著彼此，一片黑暗中，盡是桌椅翻倒以及碰撞到牆壁的混雜聲音，我回頭跑了幾碼，到我放置汽油彈酒瓶之處，劃亮火柴，點燃了瓶上的破布芯子，對著一樓窗子扔進去，在玻璃匡啷粉碎聲中，酒瓶鑽了進去，跟著是一聲爆炸，我看見窗內的火燄整個蔓開來。

屋子正面那邊又有同樣的爆炸聲傳來，裡頭呼叫彼此的喊聲更高亢急切，我把我手邊還剩的兩瓶都點了，其一我送入一扇兩樓的窗子，另一個我對準後門時，正好有人拚了命想把門打開，於是，它便在門口走道上爆了開來，烈燄如花盛放。

我再次抽身回頭，這會兒聽到屋子正面那頭起了槍聲，同時，後頭一扇窗子出現了一抹人影，我立刻開火射擊，對方在朝著我這方向隨意開了個兩槍之後，乖乖從窗口退了回去。

我趕快起身，跑到個好位置守著，這裡我既可看到屋子正面的狀況，又可以整個控制住後門。一顆子彈從我頂上呼嘯而過，我趕忙朝地上一趴，順勢一個翻滾，反擊回去。我沒打中什麼，除非你認為打中屋子也算。

現在，火勢不可收拾了，樓上樓下每個可見的角落都是噬人的火燄。忽然又是一聲巨大的爆響，或應該說是破裂之聲，二樓側邊的一扇窗子應聲碎開來，有人衝出到陽台之上，我快步繞過屋角，並一邊開槍射擊，他一邊還擊，一邊攀過陽台欄杆往樓底跳下來，他跛了一隻腳，我心想，那晚攔我路的人是他而不是那名死掉的哨兵嗎？還是說，他跛了腳只因為剛剛從陽台跳下來摔的？

我雙手握槍，一扣扳機，但擊錘咔答只擊在空彈筒上。我把左輪扔了，從背後拔出安迪的九〇自動，這瞬間他看到我了，立刻兩槍過來，其中一發擊中我右側鎖骨稍下方，背心擋住了子彈，但強大的衝力打得我失去平衡，我穩住自己，瞄準，扣扳機，又什麼也沒發生，我的拇指摸到了保險，打開來，再次瞄準，開火，這回他用力抓著胸膛，顛了一步，終於摔倒在地上，我候了一下，發現他不動了，這才跑上前去，在他腦袋上補了一槍。

左輪剛剛被我扔了，我回頭找到它，甩開彈筒，從外套口袋摸出新子彈重新裝填，就在我剛裝好子彈並把彈筒甩回原位之時，後門嘩的終於被成功衝開，一條人影穿過火燄出來。

是杜尼．史卡若，他手上持著某種自動武器，馬上一陣盲目掃射，但他沒看見我，子彈更是不曉得打哪裡去了。我瞄準他，開火，但沒中，他大叫一聲，槍口擺過來對著我，但匆忙之下射高了，我穩住槍，射中他肩膀，他鬼哭神嚎的一轉身子，好像想朝屋裡躲，但門廊已是火海一片了，他只好再轉頭回來，一隻手臂垂著，槍枝極彆扭的換到了左手，我開槍沒中，再開槍，這回子彈進了他肚子裡，在肚臍和鼠蹊之間，他又大叫出聲，抓著自己倒了下來。我想著上回放他一馬逃生的情況，跑到他跟前，他瞪著我，我這回多送了他兩槍，完結了。

8

現在沒必要再守著後門了，因為再沒有人有辦法穿過後門的火海出來，我從屋子右側繞過去，找尋米基，白花花的屠夫圍裙讓我輕易發現了他，如今我們兩人集中火力於這幢烈火農莊的正面，但我們各據一頭，成犄角之勢。

對方從窗子射擊，米基對著子彈出處射回去，裡頭又一聲巨響似乎傳自二樓，一根屋樑垮了下來，屋頂跟著塌了一大片，大概是這樣，然後，聲音停格了一下下，馬上，有兩個人一前一後出現在一樓陽台，其中一個撞破前門，緊接著另一個擊碎殘破的窗子，從窗台一跨而出。

其中一個我沒見過，他留束馬尾如老時代的鄉村歌手，還蓄了像河艇上賭徒的鬍髭，雙手各持一把手槍，輪流開火。我不曉得他射哪裡，甚至我不以為他眼睛是睜著的，他就這樣傻傻呆站那裡，胡射亂射，我給了他一槍，沒中，米基則開了兩槍，中了，這傢伙翻身向後又穿過窗子摔回窗子後頭的火燄裡去了。

另一個是月亮蓋夫特。

我之前沒見過他，但我輕易就認出他來。這傢伙頗高，至少六呎五吋，大骨頭身架子，以及一張蒼白如月的大圓臉。古怪的長臂加上碩大的腦袋，讓他看來像某個外星球來的怪物，也像一隻超大的螳螂。

他眼睛朝向我這邊，但我不認為他看到我，他很快發現了米基，槍口一擺指向米基的斑斑白圍裙，我開槍給了他一彈，子彈擊中他左肋骨，但他似乎毫無感覺，我還以為他一定也套了件防彈背心在身，在此同時，我卻看到血流出來，流過腰帶，順著褲管而下，但他仍挺著，完全沒理會自己的槍傷，只專注的對著米基開火。

我雙手握槍，這次我瞄他心臟，但子彈射出，卻偏高中了肩膀，傷口同樣打出血來，但就算這次他有感覺也完全看不出來，他仍對著米基開槍，還一路從陽台台階衝下來，朝米基方向追去，邊跑邊射。

米基還擊，又一彈進了他胸膛，這讓他腳步慢了下來，但他仍持續往前逼，我快步衝了過去，一邊跑大型九〇自動手槍連著三發子彈打過去，有一槍歪了，但另兩槍準確命中，一槍皮帶那兒，一槍背部下方，但還是一樣好像對他完全沒作用。

最後，米基踩一步向前，又打中了一槍，蓋夫特這才停了腳步，槍從他手指間無力掉了下來，米基繼續上前，把槍管伸進他敞著的大嘴裡面，把他整個後腦袋給打飛掉。

「老天，」他說，「這傢伙可真操他媽的耐殺。」

我站著，正想喘口氣，馬上又一排子彈從後頭飛來，我只好朝地上又一撲，順勢翻滾過來時，我終於看到了杜林，佩第．費樂里的雜種兒子，他站那兒，襯著背後燒火的房子如剪影。他手持一挺自動步槍，就像越南佬拿來掃射葛洛根用的，他看向我，我們兩人眼神瞬間一會，正如我們初次在酒店見到彼此那樣，跟著，我先動手，沒打中，他掃射時我正好撲倒在地，子彈於是射高了，跟著他矯枉過正，接下來一排子彈又太低了，在我面前草地挖起一片塵土。

我抬眼一看，米基起身正對著杜林，一扣扳機，他連著兩槍都沒擊中，杜林則想來個掃射，但只有一聲空響，因為子彈被他掃光了，他花了太多子彈在那些無辜的豬和雞身上。

我開槍，打偏了；米基再次開槍，又一樣沒中，杜林一丟手上步槍，躍過陽台欄杆，打算開溜了，他跑的方向是朝著屋後的豬舍、雞場和果園那裡。

米基追著他持續開槍，一槍也沒中，最後咔答一響，他扔掉手中空槍，卯起全力，跟著杜林身後追過去。我的左輪這會兒也打光了子彈，我猜自動手槍裡應該還有一兩顆留著，但我不相信我打得到如此快速移動的目標，更何況還有米基亙在我和杜林之間，我根本試也不敢試。

我原以為杜林可以從米基手中逃掉，他年輕二十五歲，而且看起來至少輕了五十磅，但米基居然追上了他，而且飛起來撲向他這個年輕的敵人，接著兩人在地上一陣翻滾扭打，我完全看不到發生了何事，然後，我看到了米基的手臂舉了起來，高舉過頭，月光在他手中某物上泛出冷輝，這隻手臂狠狠下去，響起了一聲慘叫，在夜空中尖銳而淒厲。米基的手臂再次舉起，下去，叫聲戛然而止，然而手臂依然舉起，下去，舉起，下去……

我站著，喘著氣，兩手各握著一把派不上用場的槍，很長一段時間周遭一切像凝凍了一般，只身後的大火兀自劈啪作響，終於，米基站起身來了，他踢了什麼一下，向我走過來，又停了好半天重重的又踢了那個東西一下，他踢第三次時，當然我知道了那是什麼。

滾在他腳前的像個走了樣的足球，但這回他彎身下去，把它扯了起來，然後他就這樣伸直一隻手臂拎著走向我這邊，他抓的是杜林已然和身子分家的腦袋上的頭髮，腦袋上的眼睛仍怒睜著。

「看看這操他老娘的！」他叫著，「現在是不是跟他那老爸完全一個樣了，嗯？要不要也找個皮袋子裝起來？我們是不是也該帶小佩第每個酒吧坐坐，讓所有人也能瞻仰他。為他乾一杯？」

我什麼話也沒說。唯一的回答來自農莊那頭，巨大的斷裂聲中一根大樑又垮了，我應聲轉身過去，看到整片屋頂凹陷下去，火花四濺的沉入火海之中。

「喔，老天！」米基大吼著，手臂往後拉，像銀笛長鳴時籃球員在中場想甩球入籃框那樣，他把那個腦袋拋起，劃一道極高的弧線，穿過一個已然毫無阻攔敞著的窗洞，消失在大火之中。

他盯著看半天，反手從後口袋摸出他的銀質小扁瓶，旋開蓋子，腦袋往後一仰，直喝到涓滴不剩為止。這是從我們在湯姆．希尼家發現屍體到現在，他第一次喝酒。

他把蓋子旋回空掉的小扁瓶上，有那一剎那，我以為他會像丟擲杜林的腦袋般，也把這小扁瓶扔出去，但沒有，他只好好的收回後口袋裡。

34

我們把我們的槍也扔進燃燒的屋子裡，連同汽油桶，以及帆布袋和袋裡所剩的槍枝子彈，然後掉頭走上我們的來時路，順著那條長車道，繞過已成屠宰場的豬舍雞場，經過工具小屋，走進果園裡。

「我們穿樹林回去。」他說，「這比走小路要短，儘管難走些走起來慢，可是我們現在總不希望半路遇到誰，對吧？」

「沒錯。」

「這麼晚了其實路上也不至於碰上什麼人，我甚至懷疑會不會有消防隊來，已經燒成這樣子了，但我相信還是沒有任何一個人可能瞧見，等到有誰不小心來到這裡，那老早已燒光熄火成了一片焦土了。」

「這是一幢好房子。」我說。

「也是有名的房子，內戰之前建的，或應該說起碼他們跟我講的是這樣，這指的是做為房子主體的中間部分，陽台是後來加的，還有一樓左手邊部分也是後來蓋的。」

「我想這是逼他們出來的最佳方法，把房子給燒了。」

「我同意，」他說，「但就算我能什麼事不必做等在那兒，就算他們會自動一排走出來，兩手交叉擺腦袋後頭，等著當我們槍靶，呃，事後我仍然會一把火把房子給燒了。」

「你想把它燒掉？」

「我想。我唯一遺憾的是我沒留一點汽油下來，好連豬舍雞舍都一起燒掉，可能的話我希望這一切都能灰飛煙滅，你是不是覺得我很神經？」

「我不會再覺得有什麼是神經的了。」

「我怎麼可能再到那裡去呢？我怎麼可能還能看這該死的地方一眼呢？我所能看到的還不是豬舍裡滿身彈孔的死豬，還有雞場裡四處染著血的羽毛和散落的死雞。還有老歐馬拉兩口子也全死了，感謝上帝，沒讓我看到他們的屍體，讓這把火埋葬了他們，嗯？」他搖搖頭，「你曉得，這農莊是老歐馬拉的，文件上是他的名字，好吧，那就讓誰去傷腦筋怎麼辦好了，就讓官方拿去好了，也好抵償這些年漏稅造成的損失。他們大可把這片土地併入鄰接的那一塊，這樣的話這裡一大片就全是州政府的了，就讓這塊地去死好了，讓這塊地操他媽的下地獄去死好了。」

我們丟了從安迪手套盒裡搜來的那管手電筒，但米基還帶著光線較強的那支，也就是黑橡皮表面、我從別人車裡幹來的那支。他開了手電筒照路，我們走回那條小溪，涉了回去，但這次我們沒費心再找石頭踩了，我們直接劈哩啪啦走過去。

他父親的屠夫圍裙仍穿他身上，剛剛他手電筒便是收進這圍裙口袋裡的，另一個口袋則沉甸甸擱著他父親的那把老屠刀，比起當年他父親操業那會兒，這把刀依然銳利如昔。

圍裙上印了不少新的血上去。

8

車子好好的在我們原先停的地方，也就是小木屋不遠的空地上，另外那輛四輪傳動多用途車也仍停在原地，我把借用的手電筒放回原車原地時，米基看著笑了起來。我們兩人上了老雪佛蘭，他一插進鑰匙，引擎立即啟動了。

我們靜靜的一路下滑到那個攔了鐵鏈掛了告示牌之處，我仍像來時下車鬆開它再復原回去，等我們上了正式路面後，米基說，「他們的人比我們原先估計的多。」

「六個，」我說，「杜林，史卡若以及蓋夫特，另外加上那個哨兵，一個頭髮蓬得像傑利．李．路易士的傢伙，很難想像長這樣子怎麼會是他們其中一員。」

「可能每一個看來都一樣很難想像會是其中一員。」

「另外還有一個。他從側邊陽台跳下來，我不曉得他是跳下陽台跛了一隻腳，還是他就是那天晚上被我踹跛了一隻腳的傢伙。其實我還是分不清到底哪一個才是，這個呢，還是那個哨兵，這兩人我都完全沒見過。」

「你射殺了他。」

「我們對著幹，」我說，「他打來的子彈被背心擋掉了。」

「老天，它又救了你一次是嗎？從現在開始，你應該每天晚上穿著上床睡覺才對。」
「我是愈來愈喜歡它沒錯，」我老實承認，「你穿這件白圍裙，實在是太好瞄準的靶子了。」
「現在沒那麼白了。」
「我看到了。但他們就是打不到你，不是嗎？」
「並非沒試過，但他們槍法太爛，每一個都爛，六個狗娘養的，管他槍法爛不爛，橫豎都被我們宰乾淨了。」
「而且全身而退，連一處擦傷也沒有，」我說，「顯然第三隻眼正式宣告失靈了。」
「喔，」他說，「我就等著你提這一壺。」
「我已經盡可能的忍著不說了。」
「說我有第三隻眼的是我老媽，但說起來這也不是她這輩子唯一搞錯的事情，比方她一輩子就沒講過英國半個字好話，但我不是講了，我上回去英國時發覺他們人有多和善。」
「一定要這麼掰也沒問題。」
「好吧，我就告訴你實話，我真心認為我會死的。」
「我曉得。」
「但我錯了，真他媽的錯得好，在沒有比你好一些的神父聽我臨終告解的情況之下。老天爺，我是真把以前所做的一大堆壞事都跟你講了！」
「你講了滿一會兒。」

「我得說我並不後悔，喔，這輩子我所做過後悔的事可還真不少，人總難免這樣，但我並不後悔把這些都跟你講。」

「很高興聽你這麼說。」

「然而聽完這麼多壞事，你居然還肯跟我站一起，併肩度過這個晚上。」

「老老實實告訴你，」我說，「你所講的，我並沒記得多少。」

「什麼？那你都沒在聽？」

「我聽得很專注，我沒漏過每個字，但它們就是不肯留下來，它們穿過了我，而我不曉得它們究竟哪裡去了，不管它們到底去了哪裡。」

「這耳進那耳出是吧。」

「差不多是這樣，」我同意，「我真記得的是你一開始講到的，有關挖出那人眼睛，要他看自己那段。」

「喔，」他說，「呃，這還真是個滿不容易忘掉的故事，不是嗎？」

∞

不多久，他說，「我在想接下來我要做些什麼。」

「我也很好奇這事。」

「你曉得，有關我的預感已經被我們兩個好好嘲笑了一頓了。」

「也就是所謂的第三隻眼。」

他點點頭，「它倒也不是全然都錯了。死亡，有各種形式的死亡，亦可以包含著重生。我是毫髮無傷，但我原先的整個生命不是死亡了嗎？告一段落了嗎？葛洛根毀了，農莊化為灰燼，肯尼和麥卡尼走了，還有柏克，彼得．洛尼，還有湯姆．希尼，當然還有安迪。

「全走了，所有這些人，還有老歐馬拉跟他老婆，還有所有的豬所有的雞，全走得一乾二淨。」

他重重敲了下方向盤，「走光了。」他說。

我沒作聲。

「我在想，」他說，「我已經沒地方去了，但這不是真的，我還有一個地方可去。」

「哪裡？」

「斯塔頓島。」

「那間修道院。」我說。

「是的，帖撒羅尼迦弟兄，他們會接納我的，你曉得，他們一定會的，你去，他們就接納你。」

「你打算待多久？」

「他們肯讓我待多久，我就住多久。」

「他們允許人家這樣嗎？可以長時期一路住下去嗎？」

「只要你願意，一輩子都行。」

「喔，」我說，「你真要去那裡。」

「我現在說的不就是這樣嗎？」

「那你到底會怎麼做？你會成為修士的一員嗎？」

「我不曉得我能不能做到這樣，最可能的是，我可能成為修道院裡那種俗家的雜役弟兄，但該怎麼做，什麼時候做，這得由他們來告訴我。我的第一步是先到那裡，第二步是找到其中一名弟兄聽我告解。」他笑起來，「這我現在已在你這兒試演過一遍了，」他說，「而我也知道了這不會害死我。」

「米基弟兄。」我說。

∞

過喬治・華盛頓橋時，我說，「有件事我們給忘了。」

「什麼事忘了？」

「呃，我不曉得我該不該對上帝未來的僕人提這件事，」我說，「但我們後車廂裡還有一具屍體。」

「我想過了，」他說，「我們剛上車的時候。」

「呃，我倒沒有，這事整個溜出我腦袋之外，我們打算怎麼料理他呢？」

「原來最好的方式是把他留在農莊，埋在那裡，這樣他不會沒有伴，或者就把他放草地上，和其他死者一起，反正他曾選擇跟他們一起，如今在他自己鋪好的床上，也和他們躺在一起。」

「但現在講來不及了。」

「喔，當時就已經來不及了，你想我們怎麼可能再揹他在樹林子裡走兩三英哩回去？而我又實在不想留他在我們停車的地方，就算我們當時手上有鏟子，可以把他給埋那裡，因為埋那裡很容易不小心被哪個人發現。我告訴你，安迪這傢伙死了還跟活著時一樣難料理。」

「我們還是得想個法子，」我說，「總不能就這樣把他給扔後車廂裡不是？」

「依我看這可不一定，車子是他的，不是嗎？還有誰比他更有資格躺在這輛車的後車廂裡呢？」

「我猜你已想好對策了。」

「我打算把車留在街邊，」他說，「在他所愛的布朗克斯區內，車門不鎖，鑰匙插著，你想需要多久時間才會有人把這輛車開去兜風？」

「不會久的。」

「而且他們極可能還會保留這車子相當一段時間，如果說我們更體貼點，把油箱給加滿的話。當然啦，如果不巧他們爆胎了，想找找看後車廂有沒有備胎……」

「老天，這多可怕的辦法。」

「唉，這是個多艱多難的老世界，就算你可以笑，你也笑不出來的。你曉得我會怎麼做嗎？我把車上這些該死的指紋先擦乾淨，在過去一星期之內，這輛車子是我開的，車上全是我的指紋，然後呢，我把車子開到碼頭去，把它沉進河裡，車窗全部打開，讓水淹進去，這樣它就浮不起來了。裝滿水的車子他們有辦法拿到指紋嗎？」

「以前我知道的是不可能，」我說，「但現在也許他們有新辦法也說不準。我想，他們能做的只是把車子從河底污泥裡吊起來，讓它在探照燈下懸在半空中滴著水。」

「反正我會先擦乾淨，」他說，「再把它送進河裡頭去，這保險一些。」

半晌之後，我說，「你打算跟他母親說嗎？」

「跟她說他得離開一陣子。」他毫不考慮的回答，「去出個頗危險的任務，因此會有相當長一段時間沒辦法聯絡上他，這樣至少可以拖個幾年，大概她留在這個世界也就這麼久了，你曉得，安迪他老娘長癌了。」

「我不曉得。」

「可憐的老太太，我會為她禱告，也會為安迪禱告，一旦帖撒羅尼迦弟兄教會我怎麼禱告。」

「替我們每一個人禱告。」

∞

我搭電梯上樓，用鑰匙開了鎖，我把門打開，發現她已站好在我面前，身上穿著我買給她的黑色睡袍，睡袍上有黃白兩色的花，以及飛舞的小蝴蝶。

「你沒事，」她說，「謝天謝地。」
「我很好。」
「阿傑在沙發床上睡著了，」她說，「我本來是想弄個晚餐帶過去對面給他吃，但他堅持說他過來就好，我不讓他回去，因為我很怕，我不曉得我是怕他出事，還是怕自己出事。」
「不管是誰，你們兩個都安然無恙。」
「你也沒事，真是謝天謝地，事情結束了，是嗎？」
「是的，結束了。」
「謝天謝地，米基呢？米基也沒事是嗎？」
「他有個預感，」我說，「說起這預感，故事可長了，但結果證明他這個第三隻眼有極嚴重的散光，因為他活得好好的，事實上，你可以說他從沒活得這麼好過。」
「那其他人呢？」
我說，「其他人嗎？其他每個人都死了。」

「我得提醒你們，」雷蒙・古魯留說，「史卡德先生人之所以坐在這裡，完全出自於他一己的意願，他只回答我要他回答的問題。」

「這等於說他是他媽的什麼也不講的意思。」喬治・韋斯特說。

事實證明這句話幾乎是一語成讖。房間裡擠著有半打警察。喬・德肯和喬治・韋斯特外帶兩名布魯克林刑事組的警員，此外還有兩個沒人跟我講是幹什麼的，我倒是不怎麼在意他們是何許人，因為他們所能做的只是愣坐在那裡，聽我講寥寥幾句完全言不及意的話。

饒是如此，問題仍問個沒完沒了，他們想曉得我到底知道奇爾頓・波維斯多少，因為根據可靠消息的綜合研判，他們將此人連結上了吉姆・法柏的謀殺案，這意思是說，某個線民還真提供了頗為準確的訊息。但他們沒任何證據可支撐該線民的話，甚至，到目前為止，他們也還沒找任何一個案發當時幸運貓熊裡的目擊證人去看波維斯的屍體，確認他就是開槍的凶手。

這我不可能幫他們搞清楚，我想這是他們自己的錯，如果他們能正確使用目擊證人，很容易就能得到他們所要的東西。

也許房間裡那兩個或其中一個不知來歷的警員便是來自布朗克斯，因為他們問的全是湯姆・希尼和瑪麗．艾琳．雷佛蒂的事，這我現在知道了就是湯姆房東太太的名字。他們告訴我，湯姆所挨的子彈來自兩把不同的槍，經過彈道檢驗發現皆和他們目前偵查中的其他殺人案不符，只有其中一發子彈和一九九五年蘇活區某具屍體中挖出的彈頭一致。一九九五年這幾個傢伙幾乎都還蹲在亞提加監獄中，我想，原因在於這把槍有著典型的閱人多矣的一長段滄桑史。

他們問他們的，我的確等於什麼也沒回答，事實上我也根本就沒費心思在這上頭，我只是坐在這裡，眼睛看著雷蒙，他點頭我才張嘴，而且他點頭的次數寥寥可數。

依我估計我們耗了約一整個小時，然後韋斯特開始小小抓狂起來，講了幾句難聽的話，雷蒙早就巴巴等著這個，「夠了，」他說，也站了起來，「我們走人了。」

「你們不可以這樣。」喬說。

「喔，真的嗎？那你看著好了。」

「親你的執照一下，跟它說再見吧，」韋斯特說，「我文件就放桌子裡，從州裡下來吊銷你執照的正式公文，你們這樣就讓這事變得再簡單不過了，你們一走出門，我就把空白的部分填好，馬上寄送出去。」

「那就會有一場正式審訊，你也一定會接到傳票，我曉得你們條子就最愛這調調，屆時等這些嘮什子搞完，他自然會拿回執照，而且還附帶一堆報紙的宣傳吹噓，馬上讓他成為一名英雄。」

「他怎麼看也不像個英雄，」喬開口了，「他看來倒像個我操他媽的罪犯，就這麼多了沒別的，而且你愈看他愈覺得是這種德性。」

「到此為止。」雷蒙說。

「不，不到此為止，離到此為止還早著呢，馬修，你操他媽的搞什麼？你會掉了你的執照的不騙你。」

我說，「你曉得嗎？我根本就不在乎掉不掉。」

「別說任何一個字。」雷蒙說。

「不，」我說，「我還得多講兩個字，我這些話同時對你也對他們說，他們怎麼做由他們，如果州政府決定收回執照，那很好，你可能可以抗辯，也可能會打贏，但這不值得如此費事。」

「你他媽根本不曉得自己在講什麼。」喬說。

「我只曉得我沒執照一路過來超過了二十年，」我說，「我搞不懂的只有操他媽我為什麼忽然認為我需要這張紙，也許有它比沒它讓我多掙兩個錢吧，但錢我一向賺得夠花，我沒餓過一餐，而且我還喝酒那會兒，我也從沒缺過再喝一杯的錢，你要搞掉我的執照是嗎？悉聽尊便，操他媽你還以為我理這個？」

我們走出分局，下了台階，離開警察的聽力範圍之後，雷蒙說，「他們會要弄掉你執照，我會負責要回來，毫無困難。」

「不了，」我說，「謝啦，我剛剛不是虛張聲勢，我是認真講的，執照我們就讓它去吧，讓它去他媽的去吧。」

「首先，你根本就不需要，」伊蓮跟我說，「幹嘛，就因為你可以多接幾名律師的案子嗎？他們會因為這樣把錢算多一點嗎？見鬼。」

「我正是這麼認為。」

「何況，」她說，「我們曉得你拿執照的真正原因，你想讓人看起來體面些，但這其實像是綠野仙蹤裡的黃磚道一樣，寶貝，你曉得你從早就很體面，體面到現在。」

「不，」我說，「我沒有，現在也還沒有，但執照有無根本改變不了這個。」

∞

講到這裡應該很合適結束了，但故事還有一點點尾巴，就像所有事情一樣，要等到一切都結束了，那才真的是結束。

這些事全發生在九月裡，到十月中旬，我們接到一張聖誕卡，回信住址是斯塔頓島，卡上以「日日平安喜樂」代替尋常的「聖誕快樂」，毫無疑問這不同於他上回送給猶太素食女郎的一條大火腿，卡片上，就在那堆印好的祝賀老詞底下，他寫著，「上帝愛你們兩位，」簽名是，「米基」。

伊蓮說，她發誓他簽的是Fr.（神父）麥可．F．巴魯．S．J。我說他是和帖撒羅尼迦弟兄在一起，可不是耶穌會。她說，還不都一樣，外邦人就是外邦人。

然後便跳到今年四月底了，阿傑提到他剛剛路過葛洛根，看到個大垃圾箱放在路邊，一群建築工人沒命趕工，我說，很清楚終於有個高麗棒子要來接手賣青菜了。

又一星期之後，電話響起，伊蓮接起來，衝過來跟我講，我一定猜不到是誰。

「我打賭一定是米基神父。」我說。

「喔，耶穌基督，」她說，「是不是你跟他常杵一起，你也被傳染了他的第三隻眼？」

「蒙主聖恩。」我說。

我接起電話，他邀我過去，看看事情進行得如何。「當然不可能弄得跟以前一模一樣，」他說，「而且還有一堆彈孔他們要補起來，但他們應該就讓這些留著，對他們而言，這是歷史。」

我衝過去，依我看這些工人表現十分稱職，復原工作幾近完美。我說，這意思是又要重操舊業了不是。

「沒錯。」他說。

「你說你會一直待下去，除非他們趕你走。」

「喔，這個啊，他們絕不會這麼做的，一輩子也不會，」他仍然喝了口銀質小扁瓶的酒，「他們是非常好的人，」他說，「我這輩子見過最好的人，正因為他們這麼好，才讓我有機會慢慢發現，我不是屬於那個地方的人，我一半希望自己是，但我真的不是，是他們讓我看到這些的。」

「所以現在你在這裡。」

「所以我在這裡，」他點頭同意，「而且很開心能回來，你看到我也很開心嗎？」

「操他媽當然開心，」我說，「伊蓮也是，我們想念你。」

∞

他的故事，就像我打開頭講的，他的，而不是我的故事，但你怎麼可能讓他開口講出來呢？